CW01642256

# TOŃ

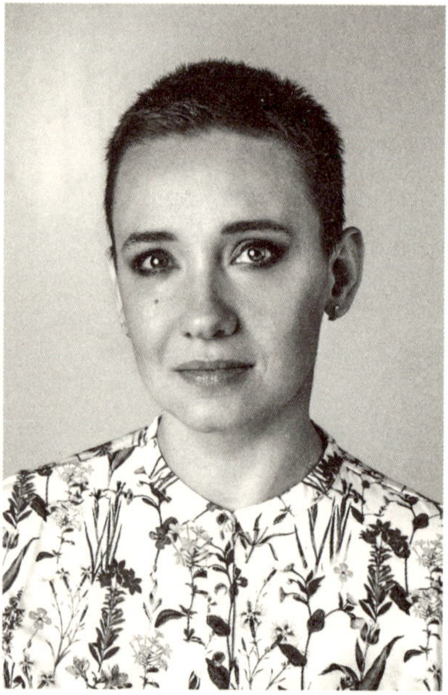

Marta Kisiel (1982) - pisarka i tłumaczka, z wykształcenia polonistka. Debiutowała w 2006 roku na łamach internetowego magazynu Fahrenheit opowiadaniem *Rozmowa dyskwalifikacyjna*. Na swoim koncie ma ukochany przez czytelników cykl *Dożywocie* (*Dożywocie, Siła niższa, Szaławiła*) oraz powieść *Nomen omen* (nominowaną do Nagrody im. Janusza A. Zajdla).

Marta Kisiel

# TOŃ

UROBOROS

Copyright © by Marta Kisiel, MMXVIII

Wydanie I
Warszawa, MMXVIII

# Prolog

Ciało Mądrzywołka wypłynęło o świcie.

Wyłoniwszy się nieopodal wierzby płaczącej, której witki muskały staw, unosiło się na powierzchni, jak gdyby czekało, aż promienie jesiennego słońca na powrót tchną w nie odrobinę ciepła. Już nigdzie się nie spieszyło. Już nikt nie zawracał mu głowy, teraz bardziej niż kiedykolwiek otwartej na świat. Płynęły minuty i kwadranse, woda stała, rzęsa gęstniała, a słońce robiło, co w jego mocy. Niestety, bez powodzenia. Pochłonięte zawiłościami stężenia pośmiertnego ciało pozostawało nieczułe na pieszczoty.

Nieodłączni gapie zatrzymywali się kawałek od brzegu i z bezpiecznej odległości, chronieni mocą taśmy ostrzegawczej, sycili się cudzym przeminięciem i własną trwałością. Po czym wracali do swoich spraw ze wspomnieniem trupa pod powiekami, dopóki nie wypalił go stamtąd blask słońca i feeria ciepłych barw, w których o tej porze roku tonęły gwarne ulice miasta.

Jedynie Gerd wciąż stał w milczeniu, myśląc o ni to żółtym, ni to zielonym napisie na tle granatowej kamizelki, ciemnej i grubej. Przyglądał się cichej krzątaninie policjantów nad stawem, gdy naraz poczuł za plecami znajomą, intensywną obecność.

– Musimy je ostrzec – wychrypiał w końcu, nie odwracając głowy. – Zanim będzie za późno.

Minęła długa chwila, zanim usłyszał odpowiedź.

– Nie. Nie musimy.

Nie tego się spodziewał.

# Rozdział 1

Sierpniowa burza przetaczała się leniwie nad miastem, szorując brzuchami chmur o dachy kamienic i od czasu do czasu pomrukując gniewnie na pożegnanie. Okna przedwojennych kamienic przy zacisznej ulicy jedno za drugim otwierały się na oścież, żeby wpuścić wilgotne powietrze, a wraz z nim bębnienie deszczu o nagrzane karoserie samochodów, zaparkowanych zderzak w zderzak po obu stronach wąskiej, brukowanej jezdni.

Niedługo potem okazało się, że wpuściły coś jeszcze.

Początkowo dźwięk ten ledwie majaczył w oddali, na granicy słyszalności, wciąż nieuchwytny, a już natarczywy niczym bzyczenie komara czekającego w ukryciu, aż zgaśnie ostatnia lampa. Lecz zamiast przejść bokiem i dwie przecznice dalej rozpłynąć się w ulicznym zgiełku, z minuty na minutę zbliżał się coraz bardziej i przybierał na sile. Wreszcie zyskał konkretny wymiar i stał się chaotycznym turkotem plastikowych kółek, raz po raz akcentowanym stukotem obcasów.

Jak na kogoś, kto szedł po rozchybotanych płytach chodnikowych w piętnastocentymetrowych szpilkach, na dodatek wlokąc za sobą walizkę, dziewczyna poruszała się w oszałamiającym tempie. Nawet nie patrzyła pod nogi, wyraźnie obeznana z każdą pułapką, jaka czyhała tu na przechodnia. Natura poskąpiła jej wzrostu, za to wyrównała ten brak szczodrością w obwodach klatki piersiowej i bioder, które dziewczyna starannie podkreślała. Krótkie, platynowe włosy miała skręcone w pukle i perfekcyjnie ułożone, do tego letni kombinezon w wielkie egzotyczne kwiaty, ściągnięty czerwonym paskiem dla podkreślenia talii, oraz szpilki z odkrytymi palcami, w tym samym kolorze. W rezultacie przypominała miniaturową seksbombę. Z wielką torebką dyndającą z łokcia, osłaniając głowę przed deszczem najnowszym wydaniem „Cosmopolitana", przecisnęła się obok straganu z owocami i warzywami, który tarasował część chodnika na wysokości sklepu spożywczego. Minęła pierwszą bramę po prawej i była w połowie drogi do drugiej, gdy naraz między budynkami rozbrzmiał znajomy głos:

– Ja pamiętam! Pamiętam!

Dziewczyna wzdrygnęła się nerwowo, zatrzymując w pół kroku. No tak, westchnęła w duszy. Nawet po trzech latach Stara Bimbowa i jej fiksacja jak zwykle trwały na posterunku. Dziewczyna podniosła głowę i tam, gdzie zawsze, w oknie na pierwszym piętrze, ujrzała siwowłosą, bladolicą marę, która prześladowała ją na jawie przez bite trzynaście lat.

– Ja pamiętam! Nie zapomniałam! Pamiętam! – pokrzykiwała mara w kierunku dziewczyny i dla podkreślenia, że naprawdę pamięta, kiwała sękatym palcem, drugą ręką uczepiona wewnętrznego parapetu. Jakiś przechodzień pod sklepem odwrócił się z zaciekawieniem, tu i tam ktoś zawisnął w oknie, żeby przypadkiem nie przeoczyć przedstawienia. No cóż. Zanim zapadnie wieczór, cała dzielnica będzie wiedziała, że po długiej nieobecności Dżusi Stern, siostra marnotrawna, powróciła na ulicę Lompy.

Odstawiwszy walizkę na metalową wycieraczkę, Dżusi ukryła się przed deszczem i okrzykami pod wąskim daszkiem nad bramą i odruchowo wprowadziła kod do domofonu. Urządzenie zareagowało jednak inaczej, niż tego oczekiwała – i nic dziwnego, stwierdziła, przyglądając mu się uważniej. Było całkiem nowe, a zatem nowy musiał być i kod. Westchnęła i wprowadziła numer ich mieszkania. Czekając, aż zamek w drzwiach zwolni się z metalicznym brzęknięciem, zerknęła za siebie. Wśród roślinności, która kłębiła się na trawniku po drugiej stronie jezdni, młody mężczyzna w dresowych bermudach klął na zdeterminowanego jamnika, by wreszcie przestał się kręcić jak gówno w przerębli i raczył zrobić to, co zrobić podobno musiał, zanim obydwaj zapuszczą tu korzenie.

Wygląda znajomo, przemknęło jej przez myśl. Facet, nie jamnik. Chociaż jamnik w zasadzie też...

Zamek milczał, za to Stara Bimbowa skrzeczała niestrudzenie:

– Pamiętam! Pamiętam! Ja pamiętam!

Po minucie czy dwóch tych okrzyków facet w bermudach nie wytrzymał nadmiaru bodźców.

– Babka, cicho być! Gówno tam pamiętasz! – ryknął znad jamnika.

Ani sam ryk, ani słownictwo nie zrobiły wrażenia na Starej Bimbowej. Choć ciałem wciąż obecna w oknie mieszkania na pierwszym piętrze, umysłem już od lat przebywała pod zupełnie innym adresem. Zresztą koleś powinien doskonale o tym wiedzieć, uznała Dżusi, która w końcu rozpoznała w nim wnuka sąsiadki. Nigdy nie zamienili więcej niż zdawkowe „cześć" na schodach. Zresztą, o czym mieliby gadać, skoro był od niej młodszy. Nic dziwnego, że go w pierwszej chwili nie poznała. Jak on się... A, nieważne. Jamnik, którego próbował okiełznać, z mizernym zresztą skutkiem, pewnie należał do jego babci, Młodej Bimbowej, a zatem musiał nazywać się Bimbo – czyli byłby, o ile dobrze liczyła, czwartym już szorstkowłosym osobnikiem o tym imieniu, jaki mieszkał w ich bramie. Całym pokracznym sobą manifestując stosunek do wszelkich apeli i ryków, Bimbo buszował teraz wśród chaszczy. Z każdym krokiem jego niskie podwozie wzbogacało się o nową warstwę błota, aż wreszcie dotarł pod okalający roślinność płotek, gdzie starannie zwizytował gustowne bajorko nieznanego pochodzenia. Na ten widok bezimienny wnuk splunął na chodnik i zaczął składać jamnikowi liczne obietnice, z których część nosiła wyraźne znamiona molestowania seksualnego.

Domofon milczał nadal.

Zniecierpliwiona Dżusi wcisnęła guzik jeszcze raz, a potem drugi i trzeci. Nic. Westchnęła, przewracając oczyma, i spojrzała na zegarek. No tak. Piętnasta trzydzieści osiem. Z powodu wakacyjnych remontów pociąg z Opola dotarł do Wrocławia z półtoragodzinnym poślizgiem, tymczasem Eleonora nie uznawała spóźnień, ani cudzych, ani tym bardziej własnych. Niepomna, że jej młodsza siostra nie ma kluczy do mieszkania, punktualnie o czternastej trzydzieści wsiadła zapewne na rower i pojechała do pracy. Jak nic siedziała teraz w tej swojej bibliotece, pochłonięta mrocznymi zagadkami rejestru wypożyczeń z księgozbioru podręcznego, w którym tropiła sprawcę zbrodni ołówkiem na trzysta trzydziestej dziewiątej stronie

*Słownika terminów literackich*, wydanie trzecie, poszerzone i poprawione – a teraz również i pokreślone.

– I co teraz, maturzysto? – mruknęła Dżusi pod nosem, kiedy w komórce zamiast głosu Eleonory usłyszała pocztę głosową. Mimo letniej pory i daszku nad głową perspektywa przesiedzenia kilku następnych godzin pod bramą, na własnej walizce, nieszczególnie jej się uśmiechała, więc w zasadzie nie miała chyba...

– Sorry – burknęło za jej plecami i zanim zdążyła się odsunąć, bezimienny wnuk w bermudach przepchnął się do drzwi, trącając dziewczynę łokciem i ciągnąc za sobą na smyczy ubłoconego jamnika. Klucz szczęknął w zamku, jęknęły zawiasy i brama stanęła otworem.

No tak. Albo mogła też po prostu zaczekać, aż ktoś będzie wchodził lub wychodził.

Niewiele myśląc, Dżusi rzuciła się do drzwi, które już się zamykały za chłopakiem. Liczyły sobie bez mała pół wieku i były naprawdę solidne, a zatem i ciężkie jak diabli. Dżusi wyciągnęła rękę, złapała walizkę i zaparłszy się tak mocno, że o mało nie połamała sobie przy tym obcasów, wepchnęła się razem z nią prosto w chłód i półmrok starej klatki schodowej.

Nie bez trudu tarabaniąc się z bagażem wąskimi, wyślizganymi stopniami na wysoki parter, nawet nie zwróciła uwagi, że piętro wyżej Bimbo eksplodował szczęściem. Burkliwy męski głos z trudem przebijał się przez szczeknięcia i piski rozradowanego psa, tłumacząc się przed kimś jak na spowiedzi. A potem i pies, i wnuk zniknęli w mieszkaniu pod czwórką, za to nad poręczą schodów wychyliła się pucołowata twarz w okularach, łypiąc ciekawie, kto też się tam tak tłucze na dole.

– Elutka?...

Rany boskie, jęknęła w duchu zasapana dziewczyna, stawiając walizkę na wycieraczce, czy one nie mają jakiegoś życia? Odkąd sięgała pamięcią, jedna wiecznie wisiała w oknie, druga warowała w drzwiach, choć obie były chyba starsze od węgla.

– Nie, pani Krysieńko! – odkrzyknęła z ponurą rezygnacją. Za dobrze znała sąsiadkę z pierwszego piętra, żeby liczyć na litość w drodze wyjątku. Ktoś naniósł błoto na klatkę schodową, zamiast posłużyć się skrobaczką jak cywilizowany człowiek, ktoś inny bladym świtem tłukł kotlety, chociaż w sobotę zwykle jada pierogi, jeszcze ktoś w zeszły wtorek bez konsultacji z mieszkańcami wpuścił nowego ulotkarza – przed Młodą Bimbową nic się nie ukryło. A im bardziej się próbowało ukryć, tym gorzej się na tym wychodziło. – Tym razem to ja.

– Justysia?...

Dżusi aż zgrzytnęła zębami. Namiętność sąsiadki do zdrobnień bolała ją od zawsze, lecz najmocniej wtedy, gdy chodziło o jej własne imię. I bez tego nieszczególnie za nim przepadała.

– Tak, pani Krysieńko. Justysia – odparła, starając się przy tym za bardzo nie syczeć.

– Ach, Justysiu! Zaczekaj, dziecko drogie! Ja tu coś dla ciebie mam!

Chwilę później, strzelając domowymi laczkami o posadzkę, aż echo się niosło po całej klatce, pani Krysieńka zstąpiła na parter. Za plecami zwana przez wszystkich sąsiadów Młodą Bimbową – w odróżnieniu od swej wiekowej matki, Bimbowej Starej, która od lat już nie opuszczała mieszkania, tylko dzień w dzień okupowała okno od strony ulicy – była emerytką zażywną, bardzo życzliwą światu, a przy tym wielce świata ciekawą.

I do tego strasznie, ale to strasznie gadatliwą.

– Justysiu! – Rzuciła się, rozpromieniona, żeby uściskać dziewczynę, a rwące potoki słów już z niej tryskały na lewo i prawo. – Och, dziecko drogie, ty wiesz co, ja tu ciebie wypatruję i wypatruję, Elutka tyle co wpadła do mnie z kluczami i już jej nie było, poleciała w te pędy, wiesz, jaka ona poukładana, nigdy by się nie spóźniła do pracy, wiesz, jaka ona jest, ta nasza Elutka, za nic nie odpuści, no nie, nie Elutka, ach, dziecko drogie, ty wiesz co, aleś ty wypiękniała, jakaś ty elegancka, dziewczyna wyjechała, a wróciła kobieta, ach, no, jakże ci w tym Opolu, jak ty tam sobie żyjesz, ile to już, ledwie co wczoraj mamuni mówiłam, że to chyba ze trzy lata będą, odkąd żeś wyjechała, prawda, a ty już idziesz, kanapki wziąłeś?

Przytłoczona tym nadmiarem Dżusi potrzebowała sekundy, by załapać, że te ostatnie słowa skierowane były nie do niej, lecz do bezimiennego wnuka w bermudach, który właśnie mijał je pędem, przeskakując po dwa stopnie i burcząc coś do babci na pożegnanie. Brama huknęła za nim, aż w oknach na wszystkich półpiętrach zadrżały szyby.

– ...dobry chłopak, szkołę dopiero co skończył i teraz pracuje, niedaleko stąd, tam zaraz za Odrą, w warsztacie samochodowym jako mechanik, dobry zawód, uczciwy i zarobić też idzie nie najgorzej, chociaż prać potem te jego kombinezony, ech, co ja się napiorę, to głowa mała, ale zawsze to blisko, zajrzy czasem, psa wyprowadzi, śmiecie wyniesie, zakupy jakieś większe przydźwiga, co młodość, to młodość, ja z tym moim kolanem to daleko nie zajdę, a chciałoby się czasem wziąć psa i pospacerować, ach, ty wiesz co, ty widziałaś ostatnio nasz park, no nie, no skąd, co ja się pytam, koniecznie musisz go zobaczyć, nasz listonosz mi opowiadał, on tamtędy codziennie chodzi, teraz oni te rejony mają takie...

– To mówi pani, że Eleonora zostawiła klucze? – wtrąciła bohatersko Dżusi, modląc się, żeby to była prawda.

Właśnie dlatego nawet nie przyszłoby jej do głowy, żeby zadzwonić pod czwórkę i poprosić o wpuszczenie. Nigdy nie miała tyle cierpliwości do sąsiadki co jej starsza siostra. Znaczy, nie miała jej tak ogólnie, a do sąsiadki w szczególności. Owszem, całkiem lubiła Młodą Bimbową – zwłaszcza za wciąż ciepłe drożdżowe ciasto, które wciskała im zimą, kiedy szły na ósmą do szkoły – ale wytrzymywała to jej gadulstwo wyłącznie w małych dawkach. Nawet gdy jeszcze mieszkała w tej samej bramie i regularnie napotykała sąsiadkę, więcej niż pięć minut monologu odbijało jej się potem czkawką przez cały tydzień.

– Ach, tak, tak, zostawiła, zostawiła, ach, ta wasza ciotka, a mówiłam jej przecież, Klarciu, no po co tu tyle wydziwiać, ja przecież Elutce pomogę, co to dla mnie w razie czego zejść tych parę schodów i okiem rzucić, ucha nadstawiać, przecież ja się i tak z domu nie ruszam, no bo jak, ale nie, no uparła się i weź ty z nią rozmawiaj, jak ona się tak uprze, że nie, mowy nie ma, koniecznie ktoś musi być w mieszkaniu, a najlepiej to zakluczony od środka, jakby tam nie wiadomo jakie precjoza trzymała, ach, ta wasza ciotka, drugiej takiej upartej ze świecą szukać, ty wiesz co, Justysiu, ale ja pamiętam, ten wasz ojciec to był dokładnie taki sam, on też zawsze powtarzał, że nigdy...

– A te klucze? – Dżusi powtórzyła głośno, z tego stresu może nawet odrobinę głośniej, niż zamierzała.

– ...ach, tak, tak, klucze... – nie przestając ani na sekundę gadać, sąsiadka sięgnęła do kieszeni podomki – tu masz klucze i jeszcze wiadomość od Elutki, powtarzała, że to ważne, ważniejsze niż klucze, no ale jak to tak, bez kluczy przecież…

Dżusi rozprostowała złożoną na czworo kartkę i próbując nie słyszeć, a przynajmniej nie słuchać nieustającej paplaniny, przebiegła wzrokiem po schludnych, kształtnych literach.

*Musiałam już iść. Uważaj na Ramzesa, bo coś się podejrzanie kręci*, napisała krótko Eleonora. *Będę po ósmej.*

– Ramzes? Jaki znowu Ramzes? – mruknęła pod nosem, po czym spojrzała pytająco na sąsiadkę i szybko podchwyciła nowy wątek, który starsza pani już rozwijała z rozmachem.

– …on się od wczoraj kręci po podwórku, jak wyjrzysz, to sama zobaczysz, ty wiesz co, Justysiu, ja to w ogóle tej waszej ciotki nie rozumiem, ja to bym już dawno ukróciła te jego łazęgi, to nie na moje nerwy, jeszcze, nie daj Boże, pod samochód wpadnie albo co…

Ach, no tak, zaskoczyła Dżusi. Kot. Kot imieniem Ramzes.

O mało nie upuściła telefonu, kiedy przed nieco ponad miesiącem rozdzwonił się w jej torebce i na wyświetlaczu zobaczyła imię i nazwisko, których nigdy by się nie spodziewała tam ujrzeć. Nie po tym, jak pewnego dnia straciła panowanie nad językiem i palnęła o słowo lub dwa za dużo. No dobrze, może trochę więcej niż dwa. Po awanturze, która się wtedy rozpętała, Dżusi mogła już tylko zgarnąć manatki, trzasnąć drzwiami i więcej nie wrócić – aż do teraz.

Klara Stern.

Ciotka. Uparta i upiorna.

Nie wdając się w grzecznościowe formułki i konwenanse, całkowicie zbędne jej zdaniem nawet po trzech latach milczenia, ciotka oświadczyła, że wkrótce udaje się na pierwszy w życiu prawdziwy urlop, w związku z czym Dżusi ma przyjechać do Wrocławia i pomóc siostrze. Żadne tam „czy mogłaby?”,

„zechciała?”, „byłaby tak miła?”. Nic z tych rzeczy. Ciotka nikogo nie pytała o zdanie, tylko informowała o swoich decyzjach. Tak też było i tym razem, więc Dżusi, której te trzy lata i sto kilometrów z dala od krewnych całkiem nieźle pomogły na asertywność, już miała na końcu języka zwięzłą, żołnierską odpowiedź. Aż w nagłym przebłysku uświadomiła sobie, że w zasadzie nie byłby to wcale taki znowu najgorszy pomysł...

Wszystko przez Karolka.

Poznali się we wrześniu na wydziale nauk społecznych, gdzie Karolek zaczynał właśnie ostatni rok zarządzania informacją w nowych mediach, Dżusi zaś bywała w celach towarzyskich. Zanim po raz kolejny tamtego roku zmieniła o sto osiemdziesiąt stopni kurs na wzburzonym morzu zwanym życiem i pożeglowała z uniwersytetu na intensywny kurs psychologii transportu czy insze cudactwo, zaczęli się spotykać na wyłączność. Karolek miał dwadzieścia cztery lata, metr dziewięćdziesiąt, dobre serce, jeszcze lepszy samochód, ojca prawnika i sowite kieszonkowe, na wypadek gdyby nie wystarczyło mu samo stypendium. Niestety, miał również pasję, która budziła u Dżusi czystą zgrozę – turystykę pieszą i wszystko, co się z nią wiązało, od obserwowania dzikich ptaków, przez wznoszenie szałasów z patyczków po lodach, aż po strategie przetrwania w ekstremalnych warunkach pogodowych. A co gorsza, już od marca planował dla nich na sierpień wspólną dwutygodniową wyprawę z plecakami po Sudetach – taką z namiotem, gitarą, zapasem konserw i obtartymi piętami w pakiecie. Dżusi, która nie do końca kojarzyła, jak działa otwieracz do puszek, nie ogarniała idei paprykarza szczecińskiego, nie wyobrażała sobie życia bez lakieru do włosów, a w płaskim obuwiu potykała się co drugi krok nawet na gładkim asfalcie, bladła na samą myśl o czekającej ją wkrótce męczarni.

Telefon od ciotki nieoczekiwanie otworzył przed nią drogę ucieczki – co prawda wprost do piekła, ale przynajmniej w normalnym obuwiu. Zgodziła się prawie bez wahania.

– Ale po co ty tam w ogóle jedziesz? – nie przestawał się dziwić Karolek, odkąd poinformowała go, że wybiera się na trzy tygodnie do Wrocławia, gdyż musi, ale to naprawdę musi pomóc Eleonorze w opiece nad niestabilnym emocjonalnie kotem pod nieobecność ciotki. – Twoja siostra naprawdę sama sobie nie poradzi? Z kotem?

A Dżusi raz po raz gryzła się w język, żeby przypadkiem się nie wygadać.

Oficjalnie chodziło o kota ciotki.

Nieoficjalnie... cóż, w zasadzie też. Lecz akurat o tym kocie, zwanym także fiołem, Dżusi za nic nie chciała wspominać Karolkowi. Za dobrze go znała. Gdyby napomknęła choćby półsłówkiem, dlaczego tak właściwie jej obecność w mieszkaniu przez te trzy tygodnie jest absolutnie niezbędna i już, w okamgnieniu by to podchwycił i zaczął drążyć. Drążyłby tak i drążył, dopóki nie wyznałaby mu wszystkiego o jakże sielskim życiu z ciotką Klarą. A owo wszystko obejmowało również świętą i nienaruszalną zasadę trzech nigdy, której Dżusi wciąż była ślepo posłuszna.

Po pierwsze, nigdy nie wpuszczać nikogo za próg.

Po drugie, nigdy nie zostawiać pustego mieszkania.

Po trzecie, nigdy nie wspominać, co się stało z rodzicami.

Cóż, uśmiechnęła się złośliwie w duchu, gdy już udało jej się pożegnać z gadatliwą sąsiadką i wejść do mieszkania na parterze poniemieckiej kamienicy. Niech no tylko ciotka się dowie, co zrobiła ta poukładana Eleonora...

## Rozdział 2

Nie będzie tak źle, zobaczysz, nie będzie tak źle – powtarzała Dżusi pod nosem, biorąc głęboki wdech. – Ciotka pływa sobie gdzieś po morzach i oceanach, daleko, daleko stąd, a z Eleonorą się przecież dogadasz. Jakoś. Chyba. Miejmy nadzieję.

Zamknęła drzwi na cztery spusty, a potem machinalnie sprawdziła jeszcze raz obydwa zamki, rygiel i łańcuch. Przełknęła ślinę i odwróciwszy się pomału, jakby z podskórną obawą, rozejrzała się po wysokim, przestronnym mieszkaniu, w którym spędziła dwadzieścia jeden z dotychczasowych dwudziestu czterech lat swego życia.

Na pierwszy rzut oka nic a nic się nie zmieniło.

Mimo że od dawna grzały tu kaloryfery, wnękę w kwadratowym przedpokoju wciąż zajmował duży piec z żeliwnymi drzwiczkami, obłożony kaflami w kolorze głębokiej zieleni. Dawno temu, za sprawą dziecięcych lektur, co rusz stawał się czymś więcej niż tylko zapomnianym źródłem ciepła:

to niezdobytym zamkiem, to górskim leżem okrutnego smoka, a to znów, gdy siostry naczytały się *Opowieści z zaczarowanego lasu*, wrotami Tartaru. Teraz był już wyłącznie pięknym reliktem przeszłości. Zresztą jednym z wielu, jakie niezmiennie kryło mieszkanie Sternów. Choćby tylko w długiej, wąskiej kuchni, która ciągnęła się na prawo od wejścia, Dżusi dostrzegła pod ścianą znajomy biały kredens z lat pięćdziesiątych, z szybkami z mrożonego szkła, postawiony tu jeszcze przez ich dziadka. Na przeciwległym końcu pomieszczenia, tuż pod oknem, stał równie wiekowy stół, przy którym w dzieciństwie z takim przejęciem bazgroliła swoje pierwsze literki. Gruby, drewniany blat znaczyły niezliczone rysy, tu płytsze, tam głębsze – Dżusi wciąż potrafiła powiedzieć, które z nich pozostawił zbłąkany nóż w zbyt prędkiej ręce dorosłego, a które cyrkiel w niesfornej dłoni dziecka. Uśmiechnęła się na wspomnienie tamtych niezliczonych wieczorów, kiedy ślęczały razem tu z Eleonorą, każda pochylona nad książką czy zeszytem, albo pochłaniały waniliowy budyń z sokiem malinowym i szeptem, żeby ciotka przypadkiem nie usłyszała, dzieliły się ówczesnymi radościami, obawami i tajemnicami.

Znaczy, zanim siostra ją zdradziła i zawarła sojusz z ciotką. Kiedy jeszcze było dobrze. Bo potem było już tylko coraz gorzej.

Dżusi popatrzyła na wprost, na dwoje zamkniętych drzwi, umieszczonych symetrycznie i rozdzielonych wąskim kawałkiem ściany. Te po lewej prowadziły do salonu, gdzie wchodziło się rzadko, te po prawej zaś do pokoju ciotki, gdzie wchodziło się jeszcze rzadziej, a najlepiej wcale, szczególnie pod nieobecność lokatorki. Ledwie Dżusi położyła dłoń na klamce, serce zatrzepotało jej w piersi. Czuła się trochę tak, jak gdyby po drugiej stronie piętrzyły się wszystkie wspomnienia, gotowe runąć i przygwoździć ją do ziemi ciężarem nie do udźwignięcia.

– Zobaczysz, nie będzie tak źle... – powtórzyła, choć tym razem z ciut mniejszym przekonaniem, po czym nacisnęła klamkę.

Odkąd sięgała pamięcią, salon był salonem wyłącznie z nazwy. Najpierw, dawno temu, mieszkali w nim rodzice, a potem... cóż, potem już nie. Choć zaciągnięte zasłony i rosnące na zewnątrz drzewo nie wpuszczały do środka zbyt wiele światła, Dżusi od razu zauważyła, że zielona wersalka, na której sypiali, nadal stoi pośrodku pokoju, dosunięta do niskiej ławy, żeby zostawić wąskie przejście naokoło. W powietrzu unosił się przyjemny zapach starego papieru, wyprawionej skóry i czegoś jeszcze – czegoś nieokreślonego, czego nie potrafiła ani uchwycić, ani nazwać. Ale nie kurzu, skądże znowu. Ani kurz, ani bałagan nie miały tu wstępu, choć z początku można by uznać, że wprost przeciwnie.

Każdy skrawek ścian, od podłogi aż po wysoki sufit, również pod i nad dwoma wychodzącymi na ulicę oknami, zajmowały regały – wąskie i szerokie, wysokie albo niskie, za to spiętrzone jeden na drugim. Niektóre zostały zbite ze sklejki i trzymały się już głównie na słowo honoru, podczas gdy inne, wykonane z solidnego drewna biblioteczki z ozdobnymi tralkami, a nawet drabiną na szynie, sprawiały wrażenie, jak gdyby miały szczery zamiar przetrwać z godnością choćby i cały świat. Na półkach zaś...

Rodziców prawie nigdy nie było w domu, a gdy już wpadali przelotem, siostry wolały spędzić ten krótki czas na czymś ciekawszym niż roztrząsanie domowych tajemnic. Dlatego dopiero mając dziewięć czy dziesięć lat, Dżusi zdobyła się na odwagę i zapytała ciotkę Klarę, co takiego kryją te dziesiątki, jeśli nie setki pudeł, kartonów i kopert z grubego, brązowego papieru, poupychanych na półkach, i to nie byle jak, byle gdzie, lecz precyzyjnie, co do milimetra, niczym kolorowe klocki w tetrisie. Ciotka długo milczała, pochylona nad deską, na której kroiła marchew w talarki.

– Wszystko – odparła wreszcie, nie podnosząc głowy.

– Ale co tak dokład... – próbowała dociekać Dżusi, lecz wtedy Eleonora, która zauważyła, że ciotka ściąga nerwowo łopatki, co zawsze zwiastowało kłopoty, uciszyła siostrę szybkim kopniakiem w kostkę.

Nigdy więcej nie wróciły do tego tematu.

Teraz, stojąc samotnie w pustym mieszkaniu, na progu salonu, Dżusi mogła przestąpić próg, podejść do dowolnego regału, zdjąć pierwszy lepszy karton i tak po prostu zajrzeć do środka.

Zamiast tego cicho zamknęła drzwi.

Odetchnęła głęboko, acz nie bez trudu. Najchętniej rozsunęłaby wszystkie zasłony i rolety w całym mieszkaniu. Otworzyłaby okna i drzwi, szeroko, jak najszerzej, żeby wpuścić do środka świeże powietrze, deszcz, wszelkie odgłosy i wonie miasta. Oznaki życia. Byle tylko pozbyć się raz na zawsze tej dusznej, przytłaczającej atmosfery, tego marazmu, niezliczonych wspomnień i tajemnic.

Kiedy serce przestało jej łomotać, zawlokła walizkę do pokoiku naprzeciwko kuchni, który swego czasu dzieliła z siostrą. Tu również nie zmieniło się wiele. Tak jak niegdyś mieścił dwie szare amerykanki, przedzielone bieliźniarką z lśniącego orzechowego drewna, takąż dwuskrzydłową szafę i wąską toaletkę z krzesłem. Za to teraz zamiast zasłon w oknach wisiały jasne rolety, a zakurzoną kwiecistą tapetę zastąpiła zwykła biała farba. Zniknęły też obie słomiane maty, na których siostry niegdyś przypinały szpilkami pocztówki, zdjęcia i wycinki z pierwszych młodzieżowych gazet, potem zaś co rusz nowe plakaty z kolejnymi obiektami nastoletnich westchnień. W rezultacie klitka wydawała się nieco mniej klaustrofobiczna, choć do miana pełnowymiarowego pomieszczenia wciąż było jej bardzo daleko.

Zegar w pokoju ciotki wybił pełną godzinę, ściągając Dżusi z krainy niewielu radosnych wspomnień na ziemię. I wtedy coś ją tknęło. Lubiła mówić o sobie, że jest kobietą niezliczonych zalet, aczkolwiek dobra pamięć nigdy się do nich nie zaliczała. Gdzieś pod platynowymi puklami zakołatało jej jednak, że coś przeoczyła, coś jej umknęło, tylko co?... Odruchowo wsunęła dłonie do kieszeni kombinezonu i wymacała papier.

Wiadomość od Eleonory.

– O szlag... – jęknęła, łapiąc się za głowę.

Rozejrzała się szybko po przedpokoju i nie widząc nigdzie tego, czego szukała, weszła do kuchni. Dwie miski, jedna z wodą, druga z chrupkami, stały na podłodze w pobliżu lodówki. Kuwetę znalazła w łazience – gładko wygrabiony żwirek świadczył ponad wszelką wątpliwość, że nikt tu od dawna nie zaglądał. Pokój ciotki był zamknięty na głucho, a zza drzwi nie dobiegało żadne miauczenie ani inne dźwięki. Dla pewności Dżusi sprawdziła jeszcze raz salon i pokoik, lecz nigdzie więcej nie znalazła ani śladu kota.

A skoro nie było go w mieszkaniu...

W te pędy Dżusi poleciała z powrotem do kuchni i wspięła się na stół, jak mała dziewczynka. Może i miała teraz trochę więcej niż dwanaście lat, tak ze dwa razy, ale wzrostu jej od tamtej pory niestety nie przybyło i nadal był to dla niej jedyny sposób, żeby dostać się do kuchennego okna i wyjrzeć na zewnątrz.

Choć piaskownica i metalowe huśtawki pamiętały jeszcze czasy, kiedy Dżusi za szczyt elegancji uważała wystrzępioną dżinsową miniówę i białe podkolanówki do czarnych lakierków, a trawniki miejscami składały się raczej z prześwitów niż trawy, długie podwórze między budynkami wyglądało całkiem dobrze. Deszcz wygrywał swoje melodie na blaszanych dachach garaży i nawet kolorowe kontenery na śmieci prezentowały się na mokrym asfalcie prawie że malowniczo.

– Ramzeees! – Dżusi wydarła się na całe gardło, wypatrując… no właśnie, czego? Bo że kota, to wiedziała, w końcu kot to kot, cztery łapy, jeden łeb, jeden ogon i coś pośrodku, tylko jakie coś? Bure? Rude? Pręgowane? Długie, cętkowane, kręte? Znając ciotkę i jej kryształowy charakter, powinno być czarne jak noc i dla sportu przegryzać gardła niemowlętom, lecz jak na złość żadne niemowlę nie raczyło teraz raczkować po podwórzu w charakterze przynęty. Dżusi jedną ręką złapała się framugi, drugą oparła o zewnętrzny parapet i wychyliła mocniej, żeby mieć lepszy widok na podwórko. – Raaamzeees! Ramzes, do diabła, kici-kici!

Nagle za jej wypiętym tyłkiem wybuchło jazgotliwe terkotanie i zaskoczona Dżusi straciła równowagę. Wrzasnęła i z całych sił uwiesiła się okna, aż zawiasy zaprotestowały zgrzytliwie. W okamgnieniu oblał ją zimny pot. Parter mimo wszystko był wystarczająco wysoki, żeby odczuła boleśnie nieplanowane zderzenie z podłożem.

– Kici-kici, ja pierrr… – wysapała i wtedy dzwonek zaterkotał ponownie, zagłuszając przekleństwo. – JUŻ! – ryknęła, zgramoliła się ze stołu na podłogę i na miękkich nogach poszła otworzyć.

Przez następne tygodnie, a nawet miesiące, Dżusi wielokrotnie próbowała dojść, co właściwie zaszło tamtego sierpniowego popołudnia, kiedy podenerwowana, zasapana i drżąca uchyliła drzwi nieoczekiwanemu gościowi. Eleonora obstawała przy klasycznym sycylijskim piorunie, na co ciotka Klara prychała z pogardą – w przeciwieństwie do sióstr wiedziała już to i owo i upierała się przy uroku. Ale Dżusi twardo kręciła głową, że nie, co za bzdura, żaden piorun, żaden urok.

Chociaż z drugiej strony…

Pamiętała tylko, że najpierw zrobiło jej się gorąco. Bardzo gorąco, wręcz upiornie, jakby miała się zaraz rozpuścić. Tyle że to uczucie nie miało nic wspólnego ani z zewem lędźwi, który przecież nie był jej obcy, ani też – co złośliwie zasugerowała ciotka, kiedy Dżusi nieugięcie trwała przy swoim – z przedwczesną menopauzą. W okamgnieniu przeszło bowiem w intensywne, nieznośne mrowienie, jednocześnie przyjemne i bolesne, jak gdyby po długim okresie unieruchomienia w jej ciele gwałtownie wracało krążenie.

A potem – i w tej kwestii wszystkie trzy były całkowicie zgodne – jak nic całkowicie postradała zmysły.

Mężczyzna, który stał przed nią na klatce schodowej z rękoma splecionymi na piersi, oparty o poręcz schodów, był szczupłej budowy i wysoki, mniej więcej wzrostu Karolka, jeśli nie wyższy. Miał pociągłą twarz o mocno zarysowanych kościach policzkowych i wąskim nosie. Błękit koszuli w delikatne prążki i biel lnianych spodni podkreślały ciepły, miodowy odcień jego skóry. Musiał dopiero co wejść do bramy, bo kiedy na widok dziewczyny skinął głową, na gładko ogolonej głowie zalśniły kropelki deszczu.

– Dzień dobry – odezwał się cichym, aksamitnym głosem. – Czy zastałem pannę Stern?

– Ale którą? – palnęła Dżusi bez namysłu, zapatrzona w najzieleńsze oczy, jakie kiedykolwiek widziała. I dałaby sobie rękę uciąć, że błysnęło w nich rozbawienie. – Bo są trzy.

– Rzeczywiście. – Mężczyzna skinął głową, a krople na jego czaszce zamigotały filuternie. – Chodzi mi o pannę Klarę Stern. Czyli... czyli pani ciotkę, gdyż pani zapewne jest jej bratanicą, czy tak? Tą drugą?

– Tak, tą drugą – odparła z nieukrywanym przekąsem. Przeklęta chronologia. – Przykro mi, trochę się pan spóźnił. Ciotka w zeszły piątek wypłynęła w rejs po kanałach. Nie, chwila, kanały to w Wenecji, po Kanarach. Znaczy, nie, nie po Kanarach... Karaibach?... No, w każdym razie wypłynęła. Daleko.

– Ach, tak... Rozumiem. Cóż. To niedobrze. A kiedy zawinie do macierzystego portu, jeśli mogę zapytać?

– Dopiero za trzy tygodnie.

– To niedobrze – powtórzył mężczyzna i zmarszczył brwi. Jak gdyby w odpowiedzi mrowienie w ciele Dżusi przybrało na sile. Mimowolnie wstrzymała oddech. – Naprawdę, naprawdę niedobrze.

– Może ja... Może ja... jakoś?... – spróbowała raz jeszcze, ale głos znowu uwiązł jej w gardle. W głowie miała watę, i to chyba cukrową, bo myśli kleiły się jedna do drugiej i mieszały jeszcze bardziej niż zwykle. Co, do jasnej cholery, się z nią działo?...

– Proszę?

Dżusi odchrząknęła niczym stary gruźlik.

– Może ja mogłabym jakoś panu pomóc?

– Cóż, nie ukrywam, że w zaistniałej sytuacji bardzo na to liczę, panno?...

– Dżusi. Znaczy, Justyna. Dla przyjaciół Dżusi. Bo że Stern, to już pan wie.

– Istotnie. Cóż. Jakiś czas temu pani ciotka zleciła mi pewne poszukiwania. Jestem antykwariuszem – dodał dla wyjaśnienia, bo dziewczyna spojrzała na niego niepewnie. – Do zadań, że tak to ujmę, nadzwyczajnych. Odnalazłem to, czego poszukiwała panna Stern, a w ramach zapłaty miałem odebrać od niej pewien przedmiot, na którym bardzo mi zależy. Niestety, zapomniała mnie uprzedzić o swym wyjeździe, aczkolwiek wiedziała, że nie mogę z tym czekać zbyt długo, a już z pewnością nie trzy tygodnie, zatem… Czy przypadkiem nie zostawiła nic dla mnie?

Dżusi obejrzała się przez ramię na dwoje zamkniętych drzwi.

– Wie pan co… Sama dopiero przyjechałam i nie za bardzo się orientuję. Wieczorem wróci siostra, może ona… – Spojrzała znów na mężczyznę i urwała w pół zdania.

Zielone oczy wpatrywały się w nią z takim spokojem, z taką miękką łagodnością... Dopiero teraz zauważyła, że ich źrenice okala wąska bursztynowa obwódka, w tym samym ciepłym odcieniu co skóra mężczyzny, przez co wyglądały trochę tak, jak gdyby tlił się w nich ogień.

Mrówki w jej ciele przebierały odnóżami ze zdwojonym zapałem.

Nie. Po prostu nie. W życiu. Nie mogła, naprawdę nie mogła. Nie i już. Przecież znała zasady. Odkąd skończyła osiem lat, potrafiła je wyrecytować nawet wyrwana ze snu w samym środku nocy. Podobnie Eleonora. Już ciotka o to zadbała, żeby pod tym względem chodziły jak w zegarku. Zasady były trzy, były jasne i absolutnie nienaruszalne – nigdy, pod żadnym pozorem. A ona byłaby głupia, gdyby je złamała.

Ale…

Przecież to Eleonora pierwsza zostawiła puste mieszkanie, prawda?

Przecież to Eleonora pierwsza złamała zasady.

Przecież nic się nie stanie, jeżeli Dżusi wpuści antykwariusza za próg i razem poszukają tego, po co przyszedł, prawda?

Tylko na chwilę.

Pięć, może dziesięć minut.

No, góra kwadrans.

Przecież nie stanie się nic złego, nic a nic, prawda?

Prawda?

– Proszę – przez tumany lepkiej waty usłyszała własny głos. – Niech pan wejdzie.

## Rozdział 3

Zmierzchało, kiedy Eleonora Stern w końcu podjechała pod bramę i wcisnęła guzik domofonu. Zamek brzęknął niemal od razu. Zanim jednak powędrowała do mieszkania, najpierw zamknęła rower w piwnicy, nie spiesząc się przy tym nadmiernie.

Młodsza siostra już na nią czekała przy kuchennym stole.

Ktoś, kto ich nie znał, nie uwierzyłby, że są spokrewnione. O ile jasnowłosa Dżusi, z figurą klepsydry, konsekwentnie pielęgnowała wizerunek kieszonkowej seksbomby, wyższa od niej o głowę Eleonora była krucha i smukła jak trzcina, co podkreślał każdy element jej praktycznego stroju. Z kolorów najbardziej lubiła szarość we wszelkich jej odcieniach i unikała jakichkolwiek wzorów poza kratą, jak również wszelkich falban i innych ozdób na odzieży, czując się w nich jak wielkanocna palemka. Nawet w taki letni dzień jak ten zamiast żywych barw i orgii deseniów stawiała na gładkie, popielate szmizjerki, z utęsknieniem wypatrując chłodniejszych miesięcy, kiedy to mogła dawać upust głębokiemu zamiłowaniu do wełny, tweedu oraz grubych rajstop.

Nawet subtelna uroda Eleonory miała w sobie coś zachowawczego. W bladej twarzy, co najwyżej muśniętej pudrem, najmocniejszy akcent stanowiły piękne brwi – dwa wąskie, strzeliste, wręcz gotyckie łuki, którym zawdzięczała wyraz wiecznego sceptycyzmu, co dodatkowo podkreślały pełne, acz zazwyczaj zaciśnięte usta. Wąski, prosty nos i wysokie kości policzkowe upodabniały ją do jastrzębia wypatrującego ofiary. Najbardziej charakterystycznym elementem jej wizerunku, a przy tym żywym dowodem na dogłębne umiłowanie porządku i symetrii, była fryzura. Składała się z dwóch kaskad gęstych, czarnych pukli, które od precyzyjnie wytyczonego przedziałka pośrodku głowy spływały miękko aż do ramion.

Siostry przez chwilę mierzyły się wzrokiem, różne jak dzień i noc, pozytyw i negatyw, rozdzielone długością kuchni i trzema latami milczenia, które nawet teraz nie za bardzo chciało się samo przełamać.

– Cześć, Dżusi.

– Cześć, El.

I to by było tyle.

Cóż, zawsze to jakiś początek, uznała Eleonora, wycofując się do przedpokoju, żeby zyskać nieco na czasie. Odwiesiła torebkę na miejsce, odstawiła sandały do szafki i z kapciami w ręce pobiegła do łazienki, żeby opłukać stopy z kurzu. Doprowadziła jeszcze włosy do ładu, wróciła do kuchni i uśmiechnęła się niemrawo do siostry. Wtedy jej wzrok padł na blat stołu.

– Co ci się stało? – zapytała, wskazując na buteleczkę z wodą utlenioną. Obok walały się waciki, upstrzone pociemniałymi już plamami krwi.

– Ramzes mnie użarł – odparła Dżusi i na dowód uniosła prawą dłoń z szerokim plastrem na kciuku. Sięgał od kłykcia aż po nadgarstek.

Na dźwięk tego imienia, na dodatek wypowiedzianego w takim kontekście, Eleonora zesztywniała. Po plecach przebiegły jej ciarki. Nie, to niemożliwe, Dżusi na pewno coś pokręciła. W końcu to... cóż, Dżusi. Na pewno da się to jakoś wyjaśnić, może niekoniecznie logicznie, ale, cóż, jakoś. Eleonora uczepiła się tej myśli z rozpaczą.

– Ramzes? Użarł? Ale jak... jak to użarł?...

– No normalnie, zębami! Wpił się i nie chciał puścić, uwierzysz? Niech no tylko dorwę gnojka, to go wypatroszę! Wypatroszę, ze skóry obedrę i zrobię sobie katalepsję!

– Kataplazm – poprawiła machinalnie Eleonora.

– Albo nie – ciągnęła Dżusi, przebierając paznokciami po blacie i w ogóle nie zwracając uwagi na siostrę i jej wyraźne zmieszanie. – Nie katalepsję.

– Kataplazm...

– Zrobię sobie futerał! Tak. Futerał. Na telefon. Albo na tampony. I wyhaftuję na nim kolorowe kwiatuszki. Co prawda za cholerę nie umiem haftować, ale specjalnie się nauczę!

– Dżusi, zanim polecisz po tamborek, skup się i rozwiń nieco temat. Ramzes naprawdę cię użarł? Ramzes? Ale jak? Dlaczego? Coś ty mu zrobiła?!

– Nic! Przysięgam, że nic! Weszłam do kuchni, a on siedział rozwalony na parapecie i lizał się po sprzęcie. Chciałam zamknąć okno, żeby już nie wylazł, więc podeszłam, wyciągnęłam rękę i wtedy to wściekłe bydlę najpierw zaczęło na mnie syczeć, potem się najeżyło i nagle jak mnie nie użre! El, mam nadzieję, że był szczepiony?!

Choć z punktu widzenia okulistyki wydawało się to niemożliwe, niebieskie oczy Eleonory z sekundy na sekundę rozszerzały się coraz bardziej.

– Li... lizał? Ramzes się... że co? Ramzes? Ale... ale... RAMZES?!

Dżusi przewróciła oczami.

– Nie, Stara Bimbowa! – prychnęła gniewnie. – El, do cholery, weź się skup, ten wasz durny kot mnie użarł! Do krwi mnie użarł!

Jej starsza siostra poczuła, że uginają się pod nią kolana, nie wiedziała tylko, czy bardziej z ulgi, czy z przerażenia. Chwyciła się framugi i zacisnęła na chwilę powieki, bo świat zatańczył jej przed oczami.

– Nasz kot – podjęła powoli – nie nazywa się Ramzes.

– Eee... nie?...

– Nie.

– Jesteś... jesteś pewna?...

– Już bardziej się nie da.

– Ale przecież sama napisałaś, że się kręci! – zaprotestowała Dżusi. Zerwała się zza kuchennego stołu i wyszarpnęła z kieszeni wymiętoszony liścik. – O, proszę! Czarno na białym: *Uważaj na Ramzesa, bo coś się podejrzanie kręci.* Młoda Bimbowa też mi mówiła, że się kręci! Wydzierałam się za nim z okna: Ramzes! Ramzes! I w końcu przylazł, łaskawca, a potem jak mnie nie użre! Za nic!

– Dżusi, na litość boską, Ramzes to nie kot! To człowiek! Facet taki! Wysoki, szczupły, smagławy, z łysą... – Urwała, gdyż na widok młodszej siostry, z każdym jej słowem bladnącej coraz bardziej, naraz zalęgło się w niej pewne nieprzyjemne podejrzenie. I chwilę później skamieniało na amen w granitową pewność, gdyż oto Dżusi zerknęła pospiesznie w kierunku salonu. – Jezu.

– El...

– Jezu.

– Eeel...

– Jezu, Dżusi, coś ty zrobiła?!

Blada jak śmierć na chorągwi Dżusi opadła z powrotem na krzesło. Cóż, przemknęło jej przez myśl, przynajmniej znalazłyśmy sobie temat do ożywionej rozmowy...

– Powiedział – wydusiła po chwili przez ściśnięte gardło – powiedział, że jest antykwariuszem. I że zrobił coś tam dla ciotki, i że ciotka miała mu w zamian coś dać, i że on po to coś przyszedł, i że to jest bardzo ważne coś, więc... więc... Eeel, błagam, tylko się nie gniewaj...

– Więc CO?!

– Więc ja go wpuściłam...

Dla odmiany Eleonorze pociemniało przed oczami. Pięć minut. Pięć. Tyle wystarczyło, żeby sobie przypomniała, dlaczego nie tęskniła jakoś szczególnie za siostrą. Zmarszczyła gotyckie brwi i spojrzała na nią srogo.

– Włosy sobie przefarbowałaś bardzo ładnie, ale rozumu nie nabrałaś nawet za grosz, co? Wciąż jesteś głupsza, niż ustawa przewiduje. Nie pamiętasz, że nie wolno tu nikogo wpuszczać?

Dżusi poderwała się jak oparzona i doskoczyła do siostry.

– A ty co, cwaniaro, nie pamiętasz, że nie wolno zostawiać pustego mieszkania?!

– A pamiętasz może, DLACZEGO nie wolno zostawiać pustego mieszkania?!

– Tak! – zakrzyknęła triumfująco. – Żeby nikt obcy przypadkiem tu nie... och.

– Ano właśnie. Brawo ty.

– Cała cioteczka – odgryzła się Dżusi. – Uważaj, bo jak się użresz w ten jadowity jęzor, to ci żadna katalepsja nie pomoże!

– KATAPLAZM!!! – wrzasnęła Eleonora, aż zadzwoniły szyby w kredensie. I jak gdyby razem z tym wrzaskiem wyrzuciła z siebie cały nagromadzony stres, w końcu ochłonęła. Przełknęła ślinę. – Dobrze – odezwała się już normalnym głosem. – Dobrze, uspokójmy się na chwilę, bo w ten sposób na pewno do niczego nie dojdziemy. Musimy wiedzieć, na czym stoimy. Chodź.

– Ale do...

– Milcz i chodź!

Wymacawszy wciśnięty między regały pstryczek, Eleonora zapaliła górne światło i stanęła pośrodku salonu. Jej siostra zatrzymała się na progu.

– Dobrze, Dżusi, a teraz się skup. Co zabrał Ramzes?

– Chyba jakieś pudełko. – Zastanowiła się raz jeszcze. – Tak, pudełko, sto na sto. Nieduże takie, ale dość grube... Coś jakby książeczka do nabożeństwa, kojarzysz? Taka, jaką miał dziadek. Mniej więcej tych rozmiarów.

– Dobrze. A teraz drugie pytanie: skąd? Skąd wziął to pudełko? Tak dokładnie.

– Tak dokładnie, to... to stąd. – Dżusi machnęła ręką z lewej na prawą, wskazując mniej więcej pół ściany na lewo od drzwi.

– Bosko... – Eleonora odgarnęła włosy za uszy, odetchnęła i powiodła wzrokiem po regałach. – No dobrze. Szukamy.

– Ty chyba sobie żartujesz! Okej, nie żartujesz – stwierdziła natychmiast Dżusi, bo jej siostra już zaczęła przepatrywać górne półki.

Pół godziny później natrafiły na stertę pudełek, którą po krótkim namyśle uznały za podejrzaną.

– Zabrał to stąd – orzekła Eleonora po tym, jak z łatwością wsunęła między nie dłoń. – Na pewno. Tu nigdy nie było takiego luzu.

– Jesteś pewna?

– A jak sądzisz, kto tu sprząta?

Dżusi pokiwała głową. Fakt. Do utrzymania nienagannego porządku w takich warunkach trzeba było fachowca za ciężkie pieniądze. Albo szurniętego pedanta. Albo po prostu Eleonory.

Eleonora była bowiem bibliotekarzem z zawodu i powołania. Znała na pamięć i wyrywki opisy bibliograficzne całego będącego pod jej władaniem księgozbioru i kartoteki czytelników. Nic nie uszło jej uwadze, widziała wszystko i wszystko wiedziała – kto zagiął kartkę w drugim tomie *Krystyny, córki Lavransa*, kto w lipcu zeszłego roku przetrzymał *Morderstwo w Orient Ekspresie*, a kto przez święta trzy lata temu zostawił czekoladowy odcisk palca na Jane Austen. Pamiętała wszystkie czytelnicze twarze, nazwiska i zbrodnie przeciwko konkretnym książkom. Jeśli dodać do tego absolutnego świra na punkcie punktualności, symetrii i porządku, Eleonora Stern była bibliotekarzem z piekła rodem. Jeśli zatem mówiła, że to na pewno ta sterta na tej półce tego regału, znaczyło to, że miała rację.

– Okej, czyli wiemy, skąd Ramzes wziął pudełko – rzekła Dżusi, wpatrując się w regał. – I co nam ta wiedza daje?

– Wiemy, skąd je wziął, więc wiemy, gdzie je odłożyć, żeby ciotka nic nie zauważyła.

– A jak zamierzamy tego cudu dokonać?

– Nie mam bladego pojęcia – odparła Eleonora zgodnie z prawdą.

Osunęły się zgodnie na podłogę i oparły plecami o regał. Miny miały nietęgie.

– Ciotka naprawdę nic ci o nim nie mówiła? – Skwaszona Eleonora popatrzyła z ukosa na Dżusi. – Wtedy, przez telefon?

Musiała chociaż wspomnieć. Ramzes nachodzi ją regularnie już trzeci miesiąc i ciotka momentami naprawdę przez niego świrowała. Znaczy – po szybkim namyśle postanowiła uściślić – jeszcze bardziej niż zwykle.

– Cóż... w zasadzie to... Może rzeczywiście coś tam wspomniała o jakimś faraonie... Ale wiesz, jak ja jej słucham, kiedy zaczyna gadać od rzeczy. Kochana cioteczka i te jej niekończące się fiksacje...

Eleonora pokręciła głową.

– Aha. A do kompletu ty i ta twoja... to twoje... wszystko!

– Och, przestaniesz wreszcie? – fuknęła Dżusi. – Dobra, nie wypieram się, doznałam jakiegoś ciężkiego zaćmienia i spieprzyłam sprawę, ale ty też, pamiętasz? Gdybyś na mnie zaczekała, do niczego by nie doszło.

– Nie mogłam się spóźnić do pracy!

– No to się nie spóźniłaś. Zadowolona? – dorzuciła i nie bez satysfakcji zauważyła, że do jej szaro-świętej siostry chyba wreszcie zaczęło docierać, jak bardzo przyczyniła się do tej katastrofy.

– Rany boskie... – Eleonora ukryła twarz w dłoniach i jęknęła przeciągle. – Ciotki nie ma zaledwie trzeci dzień, a my już zawaliłyśmy sprawę... Przecież ona nas zabije!

– No.

– Na śmierć!

– No. Jeśli nie bardziej.

I obie aż za dobrze wiedziały, jak niewiele przesady kryło się w tych słowach.

Siedziały tak przez kilka minut, zapatrzone tępo w przestrzeń przed sobą. Zwabiony nagłą ciszą kot ciotki Klary – wielkie, oczywiście czarne stworzenie o gęstej sierści z bujną kryzą, migdałowych oczach i uszach zakończonych pędzelkami jak u rysia – postanowił wreszcie opuścić swą kryjówkę, w której schronił się przed niezasłużonymi wrzaskami i obelgami obcej samicy. Wkroczył teraz miękko do salonu, obrzucił swą niedawną ofiarę pełnym wyższości spojrzeniem, po czym zasiadł łaskawie na wersalce.

– Futerał! – warknęła Dżusi, grożąc mu skaleczoną ręką.

– Nie futerał, tylko Kot.

– Kot? Serio? Kot imieniem Kot?

– Oficjalnie nazywa się Baldomer Trzeci Znad Brzegu Noteci. W skrócie i bez idiotycznego rymu – Kot.

– Serio, El, to już bardziej pasował mu ten Ramzes – odparła Dżusi i obie aż podskoczyły, gdyż wielki kot zwany Kotem zasyczał dziko, prezentując zębiska i jeżąc sierść na grzbiecie.

Naraz wzrok Dżusi przykuło coś białego na podłodze. Ledwo wystawało spod wersalki, skryte w cieniu mniej więcej poniżej Kota. Gdyby nie siedziała tuż obok, na gołym parkiecie, nigdy by tego nie zauważyła. Nie wstała, tylko przechyliła się i bardzo ostrożnie, ani przez moment nie spuszczając wzroku z najeżonego zwierzęcia, wyciągnęła rękę.

– Co to?

– Chyba... bo ja wiem? Wizytówka? Tak. Ale jakaś dziwna... – mruknęła, obracając kartonik w dłoni. – Widzisz?

Platynowa i czarna głowa pochyliły się nad wizytówką. Z jednej strony była całkiem pusta, z drugiej zaś widniał jedynie miedziorytowy, bogaty w szczegóły rysunek. Przedstawiał wzbijającego się do lotu ptaka o charakterystycznej głowie, krótkim, hakowatym dziobie i wielkich, blisko osadzonych oczach. I nic więcej.

– Rzeczywiście, dziwna – przytaknęła Eleonora. – Żadnego nazwiska, adresu czy chociaż numeru telefonu... Ale sowa przepiękna, prawda?

– No, piękna. Trzymaj. – Dżusi podsunęła wizytówkę siostrze, lecz ta ze zdumieniem zmarszczyła czoło.

– To nie moje.

– No to czyje? Ciotki?

– Nie, ciotka ma zupełnie inne. Normalne. No wiesz, takie z numerem i...

– Przecież poza wami nikt więcej tu... – Dżusi weszła Eleonorze w słowo, lecz i jej nie było dane dokończyć, gdyż naraz zakrzyknęły zgodnie:

– Ramzes!

– Musiał ją zgubić! – dodała Dżusi, mimo zabójczych obcasów zrywając się na równe nogi. Kot, spłoszony tym nagłym ruchem, czmychnął do przedpokoju, skąd prychnął potępiająco na obie siostry. – Pewnie wypadła mu z kieszeni, kiedy wyciągał pudełko z regału!

Eleonora podniosła się z gracją i wygładziwszy szmizjerkę, wzięła wizytówkę i zaczęła uważnie jej się przyglądać.

– Dżusi? – rzekła wreszcie.

– No?

– Nie wiem, co zabrał Ramzes, i nie mam pojęcia, jak my mu teraz to coś odbierzemy, ale nie mamy wyjścia. Musimy to odzyskać. I to jeszcze zanim wróci ciotka.

## Rozdział 4

Następnego ranka, punktualnie o siódmej, Eleonora wsiadła na rower i pomknęła do pracy. Na odchodnym wręczyła Dżusi swój laptop, wymusiła na niej obietnicę, że pod jej nieobecność nawet na krok nie ruszy się z mieszkania ani nie przerobi Kota na futerał, i obiecała wrócić jak najszybciej.

Dżusi, wciąż rozczochrana i w piżamie, ale już w miarę przytomna, wspięła się na parapet w ich wspólnym pokoju. Odprowadzała siostrę wzrokiem, dopóki ta nie zniknęła za rogiem budynku po drugiej stronie ulicy, i dopiero wtedy podreptała do kuchni. Z kubkiem słodkiej białej kawy zasiadła przy stole i odpaliła laptop.

– Polowanie czas zacząć! – wymruczała śpiewnym tonem, uruchamiając przeglądarkę internetową, pełna energii i entuzjazmu.

Miały imię, miały wizytówkę. Dziwną wizytówkę. Oglądały ją do późna, z obu stron, przez lupę i pod światło.

Początkowo szukały wśród sowich piór jakiegoś ukrytego przekazu, a gdy już stało się jasne, że nic takiego nie znajdą, usiłowały dociec, co komu po wizytówce bez żadnych danych kontaktowych. Co się tyczyło imienia, zdaniem Eleonory było prawdziwe, tymczasem Dżusi stawiała raczej na przydomek. Tak czy owak, z pewnością było charakterystyczne, czyli stanowiło dobry punkt zaczepienia, przynajmniej w teorii. W końcu ilu Ramzesów mogło być wśród wrocławskich antykwariuszy?

Wystarczyła godzina, żeby jej entuzjazm rozprysnął się w zderzeniu z faktami.

Miały imię. Miały wizytówkę.

Nic więcej.

Z narastającym zaniepokojeniem Dżusi wklepywała kolejno w przeglądarkę wszystkie hasła kluczowe i ich kombinacje, na jakie tylko wpadła – „Ramzes antykwariusz", „Ramzes antykwariusz Wrocław", „Ramzes nietypowy antykwariusz zlecenie Wrocław", „Ramzes antykwariusz nietypowe zlecenie Wrocław". I nic. Nie licząc, rzecz jasna, zatrzęsienia przeróżnych kebabów i gyrosów, a nawet jednej firmy transportowej, które wyskoczyły, kiedy poprzestała na samym imieniu i mieście.

Ale Dżusi nie byłaby sobą, gdyby się tak łatwo poddała. Jak wiele stworzeń niewielkich rozmiarów, w sporej mierze składała się z zawziętości.

– I tak cię znajdę, ty dupku egipski – wycedziła.

W końcu uznała, że nie ma co już na starcie wdawać się w szczegóły, i postawiła na metodę stopniowej eliminacji. Wpisała więc po prostu „antykwariusz Wrocław", wcisnęła enter i pół sekundy później zmarszczyła czoło, widząc zdumiewająco krótką, jak na miasto bądź co bądź uniwersyteckie, listę adresów. Po zastanowieniu Dżusi przełączyła przeglądarkę z opcji „wszystko" na „mapy" i na monitorze laptopa wyskoczyły czerwone znaczniki. W pierwszej chwili chciała chwycić za telefon i obdzwonić po kolei wszystkie wyszukane antykwariaty, jednak z miejsca się rozmyśliła. Zamiast tego zmniejszyła mapę i zaczęła ją przesuwać w tę i z powrotem, bacznie obserwując zachodzące zmiany. Po minucie takiego manewrowania zyskała pewność. Znaczniki skupiały się w rejonie Śródmieścia i Starego Miasta, a to znacznie ułatwiało jej sprawę.

Tak. Pod platynowymi puklami w okamgnieniu wykluł się plan.

Przez telefon dużo łatwiej kogoś zbyć niż podczas rozmowy twarzą w twarz, nie mówiąc już o klasycznym rzuceniu słuchawką, kiedy po drugiej stronie trafi się wyjątkowy natręt. I choć z własną rodziną dogadywała się z trudem, o ile w ogóle, to z rozmów twarzą w twarz z obcymi ludźmi Dżusi zawsze miała celujący. Podbijała ich jeśli nie urokiem osobistym, to przez oszołomienie. I nigdy nie brała jeńców.

Zawahała się i rzuciła okiem na zegar – gdyby się pospieszyła, obskoczyłaby część antykwariatów na długo przed powrotem Eleonory i mogłaby potem zgrywać wariata, że ależ skąd, nosa za próg nie wyściubiła, pół dnia wisiała grzecznie na telefonie. W końcu najgorsze już się stało, prawda? Ramzes wykorzystał nieobecność ciotki i podstępem zabrał z mieszkania to, co chciał. Jakie były szanse, że następnego dnia postanowi wrócić i zabrać coś jeszcze? Wystarczyło tylko pamiętać, żeby przed wyjściem dla pozorów zadzwonić z telefonu stacjonarnego na zegarynkę i zostawić odłożoną słuchawkę, a potem konsekwentnie nie odbierać komórki, na wypadek gdyby Eleonora próbowała ją sprawdzić. A gdyby tak… gdyby tak jeszcze… Choć nie, to byłby nadmiar szczęścia, ale co jej szkodziło sprawdzić? Dżusi skoczyła do przedpokoju, otworzyła starą szafeczkę obok skrzynki z korkami i aż pisnęła – kluczyki do wunderwaffe ciotki wisiały tam, gdzie zawsze.

Nie tracąc więcej czasu na zbędne skrupuły, ubrała się, umalowała i bez śniadania, za to z listą antykwariatów w torebce oraz świętą zasadą w coraz głębszym poważaniu opuściła mieszkanie.

Żeby nie biegać naokoło, wyszła z budynku przez piwnicę, bezpośrednio na podwórko i pognała do czwartego garażu od lewej. W środku stało wunderwaffe – pokraczny produkt przemysłu motoryzacyjnego, nieokreślonej marki, za to o wściekle turkusowej karoserii. Miało sprzęgło tak wysokie, że nawet Dżusi musiała uważać, by przy zmianie biegu nie wybić sobie zębów własnym kolanem, na większych wybojach boczne szyby opuszczały się samoistnie, acz bez szczególnej koordynacji, a do tego już dawno osiągnęło pełnoletność. Jakim cudem wciąż jeździło, tego żaden mechanik nie potrafił wyjaśnić, ale Klara Stern wyprowadzała je z garażu rzadziej niż bogobojny niemiecki emeryt, więc nie potrzebowała niczego więcej.

– Lepszy rydz niż nic – uznała optymistycznie Dżusi i tak na wszelki wypadek przeżegnawszy się w duchu, zasiadła za kierownicą.

Znalezienie miejsca parkingowego w ścisłym centrum Wrocławia zajęło jej dużo więcej czasu niż sam dojazd, ale w końcu się udało i mogła ruszyć na podbój pierwszego antykwariatu z listy.

Dżusi wiedziała, co robić. Z natury równie stabilna co słoneczna aura nad Bałtykiem, w poniedziałek była szafiarką, we wtorek planowała przeprowadzkę na Borneo, żeby ratować orangutany, w środę zaś rzucała jeden kurs i składała papiery na drugi, trzeci i czwarty, a to wymagało częstego wdzięczenia się do różnych osób na różnych stanowiskach. W rezultacie, mając dwadzieścia cztery lata, wciąż nie ukończyła żadnych konkretnych studiów, za to z brania pod włos mogłaby od ręki napisać habilitację. Tryskała energią, była pełna uroku i w razie potrzeby umiała kokietować jak mało kto.

Tym razem jednak napotkała mur, którego nie potrafiła sforsować.

Gdy opuszczała trzeci antykwariat, uświadomiła sobie, że znów powtórzył się ten sam scenariusz. Od samego progu roztaczała swój urok trzpiota w opałach, z mniejszą lub większą dawką seksapilu, i czujnie obserwowała reakcję. Zazwyczaj antykwariusz uśmiechał się, sztucznie bądź nie, i słuchał z grzecznym zainteresowaniem, przywykły do ludzi, którzy poszukują u niego czegoś nad wyraz ważnego, lecz zamiast czym prędzej przejść do sedna, wdają się w niepotrzebne szczegóły, streszczając przy okazji życiorys ciotecznej prababci. Aż w końcu, gdy intuicja podpowiadała jej, że na tak przygotowanym gruncie jak nic zaraz coś wykiełkuje, Dżusi sięgała do torebki po wizytówkę z sową.

I właśnie w tym momencie cały jej wysiłek diabli brali.

Nagle kończyły się uśmiechy. Nagle nikt już nie patrzył jej w oczy i kolejni antykwariusze zgodnie nabierali wody w usta. Jeden nawet uciekł na zaplecze, gdzie chyba przepadł na amen, chociaż czekała na niego dwadzieścia siedem minut. Nikt nic nie wiedział, nikt nic nie słyszał, nikt nie znał żadnego Ramzesa.

A Dżusi musiałaby być naprawdę ślepa, by nie widzieć, że kłamią jak z nut.

Po trzech godzinach bezowocnych wędrówek od drzwi do drzwi i prób zdobycia choćby strzępu informacji na temat tajemniczego Ramzesa wsiadła z powrotem do nagrzanego wunderwaffe i spojrzała z przygnębieniem na wymiętą i pokreśloną listę. Wciąż wiedziała tyle co nic, a został jej tylko jeden antykwariat, kawałek stąd, na obrzeżach Starego Miasta. Z ciężkim sercem odpaliła silnik.

Dżusi musiała wysiąść i złożyć lusterka, żeby zmieścić się wunderwaffe w wąskiej bramie. Antykwariat Oculus mieścił się w głębi podwórka, za murowanym śmietnikiem, od którego bił duszny fetor kiszących się odpadków. Również białe, obite drzwi z otwartą kratą nie wyglądały zachęcająco. Zaraz za nimi zaczynał się jednak nieco bardziej reprezentacyjny korytarzyk, zwieńczony krętymi schodkami na półpiętro.

Choć jej siostra najchętniej zamieszkałaby w bibliotece i żywiła się wyłącznie słowem pisanym, co było widać po jej figurze i cerze, to Dżusi zaliczała się do przytłaczającej większości w ponurych statystykach czytelnictwa. Lecz nawet ona uśmiechnęła się, gdy stanęła na ostatnim stopniu i rozejrzała się dookoła. Sądząc po dyskretnej woni świeżej farby oraz liczbie kartonów, które zalegały po kątach, czekając na rozpakowanie, antykwariat działał tu od niedawna. Mimo to już dorobił się własnej atmosfery, jak gdyby z każdą starą książką na regale oprócz kurzu w powietrzu przybywało też tego nienamacalnego, magicznego czegoś, co odróżniało go od zwykłej księgarni.

– Dzień dobry! – Dżusi rzuciła głośno w eter, ponieważ nigdzie nie widziała ani żywego ducha, który był jej potrzebny.

– A dzień dobry! – usłyszała w odpowiedzi. Zaczęła się rozglądać jeszcze intensywniej i w końcu dostrzegła wystającą zza węgła brodatą głowę. Głowa uśmiechnęła się do niej ciepło. – Proszę się nie krępować i buszować do woli. Chyba że szuka pani czegoś konkretnego?

– W zasadzie… to tak. Nawet bardzo konkretnego – odparła Dżusi. – I wychodzi na to, że jest pan moją ostatnią deską ratunku.

– Obawiam się, że deską to ja byłem tak ze dwadzieścia pączków temu – rzekła brodata głowa, znikając na powrót za węgłem, by po chwili wyłonić się wraz z ciągiem dalszym osoby ludzkiej i stertą książek pod pachą. – Teraz bliżej mi do okrąglaka – dodał antykwariusz, wolną ręką klepiąc się wymownie po brzuchu i mrugając wesoło do dziewczyny.

Był młodszy, niż się spodziewała, co najwyżej dobiegał trzydziestki. Miał na sobie kraciastą koszulę z krótkim rękawem i luźne chinosy. Kolorystyką i posturą przypominał wielkiego pluszowego misia, a przy tym biła od niego taka życzliwość względem świata, że Dżusi najchętniej wtuliłaby się w niego i została tak co najmniej do świąt.

Uśmiechnęła się szeroko i już brała wdech, gdy wtem coś ją tknęło. Był młody – ale czy aby nie za młody, żeby mieć jako takie rozeznanie w antykwarycznych kręgach? Znać tego i owego, na byle wzmiankę słyszeć dzwonienie, i to nie w uszach, ale w każdym kościele w promieniu dwudziestu kilometrów? Choć z drugiej strony… stare wróble spławiły ją bez pardonu, ani myśląc dzielić się swoim hokus-pokus czy czym tam. Może ktoś młodszy nie miałby takich oporów?

I niemal natychmiast dźgnęło ją sumienie. Nie pierwszy raz opowiadała komuś głodne kawałki, ale patrzyła na tego człowieka z pluszu i poczciwości i czuła się trochę, jakby miała kopnąć szczeniaczka.

Wypuściła powietrze, a wraz z nim resztki seksapilu, zdecydowana powiedzieć młodemu mężczyźnie całą prawdę.

No, prawie całą.

– Narozrabiałam – wypaliła na wydechu, żeby zaraz się poprawić: – Znaczy, narozrabiałyśmy. Siostra i ja... czy raczej ja i siostra? Zresztą nieważne. Narozrabiałyśmy obie i jeśli tego nie odkręcimy, zanim wróci nasza ciotka i się o wszystkim dowie, to będzie awantura na dwadzieścia cztery frajerki. Pan naprawdę jest naszą ostatnią nadzieją. Serio. Wygadałam wszystkie darmowe minuty, wisząc na telefonie, przejrzałam pół internetu, wysłałam setki maili na dziesiątki adresów, a teraz łażę od rana po antykwariatach i nic. Wszędzie odsyłają mnie od Gawła do Pawła.

– A to szubrawcy! – rzekł z pełną powagą młody antykwariusz. – Proszę tylko rzec, czego pani poszukuje, a postaram się uratować honor branży i jakoś pani pomóc.

– Poszukuję nie tyle czegoś, ile kogoś – wyjaśniła Dżusi i z pewnym wahaniem sięgnęła do torebki. – I to musi być dokładnie ten ktoś, inaczej już po nas. Chodzi o antykwariusza. Niestety, mam tylko imię... czy przydomek?... oraz to.

Mężczyzna wziął od niej wizytówkę. Marszcząc czoło, przez długą chwilę wpatrywał się w rysunek. Wreszcie, gdy już myślała, że i on zaraz ją spławi, tylko znajdzie dobrą wymówkę, odłożył książki na blat obok kasy fiskalnej i podniósł wzrok na Dżusi. Wciąż był wielkim pluszowym misiem, lecz w jego oczach pojawił się cień niepokoju.

– Słyszałem o tym człowieku.

Ledwie stłumiła radosny pisk, który już się wyrywał z jej gardła. Nad resztą ciała nie zapanowała i aż podskoczyła jak balonik na wietrze.

– Ramzes, tak? Mówimy o Ramzesie, zgadza się?

– Tak jest, o Ramzesie. Nie znam jego nazwiska, przykro mi.

– On naprawdę ma tak na imię czy to taka kozacka ksywa z podziemnego kręgu antykwariuszy?

– Tego chyba nikt pani nie powie. W branży krąży na jego temat kilka legend, ale ile w nich prawdy... – Mężczyzna pokręcił głową. – Nie umiem powiedzieć. Jest stąd, z Wrocławia, ale na pewno nie prowadzi normalnego antykwariatu, ani w lokalu, ani w sieci. Bardzo ostrożnie dobiera sobie klientów. I podobno potrafi znaleźć wszystko, od numizmatów, przez inkunabuły, aż po... bo ja wiem... Bursztynową Komnatę. A w zamian nigdy nie żąda pieniędzy.

– Jeśli nie pieniędzy, to czego? Duszy? Krwi? Pierworodnego dziecka?

– O tym, niestety, legendy już nie wspominają. Chociaż... Klienci, którzy się z nim rozliczyli, milczą jak grób, a kolejna legenda głosi, że nie jest to wyłącznie obrazowa metafora. – Podał Dżusi wizytówkę, lecz nie puścił, kiedy ją chwyciła. Popatrzył dziewczynie prosto w oczy. – Proszę posłuchać. Nie wiem, czemu go pani szuka, ale wydaje mi się... – Umilkł w pół zdania, jak gdyby wciąż bił się z myślami. – Wydaje mi się, że powinna pani przestać. Dla własnego dobra.

Choć rozmawiali jeszcze przez następny kwadrans, nie zdołała wyciągnąć z młodego antykwariusza wiele więcej. Na dodatek nie wiedzieć kiedy zrobiła się czternasta, co oznaczało, że do powrotu Eleonory zostało zaledwie półtorej godziny. Dżusi zgarnęła jeszcze ulotkę antykwariatu, pożegnała się z pluszowym człowiekiem i popędziła na Lompy, dwa razy przejeżdżając na czerwonym świetle. Zamknęła wunderwaffe w garażu i była właśnie w połowie drogi przez piwnicę, kiedy w torebce rozdzwoniła się jej komórka.

Eleonora.

Poniesiona sukcesem Dżusi na śmierć zapomniała, że miała przecież nie odbierać.

– Cześć, El, kiedy będziesz? – zaćwierkała radośnie i przyspieszyła kroku, modląc się, żeby siostra nie zwróciła uwagi ani na stukot obcasów, ani na osobliwy pogłos w tle. – Mamy do pogadania. Spięłam poślady i zdołałam się dowiedzieć tego i owego na temat naszego drogiego Ramzesa!

Odpowiedziało jej milczenie.

Niepokojąco długie milczenie.

– El?

– Rzeczywiście – ku swej uldze usłyszała wreszcie po drugiej stronie – mamy do pogadania.

– I to jak! – Zamknęła ostrożnie drzwi piwnicy, żeby nie trzasnęły, i skręciła na schody. – Czekaj, jak tylko wrócisz... o. Już wróciłaś. Cześć, El.

Z komórką przy uchu i siatką jabłek w drugiej ręce Eleonora stała pod drzwiami mieszkania i patrzyła z góry na młodszą siostrę.

– A mogłam zabrać ze sobą klucze... – rzekła lodowatym tonem.

– Fakt, mogłaś – zgodziła się Dżusi, uznawszy, że w zaistniałej sytuacji nie ma w zasadzie już nic do stracenia. – Ale nie zabrałaś, a ja to wykorzystałam i wiesz co? – zapytała szybko, żeby nie dopuścić siostry do głosu. – Zamiast kwitnąć bezczynnie w tej graciarni, ruszyłam cztery litery i przeleciałam się po antykwariatach.

– W poprzednim wcieleniu musiałaś być złotą rybką.

– A w następnym za karę pewnie będę rybnym paluszkiem. El, posłuchaj...

Czarne pukle zakołysały się majestatycznie, kiedy Eleonora wolno pokręciła głową.

– Nic się nie zmieniłaś.

Dżusi zgrzytnęła zębami. Ten wzrok i ton znała aż za dobrze.

– Och, dodaj jeszcze, że jak zwykle nie można na mnie polegać, a będzie ciotka jak malowana.

– Właśnie tak, jak zwykle…

– El, stulże wreszcie tę chudą twarz i daj mi dojść do słowa!!! – ryknęła Dżusi. Wyszarpnęła z torebki ulotkę antykwariatu i zamachała nią jak proporcem. – Nie dociera do tego twojego ciosanego toporem przedziałka, że siedząc na dupach, popijając herbatkę i płacząc sobie nawzajem w mankiet, nigdy nie znajdziemy Ramzesa i nie odzyskamy tego, co zabrał? Trzeba działać, więc działam! Wypytywałam o niego wszędzie, ale wszyscy trzymali gęby na kłódkę i dopiero ten facet z Oculusa…

– Jaki znowu facet i z jakiego znowu Oculusa?

– Antykwariusz taki! Z takiego antykwariatu! No więc on mi powiedział…

W tym momencie nad ich głowami trzasnęły drzwi, na schodach załomotały kroki i bezimienny wnuk Młodej Bimbowej minął je w pędzie, ściskając pod pachą jamnika.

– Cześć – burknął do Eleonory, a Bimbo mu zawtórował, piszcząc i merdając ogonem.

– Cześć.

– No więc ten facet z Oculusa powiedział mi… hej! – oburzyła się Dżusi, bo bezimienny wnuk, przeciskając się bezceremonialnie do wyjścia, znów trącił ją łokciem, aż upuściła ulotkę. Kredowy papier śmignął gładko po posadzce aż do najciemniejszego kąta klatki schodowej. – No co za buc.

– Junior? – Eleonora wzruszyła ramionami. – Junior jest specyficzny, ale… – zaczęła, lecz wtem zamarła jak sarna w blasku samochodowych świateł. Nasłuchiwała.

Na pierwszym piętrze znów otworzyły się drzwi.

– BIMBOWA! – pisnęła Dżusi prawie że bezgłośnie i jednym ruchem wyłowiła klucze z otchłani torebki.

Dopiero po kilku minutach odważyły się odetchnąć i odkleić od drzwi mieszkania, pod którymi w napięciu nasłuchiwały odgłosów, jakie dobiegały z klatki schodowej. Tymczasem Kot przyglądał im się leniwie z wyżyn półki nad lustrem w przedpokoju.

Sprawdziwszy jeszcze raz zamki, Eleonora odwróciła się do siostry i założyła ręce na piersi, przeistaczając się w bladoszare uosobienie potępienia.

– Dobrze. Wracając do tematu...

– Okej, El, zanim zaczniesz jeździć po mnie w tę i nazad, najpierw posłuchaj tego. Ramzes mówił mi, że w ramach zapłaty ciotka miała mu coś dać, co nie?

– Podobno. I co w związku z tym?

– Facet z Oculusa wspomniał, że Ramzes sam wybiera sobie klientów i że nigdy nie bierze od nich pieniędzy. Zawsze jest coś za coś. Taki barter.

– Czyli wychodzi na to...

– Aha. Ramzes mówił prawdę – dokończyła Dżusi. – Ciotka dała mu jakieś zlecenie, on je wykonał i przyszedł po zapłatę. Tyle że ciotka z jakiegoś powodu postanowiła wystawić go do wiatru.

– Czego jeszcze się dowiedziałaś?

– Cóż... – Dżusi zaczęła się miotać po przedpokoju, gestykulując żywiołowo przy stukocie obcasów, podczas gdy jej siostra słuchała ze ściągniętymi brwiami. – W zasadzie to dowiedziałam się przede wszystkim, że niczego się nie dowiem. Wygląda na to, że informacje na temat Ramzesa podchodzą pod tę samą kategorię co jednorożce i dobrze wyreżyserowane pornosy z błyskotliwymi dialogami i oryginalną scenografią. Nie istnieją. Nic, zero, plaża, nie ma wody na pustyni! Rozumiesz? W czasach, w których nawet zapalniczki będą niedługo wyposażone w GPS i aparat fotograficzny, gość ma w zasadzie stuprocentową skuteczność w ukrywaniu się przed całym światem. Serio, El, strzeże prywatności bardziej niż ty cnoty albo porządku w szufladzie. A co jeszcze dziwniejsze, na dźwięk jego imienia ludzie zaczynają z lekka świrować.

– Hm. Zupełnie jak ciotka…

– Co nie? O tym samym pomyślałam! A wiesz, dlaczego świrują?

– Dlaczego?

– No więc według najczęściej powtarzanej legendy, którą antykwariusze opowiadają sobie wyłącznie szeptem i broń Boże po zmroku, bo nie wiem, pewnie im zaraz wylezie spod szafy i nasika na radzieckie znaczki albo co, no więc ten cały Ramzes to podobno bardzo, ale to bardzo niebezpieczny człowiek.

– Niebezpieczny? – Gotyckie brwi Eleonory uniosły się o centymetr. – Antykwariusz?

– Tak mi powiedział facet z Oculusa. A i tak ledwo to z niego wyciągnęłam. – Westchnęła z nieskrywanym ubolewaniem. – Byłoby mi łatwiej go przycisnąć, gdyby nie był taki rozkosznie misiowaty…

– Och, Dżusi, doprawdy! I ty to kupiłaś?

– A niby czemu wszyscy tak świrują?

– Bo się nawdychali za dużo zbutwiałego papieru? Nie wiem, skąd niby mam wiedzieć? – Dotąd słuchała w nadziei, że Dżusi w końcu przejdzie od legend do konkretów, teraz jednak zaczęła tracić cierpliwość. Zacisnęła nerwowo pięści. Idiotka. Nie, wróć, dwie idiotki. Dżusi i Eleonora, a co jedna, to głupsza. Co im strzeliło do głowy, skąd w ogóle pomysł, że to się może udać? – I co, to wszystko? – zapytała opryskliwym tonem. – Po to kolejny raz wypięłaś się na zasady? Po to nie dotrzymałaś słowa? Żeby przelecieć się po mieście i zgarnąć garść bezużytecznych plotek?

Dżusi wzięła się pod boki i rzuciła siostrze zadziorne spojrzenie.

– Przynajmniej próbuję coś zdziałać – odwarknęła – choć to nie ja zostanę w rodzinnym mauzoleum i będę się użerała z ciotką, jej fiołami i fochem.

– Och, klasyka. Klasyka! Dżusi narozrabiała, Dżusi daje nogę.

– Wiesz co? Wiesz co?! A srał cię kot! – wypaliła Dżusi i zatrzaskując za sobą drzwi, zamknęła się w łazience.

Kot nie był zainteresowany współpracą w tym temacie.

## Rozdział 5

Nie odzywały się do siebie przez następny tydzień z okładem. Eleonora codziennie z samego rana jechała do biblioteki, zostawiając obrażoną Dżusi w mieszkaniu sam na sam z równie obrażonym Kotem. O ile jednak po powrocie zwierzak dawał się jeszcze jakoś przebłagać odpowiednią dawką przysmaków i głaskania, o tyle Dżusi bez słowa brała torebkę i wychodziła na miasto, mijając siostrę w drzwiach.

Dopiero kilka dni po bardzo cichym weekendzie coś między nimi drgnęło, choć niekoniecznie tak, jak by sobie tego życzyły.

Tego ranka Dżusi obudziła się i ze zdumieniem stwierdziła, że budzik, który zazwyczaj rozdzierał się tuż po szóstej, wciąż milczy jak zaklęty, choć dochodziła ósma. Druga amerykanka była już pościelona i złożona, a na jej wezgłowiu wylegiwał się Kot.

Zdziwiona dziewczyna uwolniła się ze skotłowanej pościeli i wyjrzała do przedpokoju.

– El?...

Odpowiedziała jej głucha cisza.

Dżusi powędrowała do łazienki, skąd wyszła po kilku minutach ze szczoteczką, w zadumie szorując zęby. Sprawdziła salon, zajrzała ponownie do pokoju i kuchni, lecz jej siostra nie raczyła się nigdzie objawić. Czyżby już wyszła do pracy? Ale czemu tak po tajniacku? Foch jej się zagęścił czy jak? Ze zmarszczonym czołem i pianą kapiącą prosto w dekolt piżamy Dżusi podeszła do wieszaka w przedpokoju, żeby wyciągnąć z torebki komórkę, i wtedy usłyszała dobiegające zza drzwi głosy. Zerknęła przez wizjer.

Na klatce stała Eleonora, trzymając siatkę z pieczywem w jednej ręce, w drugiej zaś gazetę, i z kamiennym wyrazem twarzy patrzyła w górę schodów, skąd spływały na nią nieprzerwanie kaskady słów.

– ...ja jej tyle razy powtarzałam, Klarciu, zdrowie trzeba szanować, bo zdrowia nic nie wróci, no i masz ci los, doigrała się, sanatorium w tym wieku, w tym wieku, ach, to nawet ja jeszcze się do sanatorium nie wybieram, a gdzie mi do Klarci, a mówiła, że w rejs płynie, wypocząć, opalić się trochę, a tu...

– Tak, tak, pani Krysieńko, ze zdrowiem nie ma żartów – wtrąciła Eleonora, kiedy Młoda Bimbowa w końcu zrobiła przerwę na wdech, i z namaszczeniem pokiwała głową.

– No ale żeby lumbago, no kto to widział, taka młoda i lumbago, ty wiesz co, mój świętej pamięci ojciec to miał lumbago, ale ileż to on się nie nałaził po tych ruinach, tych archiwach, niby praca biurowa, siedząca, bo mój świętej pamięci ojciec to był człowiek z wykształceniem, może i nie uniwersyteckim, ale przedwojennym, w tamtych czasach to było coś, nie to co teraz, a wracał czasem taki umęczony, jakby w kamieniołomie kilofem robił, ręce sobie zniszczył, kręgosłup, ty wiesz co, jak on czasem opowiadał, czego to oni nie musieli robić w czterdziestym piątym, zanim weszli Ruscy, pamiętam, że raz to...

– Wie pani, pani Krysieńko – dziewczyna z wprawą weszła sąsiadce w słowo. – Ciocia może i wygląda dość młodo, jak na swój wiek, ale lata już nie te, to i owo zaczyna szwankować... A człowiek nie samochód, przebiegu nie cofniesz.

– Och, Elutko, co ty nie powiesz, no ja bym jej w życiu nie dała więcej niż...

Gdy Eleonora w końcu wyrwała się sąsiadce, Dżusi już czaiła się na nią w przedpokoju. Uśmiechnęła się do starszej siostry niczym dobrze wychowana jaszczurka.

– Ładnie to tak? – zapytała głosem tak słodkim, że niemal lepił się jej do wyszorowanych zębów.

– Co tak?

– Tak łgać w żywe oczy. Sanatorium? Lumbago? Serio?

Na bladą twarz Eleonory wystąpił nieśmiały rumieniec. Przeszła do kuchni i rzuciła gazetę na stół.

– Nie wiem, o czym mówisz.

– Znowu to robisz, El.

– Nic nie robię.

– Oczywiście, że robisz. Znowu kłamiesz. Kłamałaś wtedy, kłamiesz i teraz. Myślisz, że nie pamiętam? Co rusz musiałam kryć przed ciotką ten twój chudy tyłek, chociaż miałam wszelkie powody, żeby cię wsypać. Dawałaś mi ich aż nadto.

Symulując kompletną głuchotę, Eleonora jedna po drugiej wyciągała bułki z siatki i układała na desce w karnych szeregach.

– A tak w ogóle czemu nie jesteś w pracy? – Siostra ewidentnie się zacięła, więc Dżusi w końcu zmieniła temat.

– Zamieniłam się dziś z koleżanką, idę na popołudnie. Musisz zawieźć na dziesiątą Kota do weterynarza. Na przegląd i szczepienie – dodała, odrywając się na chwilę od musztrowania pieczywa i wręczając siostrze książeczkę. – Ja zostanę pilnować mieszkania. Dość już katastrof jak na ten miesiąc.

Dżusi wzruszyła ramionami.

– Sama go zawieź.

– Na rowerze? Musiałabym trzymać transporter w zębach. A Kot waży skromne dziesięć kilogramów.

Zerknąwszy na pieczątkę z adresem lecznicy, Dżusi pomachała książeczką.

– Zawsze możesz podjechać autobusem – rzekła niewinnie. – To w końcu tylko kilka przystanków stąd.

Przez chwilę mierzyły się wzrokiem.

– Dziesiąta – powtórzyła sucho Eleonora. – Przegląd. Szczepienie. Powinnaś ogarnąć.

– Autobus. Taksówka. Ewentualnie tak zwany but. Powinnaś ogarnąć – odparowała słodko Dżusi i jak gdyby nigdy nic poszła do łazienki, rozkoszując się moralnym zwycięstwem w skali mikro.

Co wcale nie zmieniało faktu, że wpół do dziesiątej, taszcząc dziesięć kilo wściekłego Kota w transporterze, wsiadła do turkusowego wunderwaffe i pojechała do tego cholernego weterynarza.

Oczywiście, że tak. W końcu lista szurniętych Sternów nie kończyła się na ciotce Klarze z szerokim wachlarzem dziwactw, które utrudniały życie całej – aż trzyosobowej – rodzinie i skutecznie wymykały się ludzkiemu pojęciu. Pozapinana na ostatni guzik Eleonora niewiele jej ustępowała, a paniczny lęk przed środkami komunikacji publicznej stanowił zaledwie pierwszy punkt na liście objawów genetycznego obciążenia obłędem. Nie znosiła rozmawiać przez telefon. Była pedantką po same uszy zanurzoną w natręctwach – pranie składała od linijki, szczoteczkę do zębów dezynfekowała po każdym użyciu, nigdy nie przeszła przez jezdnię na czerwonym świetle, a raz obranych zasad i tras trzymała się kurczowo, jak gdyby od tego, którędy dotrze z domu do sklepu albo z pracy do przychodni, zależały losy wszechświata. Wiedział o tym każdy, kto ją bliżej znał, czyli mało kto. Za to nikt z wyjątkiem jej młodszej siostry nie miał pojęcia, że ta świętsza od papieża, poukładana Eleonora zaraz za progiem mieszkania, jak gdyby w atawistycznej reakcji obronnej na świat zewnętrzny, potrafiła kłamać jak najęta, żeby rozładować stres.

Choć biorąc pod uwagę, w jakich warunkach przyszło dorastać obydwu Sternównom, w zasadzie nie było takiej szajby, o którą nie dałoby się ich posądzić.

– Co za porąbana rodzina... – podsumowała krótko Dżusi, wbijając się na wysoki krawężnik pod lecznicą, aż wunderwaffe zgrzytnęło podwoziem.

Najpierw wynudziła się jak mops w poczekalni, przycupnięta w kącie na plastikowym dziecięcym zydelku, byle dalej od państwa z yorkiem, który awanturował się jak szalony i próbował zjeść Kota, nie zważając zbytnio na fakt, że prędzej to Kot pożarłby jego. A potem z mieszaniną mściwej satysfakcji i szczerego współczucia obserwowała, jak dwumetrowy weterynarz szarpie się z dziesięciokilogramową kocią furią, próbując ją zaszczepić i przeżyć.

W rezultacie, gdy tuż przed jedenastą opuszczała lecznicę, i tak ledwo mogła utrzymać transporter z rozjuszonym Kotem, dlatego kolejne gwałtowne szarpnięcie nie zdziwiło jej jakoś szczególnie. Również i dzikie syki w pierwszej chwili puściła mimo uszu, ale wściekły skrzek – pierwotny i jednocześnie tak bardzo zwierzęcy, a tak mało koci – już nie dał się tak łatwo zignorować. Zdumiona Dżusi odstawiła transporter na chodnik i przykucnęła, żeby zajrzeć do środka.

Kot, z uszami położonymi po sobie i podwiniętym ogonem, kulił się w kącie i wydawał z siebie dziwny, jednostajny warkot, a jego źrenice zrobiły się tak wielkie, że oczy zlały się z czernią nastroszonej sierści.

– Ej, a ty co? – zapytała z niepokojem, bo Kot wciąż warczał i na przemian to wysuwał, to chował pazury, jak gdyby szykował się do walki na śmierć i życie.

Dżusi wstała i odruchowo łapiąc się za dłoń, na której jeszcze do niedawna nosiła plaster, rozejrzała się po ulicy w poszukiwaniu tego, co mogło tak bardzo przerazić zwierzę tych rozmiarów.

Z obdrapanej kamienicy po przeciwnej stronie ulicy wyłonił się jasno ubrany mężczyzna i ruszył w przeciwną stronę.

W pierwszym odruchu Dżusi zastygła, kompletnie zaskoczona.

Wszędzie rozpoznałaby tę smukłą, smagłą postać, choć widziała ją zaledwie raz.

Ramzes.

W odruchu drugim oczy zaszły jej czerwoną mgłą i zaczęła kląć.

– Ty fałszywy gnoju… – wysyczała pod nosem i bez większego udziału woli ruszyła w ślad za antykwariuszem, z każdą inwektywą coraz raźniej przebierając nogami na niebotycznych korkowych koturnach. – Ty gnido parchata, dupku żołędny jeden... kanalio egipska... a żeby tak... wszy... oblazły... tę twoją... łysą... pałę!... Jezu... – wysapała po zaledwie pięćdziesięciu metrach, od stóp do głów zlana potem i wygięta nieomal w pałąk pod ciężarem transportera.

Naraz Kot, który nie spuszczał wzroku z Ramzesa, zaskrzeczał ostrzegawczo. Smagły mężczyzna, skręciwszy za róg, zatrzymał się po niespełna kilku metrach i sięgnął po coś do kieszeni. Drepcząca za nim ostatkiem sił Dżusi, nawet nie zastanawiając się ani nad przyczyną, ani też sensem swych działań, skoczyła za pierwszy lepszy samochód i kucnęła z takim rozmachem, że nieomal wylądowała twarzą na popękanych płytach chodnika.

Przez chwilę powtarzała w głębi ducha, że jest pieprzonym kwiatem lotosu na powierzchni równie pieprzonego jeziora, i zaciskała rytmicznie dłonie na uchwycie transportera, wyobrażając sobie, że to szyja Ramzesa. Albo nie. Chuda szyja jej pieprzniętej, niewdzięcznej starszej siostry, której próbowała ratować tyłek. No dobra, pół tyłka. Dlatego tkwiła tu teraz jak durna za czyimś samochodem, zasapana i spocona niczym mysz w połogu. Tymczasem gdzieś tam, w chłodnym zaciszu rodzinnego mieszkania, Eleonora zapewne już planowała, czym doprowadzi dziś kogoś do szału, czepiając się byle czego, dla samego czepiania.

Uszu Dżusi dobiegło skrzypnięcie zawiasów. Szybko, balansując na obcasach, wychynęła zza samochodu i zdążyła jeszcze dostrzec, jak Ramzes wchodzi do niewielkiego zakładu. Rzuciła okiem na szyld – zegarmistrz.

Zdenerwowana nieoczekiwanym spotkaniem, zdenerwowana własną bezsilnością, wreszcie zaś zdenerwowana tym całym zdenerwowaniem, które nie opuszczało jej, odkąd przyjechała do Wrocławia, Dżusi wierciła się niespokojnie.

– Szlag, szlag, szlag... – wymamrotała i pochylona, z transporterem w objęciach i tyłkiem nieprzystojnie wypiętym do świata, podreptała na drugą stronę jezdni, przecisnęła się między zaparkowanymi samochodami i przycupnęła pod staromodną witryną zakładu.

– Cicho tam, bo futerał! – fuknęła na Kota, który znów się zakotłował, o mało nie zwalając dziewczyny z nóg.

Odstawiła go na chodnik pod ścianą kamienicy i dopiero wtedy pomału, jakby w obawie, że lada moment dosięgnie ją kula przyczajonego snajpera, zajrzała do środka przez szybę.

Pomieszczenie było niewielkie, przecięte w poprzek drewnianym kontuarem. Za nim ścianę po lewej wypełniał regał. Jedną półkę zajmował nakręcany budzik z Ikei i kilka stojących zegarów. W większości była to jednak masowa tandeta, którą raczej wyrzuca się bez żalu na najbliższy śmietnik, niż oddaje do naprawy u zegarmistrza. Pozostałe półki, jeśli nie liczyć grubej warstwy kurzu, świeciły pustkami. Ogółem stwarzało to dość przygnębiające wrażenie miejsca nie do końca nadążającego za rzeczywistością.

I właśnie tam stał, metr, góra dwa metry od niej. Ramzes, tajemniczy antykwariusz, a poza tym szuja, oszust i kanalia w jednej osobie. Wciąż mogła podziwiać wyłącznie jego plecy, ale to na pewno był on. Rozmawiał z kimś siedzącym po drugiej stronie kontuaru, o który opierał się z tą samą nonszalancją co tamtego dnia o poręcz na ich klatce schodowej. W pewnym momencie kiwnął głową i miękkim, niemal kocim krokiem udał się w ślad za tym kimś na zaplecze zakładu. Ale przechodząc obok kontuaru, najpierw wyciągnął rękę i – Dżusi była o tym przekonana na mur-beton – coś tam położył. Coś ciemnego, mniej więcej wielkości jabłka.

Nie miała absolutnie żadnego pojęcia, co robi. Co więcej, nie miała również pojęcia, po co robi to, co robi, i czy przypadkiem w ten sposób nie wpakuje siebie i siostry w jeszcze większe tarapaty. Coś jednak pchnęło ją nieoczekiwanie do działania.

– Zostań tu! – rzuciła mimowiednie do transportera i ostrożnie uchyliła drzwi.

Dziękując losowi za nikczemną posturę i tylko trochę przeklinając go za naddatek biustu, wślizgnęła się do zakładu i na palcach podeszła do kontuaru. Z zaplecza dobiegały dwa ciche, męskie głosy. Nasłuchiwała przez chwilę, próbując coś zrozumieć albo wyłapać chociaż pojedyncze słowa. Nic z tego. Zaplecze musiało być dużo większe od smutnego pomieszczenia od frontu, bo głosy docierały z daleka i coś je tłumiło.

Uznawszy, że podsłuchiwanie raczej niewiele wniesie, Dżusi zajrzała za kontuar. Na wytartym blacie stała lampa warsztatowa, obok leżała komórka z podpiętymi słuchawkami, okulary i mnóstwo drobnych narzędzi, których nie umiałaby nazwać, a zapewne i odpowiednio chwycić. Ciemny kształt wielkości jabłka okazał się woreczkiem z grubego materiału. Zaskakująco ciężkim woreczkiem, stwierdziła Dżusi, biorąc go ostrożnie do ręki. Przez chwilę wpatrywała się w zamyśleniu w granatowy materiał i dwa ściągnięte troczki.

I nim się obejrzała, z woreczkiem w torebce i transporterem w objęciach pędziła chodnikiem na złamanie karku prosto do turkusowego wunderwaffe.

– Rany boskie, okradłam Ramzesa, rany boskie, rany boskie… – powtarzała raz po raz, z piskiem opon i zgrzytem podwozia odrywając się od wysokiego krawężnika i ruszając czym prędzej. Dopiero kilkaset metrów i dwa skrzyżowania dalej przestała zerkać nerwowo we wsteczne lusterko i zamiast tego spojrzała na Kota, który obserwował ją zza krat transportera przypiętego pasem na siedzeniu obok. – Rany boskie, futerał, ja okradłam Ramzesa... Okradłam. Ramzesa. HA!!! Masz za swoje, egipska łysa pało!

Zamiast zaparkować w garażu, tym razem porzuciła wunderwaffe na ulicy przed kamienicą. Zdążyła przebiec na drugą stronę samochodu i właśnie szarpała się z pasem, żeby uwolnić transporter, zanim w tym upale Kot przysmaży się na chrupko, kiedy z okna na pierwszym piętrze poniósł się krzyk:

– Ja pamiętam! Nie zapomniałam! Pamiętam!

– A ja wprost przeciwnie, nie pamiętam ni cholery! – odkrzyknęła Dżusi i jak na skrzydłach przeleciała przez bramę, klatkę schodową i wpadła do mieszkania. Głucha na kocie protesty z impetem odstawiła transporter i rozejrzała się pospiesznie za siostrą, wymachując triumfalnie granatowym woreczkiem. – El, nie uwierzysz! El! El? O, tu jesteś! Patrz!

Eleonora siedziała zgarbiona przy kuchennym stole, tak zaczytana w porannej gazecie, że nawet trzaśnięcie drzwi wejściowych nie zdołało jej oderwać od lektury.

– El, nie uwierzysz! Pobijemy drania jego własną bronią! On się nie bał i zaje... – Dopiero gdy zatrzymała się pośrodku kuchni, Dżusi dostrzegła, że jej siostra jest jeszcze bledsza niż zwykle. – El? Wszystko gra?

– Jak... jak on się nazywał?

– Kto taki?

– Tamten facet. Z antykwariatu. Ten, z którym wtedy rozmawiałaś. O Ramzesie.

– A bo ja wiem?... Czekaj, wzięłam od niego ulotkę, zaraz sprawdzę... – Ze zmarszczonymi brwiami grzebała w torebce, jednocześnie nie wypuszczając z garści swojego łupu. – No gdzie ja ją... Cholera, ja naprawdę nic nie pamiętam! A dałabym sobie rękę uciąć, że...

– Oculus? – przerwała jej Eleonora.

– Co?

– Tak nazywał się ten antykwariat? Oculus?

– A, tak, facet z Oculusa. No. A co?

Lecz Eleonora tylko pokręciła głową i przesunęła gazetę na skraj blatu tak, żeby siostra mogła ją widzieć.

Najpierw jej uwagę przyciągnęły dwa zdjęcia – na pierwszym widniało podwórko, na nim murowany śmietnik, a dalej drzwi, białe, obite, z kratą i minimalistycznym szyldem. Z drugiego uśmiechała się do niej twarz pluszowego człowieka, podpisana zdawkowo: *Jan O., lat trzydzieści cztery, właściciel antykwariatu Oculus.*

Czując, że coś ją dławi, Dżusi podeszła do stołu i wzięła gazetę do ręki. Pominęła wytłuszczony nagłówek i omiotła spojrzeniem treść krótkiego artykułu poniżej, jedna po drugiej wyławiając kluczowe informacje.

Palące się całą dobę światło zaniepokoiło sąsiadów. Po wstępnych oględzinach miejsca zdarzenia policjanci wstępnie wykluczyli napad rabunkowy. Z kasy nic nie zginęło. Prawdopodobna przyczyna...

Na ułamek sekundy Dżusi stanęło serce.

Zgonu.

Przyczyna zgonu.

Dżusi zaczęła się trząść, aż gazeta zaszeleściła w jej dłoni.

Prawdopodobna przyczyna zgonu – pobicie ze skutkiem śmiertelnym.

– Dżusi? Dżusi?

Dziewczyna oderwała wzrok od artykułu i popatrzyła na granatowy woreczek, który wciąż trzymała w drugiej dłoni. Zawartość żołądka podeszła jej do gardła.

– El... – wyszeptała, ni stąd, ni zowąd bliska omdlenia. – Rany boskie, El...

– Rany boskie, Dżusi, coś ty znowu zrobiła?...

## Rozdział 6

Eleonora obudziła się gwałtownie, jak gdyby ktoś wylał na nią wiadro lodowatej wody.

Poderwała się z łóżka i rozejrzała półprzytomnie. Spod nie do końca spuszczonej rolety do pokoju sączył się blask ulicznej latarni. Budzik wskazywał kilka minut po drugiej. Środek nocy. Tuż obok, prawie na wyciągnięcie ręki, Dżusi spała jak niemowlę wśród rozkopanej pościeli, z rozrzuconymi szeroko kończynami.

Na palcach, żeby nie budzić ani siostry, ani Kota, który w stanie półpłynnym zwisał z krzesła, Eleonora wymknęła się do łazienki. Przekręciła po cichu klucz w zamku i stanęła przed lustrem. Pomimo upału, który nawet o tej porze dawał się mocno we znaki, była mokra od zimnego potu i raz po raz wstrząsały nią dreszcze. Szybko dotknęła czoła, ale nie, to nie była gorączka.

Oczywiście, że nie. Kogo ona chciała oszukać.

* * *

Granatowy woreczek długo leżał pośrodku stołu, nietknięty i zapomniany.

Najpierw Dżusi zwracała do sedesu całą zawartość żołądka, w przerwach między kolejnymi falami wymiotów bełkocząc coś bez ładu i składu, że ona ma dość faraonów, ona chce w Bieszczady. Przez kolejną godzinę to histerycznie płakały, to wydzierały się jedna na drugą, aż echo szło klatką schodową. Wyrzucały sobie nawzajem ciężkie skretynienie i przy okazji wylewały zaległe pretensje i żale, od czasów przedszkolnych aż po miniony wtorek, kiedy jedna z nich zjadła resztkę serka kanapkowego i zostawiła w lodówce puste opakowanie. A gdy już całkiem ochrypły i opadły z sił, wypuściły wreszcie nastroszonego Kota z transportera i usiadły naprzeciwko siebie przy kuchennym stole. Obie wyglądały przy tym tak, jak gdyby wyczołgały się ze zbyt płytkiej mogiły.

– Może... może to po prostu fatalne zrządzenie losu? – wydusiła w końcu Dżusi przez zdarte gardło. – Przecież on tylko zamienił ze mną parę słów, na to się nie umiera!

– Idź i mu to powiedz, może się ogarnie – odparła ponuro jej siostra. Przymknęła oczy i wsparła głowę na ręce. – Jezu, Dżusi... kiedy ty zaczniesz najpierw myśleć, a dopiero potem robić?...

– A skąd ja mogłam wiedzieć, że okradam mordercę?!

– Zacznij może od tego, żeby nie okradać nikogo, a zapewniam, że potem pójdzie już z górki.

– To był pierwszy raz – bąknęła. – Nie planowałam tego, serio.

– Właśnie w tym sęk, Dżusi. Ty nigdy niczego nie planujesz.

– Och, za to ty...

– Dobrze, już! – W pojednawczym geście Eleonora uniosła dłonie. – Nie zaperzaj się tak, przepraszam! Posłuchaj. Jesteś absolutnie pewna, że cię nie widział?

– No... – Dobre pytanie. Wiała stamtąd, aż się za nią kurzyło, skupiona przede wszystkim na tym, żeby nie upuścić transportera ze wściekłym Kotem ani nie zabić się na chodniku, który prawdopodobnie pamiętał jeszcze przemarsze wrażych wojsk podczas ostatniej wojny. I co najmniej jedno bombardowanie. Ani razu nie obejrzała się za siebie, ale słyszała głównie własne sapanie i krew dudniącą w uszach, żadnych krzyków „stój" ani „łapać złodzieja", więc... – Raczej... no... raczej tak. A co?

– Ty pytasz poważnie? Zapomniałaś, co ci mówił facet z Oculusa?

– Ach, więc teraz to już nie są bezużyteczne plotki, tak?

– Dżusi, okradłaś niebezpiecznego człowieka! Kto wie, czy nie mordercę. Kto wie, czy jutro albo pojutrze nie zapuka do naszych drzwi. A może wcale nie zapuka, tylko wejdzie tu razem z nimi!!!

Dżusi zamyśliła się na krótką chwilę.

– El, wiem, że mi zaraz pewnie przydzwonią paragrafem za kradzież, ale może idźmy z tym na policję, co?... – zapytała niepewnie, czym w ułamku sekundy doprowadziła siostrę na skraj paniki.

– NIE!!! Zwariowałaś?! Mowy nie ma! Żadnej policji, nigdy! Ciotka by nas zabiła.

– Aha. Czyli wciąż bardziej boimy się ciotki niż Ramzesa, tak?

– A nie?!

– Serio, El, gorąco polecam wyprowadzkę z mauzoleum. Pomaga.

– Tak? Ale chyba na krótko, bo wystarczyło, żeby ciotka gwizdnęła, a ty przybiegłaś z powrotem.

Młodsza siostra już się nadymała, lecz zaraz sposępniała i wzruszyła ramionami.

– Przecież wiesz, jak jest.

Z triumfalną ripostą na końcu języka Eleonora otworzyła usta. A potem zamknęła. Tak. Wiedziała. Niestety, wiedziała. Jak jest, jak było i jak zapewne będzie. Ciotka zalazła im za skórę zbyt głęboko, by kiedykolwiek zdołały ją stamtąd wydrapać.

– A ty dokąd? – zapytała, ponieważ Dżusi z nową energią poderwała się z krzesła.

– A jak myślisz? – rzuciła przez ramię, wchodząc do ich pokoju. Przysunęła sobie krzesło do szafy, żeby ściągnąć z niej walizkę. – Nie zamierzam siedzieć z założonymi rękami. Pakuję się i jadę do Opola pierwszym pociągiem, zanim ten psychopata tu wróci!

– Ty mnie chyba nie zostawisz?! – Eleonora rzuciła się za siostrą. – Dżusi? Dżusi?! Przecież... przecież teraz musimy trzymać się razem!

– No to pakuj się i jedź ze mną!

– Oszalałaś?! A mieszkanie? A Kot? A moja praca? Jak ty to sobie wyobrażasz, że będę dojeżdżać z Opola?!

– Aha, czyli ja mam nie zostawiać cię tu samej, żebyś ty mogła codziennie zostawiać mnie tu samą, bo praca? Czekaj, czekaj, jak to szło z tym trzymaniem?

– Dżusi, kiedy ja nie mogę... – starsza siostra jęknęła płaczliwie.

– El, na litość boską, czy ty siebie słyszysz?! Nie zrywasz się przecież z matmy na jabola i szluga w parku! Bierz wolne i już, wystawimy obie Bimbowe na czatach, a same się tu zabarykadujemy i może jakoś dożyjemy powrotu ciotki. Ciotka urwie Ramzesowi łeb przy samej dupie.

– Ale nie ma mnie kto zastąpić. Jadzia jak co roku złapała anginę, Kaśka znowu w ciąży… Kierownik na pewno nie da mi teraz urlopu!

– Kierownik? Ta stara łysa kutwa w tureckim sweterku?

– Tak, ten sam, chociaż zmienił sweterek, ale…

– Zostaw to mnie – ucięła Dżusi, podnosząc się z krzesła. – Pojadę jutro z tobą i dostaniesz nie dzień, ale cały tydzień urlopu. I to pełnopłatnego – dorzuciła i obciągnęła dekolt koszulki tak, że spod materiału wyjrzał skrawek czerwonej koronki. Na jej palcu coś błysnęło.

Eleonora zmrużyła powieki.

– A to co?

– Co, to? – Dżusi uniosła lewą dłoń. – A, taki tam. Pierścionek. No wiesz.

– Zaręczyłaś się? Naprawdę? I nic mi… Naprawdę?

– No. Chwilowo.

– Chwilowo? – powtórzyła Eleonora, unosząc brew. – Ech, cała ty…

– Oj tam. Karolek chyba postanowił mnie na wszelki wypadek zaklepać, zanim zniknęłam mu z oczu na całe trzy tygodnie. Przymierzał się już wcześniej, ale go pogoniłam, żeby nie robił siary. Kazałam mu poczekać, aż minie nam co najmniej rok.

– I co? Wytrzymał?

– A gdzie tam… – Dżusi machnęła ręką.

Na ten gest Eleonora uśmiechnęła się półgębkiem.

– Nie wyglądasz mi na szczęśliwą narzeczoną. Naprawdę zamierzasz za niego wyjść?

– Bo ja wiem? Może. Czemu nie. Jest... całkiem fajny.

– Czekaj no. Zwiążesz się z… jak mu było?

– Karolek.

– Więc zwiążesz się z tym Karolkiem na całe życie, bo jest „całkiem fajny"?

– Nie no, El, bez przesady, bądźmy poważne. Nie zamierzam tak długo czekać z rozwodem – powiedziała i wtedy obie po raz pierwszy od wielu dni parsknęły śmiechem. Po chwili Dżusi pokręciła z niedowierzaniem głową. – Jezu, El… My naprawdę jesteśmy ciemne jak tabaka w rogu. Prędzej damy się zabić temu nawiedzonemu antykwariuszowi, niż zadrzemy z ciotką.

– Na to wygląda.

– To chore!

– Nie przeczę. A ty znowu dokąd? – zapytała, ponieważ Dżusi zmarszczyła groźnie czoło, zeszła z krzesła i pobiegła z powrotem do kuchni. – Przestaniesz się tak miotać w tę i nazad?

– Wiesz co, El? Nieważne, kto mnie zabije najpierw, Ramzes czy ciotka, zamierzam przed śmiercią zajrzeć do tego cholernego woreczka.

Jednym szarpnięciem rozsunęła granatowy materiał i włożyła dłoń do środka, a siostra, wykorzystując przewagę wzrostu, zawisła jej nad ramieniem na kształt szarego znaku zapytania.

– Och! – westchnęły jednym głosem, gdy Dżusi uniosła do światła stary, kieszonkowy zegarek.

– Jaki piękny…

– Brakuje kluczyka. I nie tylko jego, sama zobacz – stwierdziła Eleonora, podziwiając porcelanową tarczę za lekko wypukłym szkłem. – Nie ma wskazówek.

– Cóż, Ramzes poszedł z nim do zegarmistrza, więc w sumie nie powinnyśmy być zaskoczone, że to szmelc, co nie?

– Może i szmelc, ale i tak piękny.

Z tyłu masywnej koperty widniał słabo czytelny grawerunek, lecz kiedy Dżusi przechyliła ostrożnie zegarek pod trochę innym kątem, Eleonorze zdało się, że dostrzegła na poczerniałym srebrze coś znajomego.

– Zaczekaj! – zawołała i sięgnęła ponad ramieniem siostry. – Daj mi go na chwilę, chcę coś...

– EL! – wrzasnęła Dżusi, w ostatniej chwili łapiąc zegarek tuż nad podłogą. – Oszalałaś?! Nie wystarczy ci, że Ramzes mnie zamorduje za kradzież, ma jeszcze zbezcześcić moje zwłoki?!

* * *

Nawet teraz, w samym środku nocy stojąc boso w łazience i spoglądając na swoje odbicie w lustrze, Eleonora wciąż nie mogła się uwolnić od tego, co poczuła w tamtej chwili, kilka godzin wcześniej, kiedy tylko dotknęła gołą skórą srebrnego zegarka – od upiornego, niemal spazmatycznego drżenia, które na moment odebrało jej dech i władzę nad ciałem, a teraz wciąż przenikało ją na wskroś i rezonowało głęboko, aż w kościach.

Po tylu latach nadal je pamiętała.

Odkręciła zimną wodę i szybko ochlapała twarz i kark, próbując dojść ze sobą do ładu i przegonić wspomnienia, które pchały się jedno przez drugie na powierzchnię jej świadomości. Wystarczyło jednak, że przymknęła powieki na ułamek sekundy za długo.

Złapała się kurczowo umywalki.

Miała wtedy piętnaście lat.

I nigdy nikomu nie wspomniała ani słowem, co ją spotkało.

Było późne listopadowe popołudnie, zimne i deszczowe. Wtorek. Jak zwykle wracała do domu ze szkoły, głodna i wykończona po siedmiu lekcjach, dwóch sprawdzianach i codziennym, męczącym chaosie, jaki kłębił się podczas krótkich przerw na korytarzach liceum. Przydługie nogawki dżinsów zdążyły nasiąknąć wodą z kałuż i mokry materiał nieprzyjemnie muskał jej skórę tuż nad skarpetką.

Wtedy po raz ostatni w życiu jechała autobusem.

Z początku myślała, że to po prostu skutek zmęczenia. Już od dłuższego czasu źle sypiała. Prawdę mówiąc, nie sypiała prawie wcale, ale wciąż odsuwała od siebie tę myśl. Najpierw przez trzy godziny rzucała się po łóżku albo gapiła na wzorzystą tapetę, doszukując się pośród róż zwierzęcych pysków albo ludzkich twarzy, żeby odpłynąć na dwie, czasem trzy niespokojne godziny i obudzić się na długo przed budzikiem. Albo może to po tym dziwnym papierosie z kupionej na bazarze paczki bez banderoli, którego wspólnie z Anką i Gośką wypaliły na spółkę za wiatą przystanku, czekając na autobus? Schowały się przed spojrzeniami dorosłych i udawały przed sobą nawzajem, że są takie twarde, takie zbuntowane i wcale a wcale się nie krztuszą. Chociaż Eleonora wypiła zaraz potem pół butelki wody, obrzydliwy posmak uparcie trzymał się języka i drażnił gardło.

Więc może dlatego nie zareagowała szczególnym zdziwieniem, kiedy przeszył ją pierwszy dreszcz i świat przed oczami jak gdyby rozmazał się z lekka na krawędziach. Zamrugała, nie pomogło.

A może dlatego, że stary ikarus właśnie brał zakręt i zakołysał pasażerami stłoczonymi na kole? Eleonora zacisnęła mocniej palce na barierce, żeby nie stracić równowagi. Ktoś się o nią otarł, ktoś trącił łokciem, ktoś inny puknął parasolką.

Robiło się coraz cieplej, więc wysunęła twarz z warstw pstrokatego szalika i ściągnęła równie kolorową czapkę.

Mimo to nie przestawała drżeć.

Dostrzegła go, gdy ikarus zatrzymał się na mniej obleganym przystanku i na krótką chwilę zrobiło się luźniej, bo część ludzi już wysiadała, a kolejni nie zdążyli jeszcze wspiąć się po wysokich stopniach, mokrych od wody. Stał kawałek dalej, na wysokości drzwi, z gołą głową, rozchełstany, jakby to nie był słotny listopad, lecz co najwyżej maj. Był blady. Bardzo blady, niemal poszarzały. Wpijał w Eleonorę chciwie spojrzenie, jak gdyby próbował wyssać z niej choć kroplę barw, których tak bardzo mu brakowało, a ona drżała coraz mocniej.

Tak jak teraz, jedenaście lat później, gdy w środku nocy, zamknięta w łazience, sięgnęła po starą szczoteczkę do zębów, padła na kolana i zaczęła zapamiętale szorować fugi. Byle się uspokoić, wyciszyć, zapomnieć. Nie zobaczyć znów tego, co widziała wtedy.

Kiedy tamtego popołudnia dotarła wreszcie do mieszkania, z ogniem w oczach i trzęsąc się na całym ciele, Dżusi nawet nie podniosła głowy znad lekcji, znów ciężko o coś obrażona. Ciotka Klara otaksowała starszą bratanicę i uznała, że to jak nic początek jakiegoś paskudnego jesiennego choróbska. Zamiast o cokolwiek pytać, nafaszerowała Eleonorę ibuprofenem i zapakowała do łóżka. Przez całą noc dziewczyna leżała wtedy skulona, dusząc się pod kołdrą i rozpaczliwie zaciskając powieki, aż rozbolała ją cała twarz, od podbródka po nasadę włosów nad czołem.

Bo on przyszedł tam za nią.

I aż do świtu stał w kącie, blady, chciwy, nienasycony, i patrzył, i czekał, a z jego rozszarpanego brzucha zwisały girlandy jelit, sinokrwawych, cuchnących śmiercią, wydętych od robactwa i gazów.

Od tamtej pory Eleonora nie jeździła ani autobusami, ani tramwajami, ani nawet taksówkami. Unikała tłumów. Unikała kolorów. Nie paliła papierosów, nie piła alkoholu, nie przechodziła na czerwonym świetle, krótko mówiąc – nie robiła absolutnie niczego, co wykraczałoby choć o centymetr poza bezpieczny, sprawdzony schemat. Co burzyłoby jej wewnętrzny ład. Odcięła się od wszystkich, poczynając od rodzonej siostry. Nauczyła się żyć odtąd dotąd, ani kroku w bok.

Tylko wtedy nie czuła tego drżenia.

Tylko wtedy nie wracali.

Ach, tak. Oni. Bo było ich więcej.

I nikt poza nią o nich nie wiedział.

# Rozdział 7

Następnego dnia Dżusi, głucha na protesty, wsadziła Eleonorę do wunderwaffe i pojechała z nią do pracy, gdzie wzięła szturmem kierownika biblioteki i w dwa kwadranse załatwiła siostrze tydzień urlopu. Gdy wróciły na Lompy, na miejscu czekała je niespodzianka.

Po wydarzeniach ostatnich dni skrót przez piwnicę mocno stracił na atrakcyjności, lecz po krótkiej naradzie uznały, że zaryzykują. Dżusi szybko została w tyle, bo co rusz oglądała się za siebie i zerkała w każdy mijany kąt, wypatrując wśród cieni krwiożerczego antykwariusza. Eleonora, która pędziła przodem, mało nóg sobie nie połamała, z westchnieniem ulgi wyszła na klatkę schodową – i tam stanęła jak wryta.

Pod ich mieszkaniem, na najwyższym stopniu, siedział postawny facet z plecakiem, w ciemnej koszulce, bojówkach i przykurzonych trampkach. Był młody, tuż po trzydziestce, a może tuż przed, lecz jego czarną, zmierzwioną czuprynę i krótką brodę tu i tam znaczyły pojedyncze pasma siwizny. Na widok Eleonory wyprostował się z osobliwym błyskiem w oku.

Czekał na nią.

– Dzień dobry. Pan...?

– Ja tu. – Wskazał kciukiem drzwi ich mieszkania. – Polecę lekkim banałem, ale szukam pewnej dziewczyny, która wpadła mi w oko. Blondynka, taka malutka, chociaż... – Dłonie faceta wykonały wymowny gest w okolicach klatki piersiowej. – No. Energiczna, jakby wciągała duracelle zamiast drugiego śniadania i popijała litrem espresso. Obstawiam, że na nazwisko ma Stern.

– Przykro mi, to pomyłka – odparła Eleonora z udawanym spokojem, chociaż włoski na karku stawały jej dęba. Po raz pierwszy błogosławiła paranoję ciotki, dzięki której nigdy nie miały plakietki z nazwiskiem ani na drzwiach, ani na domofonie. Modliła się tylko, żeby Młoda Bimbowa nie wychynęła teraz znad poręczy. Teoretycznie o tej porze powinna tkwić przed telewizorem i oglądać powtórki wczorajszych seriali, ale z nią nigdy nie było nic wiadomo. – Tu nikt taki nie mieszka.

– Wybacz, ale obawiam się, że tego kitu nie łyknę. Wiem, że dobrze trafiłem.

– Ach, tak? A niby skąd?

– Cóż, może zacznijmy od tego, że dziewczyna, której szukam, stoi tuż za tobą. Cześć, pomyłko.

Platynowa głowa wychyliła się zaciekawiona zza ramienia Eleonory.

– Och, cześć! Mam na imię Dżusi – przedstawiła się dziewczyna i przepchnąwszy się bezceremonialnie obok siostry, z uśmiechem wyciągnęła do niego rękę. Podniósł się, zszedł kilka stopni i nachylił w jej stronę. Mimowolnie przełknęła ślinę. Perspektywa perspektywą, ale nie dało się ukryć, że był z niego kawał chłopa. I to takiego całkiem-całkiem...

– Gerd. Miło cię znowu widzieć, Dżusi.

– Och? Przepraszam, ale kompletnie nie mam pamięci do twarzy...

– Żeby tylko do twarzy... – mruknęła pod nosem jej siostra.

– ...czy my się znamy? – dokończyła Dżusi, trzepocząc uroczo rzęsami i ani na chwilę nie puszczając tej dłoni o długich, smukłych palcach i zaskakująco miękkiej skórze. Dużej. Silnej.

– Poniekąd. Zajrzałaś wczoraj przelotem do mojego zakładu.

Bardzo silnej.

– Jesteś co prawda malutka, ale załapałaś się w kadr – dodał, puszczając do niej oko.

– Szlag.

Gerd zaśmiał się krótko. Szczerze.

– Och, brawo, Dżusi, brawo! – fuknęła Eleonora. – Po prostu brawo.

– No co? Nie zauważyłam kamery... Przepraszam, jesteś bardzo sympatyczny i w ogóle, ale czy... czy mógłbyś już...

– Czy mógłbym puścić twoją dłoń? Teoretycznie tak. A czy ty mogłabyś zwrócić mi to, co zabrałaś?

– Ja... ja... – Dżusi najchętniej zdzieliłaby go torebką, która z powodzeniem mogła służyć do celów zaczepno-obronnych, ale wąska klatka schodowa nie pozwalała wziąć należytego rozmachu. – Ostrzegam, przez dwa semestry chodziłam na karate!

– Winszuję, a ja na taniec towarzyski. Nie powiem, żeby to mi jakoś szczególnie pomogło w życiu.

– Puść ją, bo... bo... bo zaczniemy krzyczeć! – zagroziła Eleonora.

Z niesłabnącym uśmiechem Gerd spojrzał prosto w jej roziskrzone złością oczy.

– Nie. Nie zaczniecie – odparł ze spokojem. I miał w sobie coś takiego, że Eleonora z miejsca się z nim zgodziła.

Wreszcie puścił dłoń Dżusi i splótłszy ręce na piersi, spojrzał z góry na obie siostry niczym dobroduszny nauczyciel rugający krnąbrne uczennice.

– Słuchajcie, żebyśmy się dobrze zrozumieli. Z reguły nie zastraszam młodych kobiet na klatkach schodowych. W innych miejscach zresztą też nie. Osobiście nic do was nie mam, ale Dżusi zabrała wczoraj coś, co nie należy do was. To się, drogie dzieci, nazywa kradzież. Kradzież jest be.

– Nieprawda! – młodsza z sióstr zaprotestowała stanowczo. – Znaczy, tak ogólnie to prawda, ale... chodziło o zabezpieczenie mienia. Na poczet naszych roszczeń! Bo widzisz, Ramzes pierwszy nas okradł i...

– Dżusi!

– No ej, bez przesady, on chyba kojarzy, kim jest Ramzes?

– Owszem, kojarzę – przytaknął Gerd i nagle już się nie uśmiechał. – Właśnie dlatego tu przyszedłem. Lepiej będzie, jeśli to po prostu oddacie, zanim Ramzes się zorientuje, co się stało. Lepiej i dla was, i dla mnie.

– Bo jak nie, to co? – zapytała Eleonora w przypływie buntu.

Gerd westchnął ciężko. Popatrzył na zadziorną miniaturową seksbombę, a potem na jej kruczowłosą siostrę w szarościach, która mierzyła go hardym spojrzeniem, taka nieustępliwa, lodowata, taka... krucha.

– Okej, to może inaczej. Posłuchaj, gwiazdeczko – zwrócił się do Eleonory. – Ramzes to nie jest miły gość, z którym można sobie uciąć uroczą pogawędkę przy herbatce.

– Owszem, zdążyłyśmy się już zorientować – odparła oschle. Wcale nie dlatego, że Gerd jeszcze przed momentem flirtował z jej siostrą. Wcale. – To kłamca, złodziej i morderca.

– Ramzes nie jest ani kłamcą, ani złodziejem.

– Zabrał podstępem coś, co należało do naszej ciotki!

– Coś mi się nie wydaje, żeby zabrał to coś ot tak, bez żadnego powodu. Mylę się?

Siostry spojrzały po sobie.

– Aha. Tak myślałem. Więc tak, Ramzes jest człowiekiem bezwzględnym i skrupulatnym aż do obłędu, to fakt, ale nie jest złodziejem.

– A mordercą? – podchwyciła błyskawicznie Eleonora. Przed oczami stanęła jej twarz młodego antykwariusza. Jan O., lat trzydzieści cztery. Pobicie ze skutkiem śmiertelnym.

Gerd długo milczał, wpatrzony w ścianę, jak gdyby szukał na niej właściwych słów, które oddałyby to, co chciał im powiedzieć, jednocześnie nie mówiąc zbyt wiele.

– Mieszacie się w sprawy, których chyba nie rozumiecie, gwiazdeczko – odezwał się wreszcie. – Za jakiś czas Ramzes wróci do mojego zakładu i zapyta o swoją własność, a wtedy ja będę musiał mu coś odpowiedzieć. Czy tego chcę, czy nie.

Jan O. nieprzerwanie uśmiechał się do Eleonory. Naraz poczuła się, jak gdyby czyjaś dłoń zacisnęła zimne palce na jej karku.

– Coś... coś ci grozi? Przez nas?... – zapytała cicho.

– Mnie? Nic. Ja mu jestem potrzebny. Ale naprawdę wolałbym nie wspominać waszego nazwiska. – Zdjął na chwilę plecak, wyszperał z niego jakiś świstek, na którym zapisał numer telefonu, po czym wsunął go do ręki starszej z sióstr. –

Przemyślcie to dobrze i dajcie znać, kiedy już dojdziecie do jakichś wniosków. I pozdrówcie ciocię.

Miała na końcu języka kolejne pytanie, lecz wtedy brzęknął zamek i do bramy wcisnął się listonosz z wypchaną po brzegi torbą. Na klatce nagle zrobiło się tłoczno jak w tramwaju w godzinach szczytu.

– Dzień dobry, panie Mądrzywołku! – zaćwierkała Dżusi, cała w skowronkach, jako że szczerze przepadała za tym nieszczególnie wysokim brodaczem w okularach, który od lat pracował w ich rejonie, dźwigając nie tylko przesyłki i lekki brzuszek, ale też wielkie serce.

Ten jak zwykle ukłonił im się uprzejmie.

– Dzień dobry szanownym pannom Sternównom. Mam tu coś dla szanownych panien.

– Och, jej – rzucił cicho Gerd, ponad głową listonosza wciąż patrząc Eleonorze w oczy.

– No co?...

– No nic, gwiazdeczko. Nic a nic. Cześć.

– Och, El, patrz! Pocztówka od ciotki! Ale jak to, już doszła? Z Kataru?

– Panno Justyno, standardy Poczty Polskiej odnośnie do przesyłek listownych zagranicznych... – Mądrzywołek bez pośpiechu zaczął swój wywód, lecz Eleonora nie słuchała. W ostatniej chwili złapała drzwi, które już się miały zatrzasnąć za odchodzącym Gerdem, i wybiegła na zewnątrz.

– Zaczekaj! – zawołała za nim. – Skąd ty w ogóle znałeś nasze nazwisko? Skąd wiedziałeś, gdzie mieszkamy? Znasz naszą ciotkę?

Mrużąc oczy w oślepiającym blasku słońca, nie widziała twarzy zegarmistrza, jedynie zarys barczystej postaci, która przystanęła pośrodku chodnika i obejrzała się przez ramię.

– Wszyscy znają waszą ciotkę. A ja na dodatek wiem, co takiego ukradłyście Ramzesowi – odparł z powagą. – I to chyba nawet lepiej niż wy. Do zobaczenia, gwiazdeczko.

Z pierwszego piętra dobiegało miarowe trajkotanie, punktowane jazgotem – znak, że listonosz dotarł już do mieszkania Młodej Bimbowej i zabawi tam dłuższą chwilę. A sądząc po zapachu gorącej szarlotki, który rozchodził się teraz po całej klatce, pewnie też co nieco przekąsi podczas tradycyjnej wymiany ploteczek. Tych dwoje bez większego trudu zawstydziłoby wszystkie służby informacyjne świata i okolic.

Tymczasem Dżusi czekała na siostrę w mieszkaniu, z pocztówką od ciotki w garści i przekornym uśmiechem na twarzy.

– Gwiazdeczko?

– Co proszę?...

– GWIAZDECZKO?

– Och, przestań! – żachnęła się Eleonora, udając, że nie czuje lekkiego rumieńca, który wystąpił jej na policzki.

– Nie no, co ty, El, wdzięcz się, ile wlezie, facet pierwsza klasa! Seksapil Rocka Hudsona, urok Cary'ego Granta, oczy Paula Newmana, głos Deana Martina, usta Gregory'ego Pecka i uśmiech Gene'a Kelly'ego...

– Dżusi, na litość boską, to facet, nie składak! I to ty się do niego wdzięczyłaś, nie ja!

– Wcale że nie!

– Och, Gerd, przepraszam, och, Gerd, czy my się znamy, och, ach, och, no nie mam pamięci do twarzy! – zapiszczała Eleonora, składając usta w dzióbek i przewracając teatralnie oczami. – Przypominam ci, moja droga, że masz... no... tego... jak on miał na imię?

– Kto taki?... A! Karolek! Karolka mam! Fakt.

– Właśnie! Masz Karolka! Więc przestań się może wdzięczyć do kolejnych zbirów czyhających na nas po klatkach schodowych, dobrze?!

– O, przepraszam, do Ramzesa wcale się nie wdzięczyłam!

– Uważaj, bo ci uwierzę.

– Okej, może trochę, ale czy ty widziałaś jego kości policzkowe?

– Dżusi, ten człowiek jest niebezpieczny!!!

– Ale za to mielibyśmy takie śliczne dzieci…

Eleonora jęknęła. W głowie miała jeden wielki mętlik – ciotka, siostra, antykwariusze żywi i martwi, a teraz jeszcze zegarmistrz do kompletu. I jeszcze coś, coś nieuchwytnego, co wciąż nie dawało jej spokoju, czego nijak nie mogła uchwycić, jak wbita w palec mikroskopijna igła kaktusa. Coś przeoczyła, coś przeoczyła… Zrobiła głęboki wdech i zaczęła porządkować niesforne myśli, wypatrując wszelkich skojarzeń, jakie tylko zdołały jej się nasunąć.

Po kolei, od początku. Ciotka. Zaczęło się od ciotki. Ciotka postanowiła wyjechać na urlop, dlatego ściągnęła Dżusi do Wrocławia, dlatego Dżusi wpuściła Ramzesa do mieszkania, więc Ramzes zabrał pudełko, więc Dżusi okradła Ramzesa, kiedy Ramzes poszedł do Gerda, a Gerd…

Gerd.

Zegarmistrz.

Zegarek!

Wpadła do łazienki niemalże z drzwiami, złapała swoją szczoteczkę do zębów i pastę, po czym pognała do kuchni, wołając po drodze do siostry:

– Dawaj go!!!

– Ale kogo?

– Nie kogo, tylko co. Zegarek Ramzesa!

– Ramzes ma próchnicę?…

Eleonora odpowiedziała jej znad kuchennego zlewu takim spojrzeniem, że Dżusi bez dalszych komentarzy poleciała do salonu, gdzie w szparze pod jednym z regałów ukryła swój łup.

– To jakiś twój kolejny fioł? – zapytała nieufnie, gdy już przyniosła granatowy woreczek do kuchni. Wyciągnęła z niego srebrny zegarek i położyła tarczą na blacie. – Dopadła cię kumulacja?

– Przypatrz się. Na kopercie jest jakiś grawerunek, wydaje mi się, że już go gdzieś widziałam. Muszę mu się lepiej przyjrzeć, a nie zrobię tego, jeśli nie doczyszczę zegarka. Znaczy, nie doczyścimy. Masz, zakładaj i szoruj! – Podała siostrze parę żółtych gumowych rękawic i zmoczoną szczoteczkę z równiutkim paskiem pasty.

– Ale czemu ty sama nie…

– Szoruj, nie gadaj!

Dżusi posłusznie naciągnęła rękawice, wzięła od siostry szczoteczkę i pomału, delikatnie, żeby nie zamoczyć mechanizmu nadmiarem wody ani nie zarysować srebra włosiem, zaczęła polerować kopertę.

Spod wieloletnich warstw śniedzi zaczął wyłaniać się kunsztowny rysunek.

Zaintrygowana Dżusi z grubsza wytarła zegarek z pasty i uniosła do światła, żeby mogły mu się lepiej przyjrzeć.

– Motyl.

– Nie motyl, tylko ćma – poprawiła Eleonora.

– A co za różnica?

– Zasadnicza. Motyl to symbol duszy, a ćma to symbol śmierci – wyjaśniła młodszej siostrze. – Tylko po co ktoś zamieszczałby symbol śmierci na zegarku?…

– No wiesz... czas, przemijanie, tik-tak, tempus fudżi...

– Tempus fu... tempus... Tak, tempus!

– Czy ty się czegoś nażarłaś?! – wrzasnęła Dżusi i poleciała za siostrą do przedpokoju.

Eleonora szarpnęła kilkakrotnie za klamkę, ale solidne, drewniane drzwi do trzeciego pokoju, wciśniętego w narożnik mieszkania, między salonem a łazienką, pozostały niewzruszone.

– Jasny gwint. Zamknięte.

– Oczywiście, że zamknięte! – prychnęła Dżusi, stając tuż za siostrą z zegarkiem w garści. Na rękach wciąż miała gumowe rękawiczki, teraz całe w smugach zasychającej pasty. – Przecież to pokój ciotki. Serio, czy te drzwi kiedykolwiek były otwarte? Ciotka zamyka je na klucz, żeby skoczyć na pięć minut do łazienki, a co dopiero przed wyjazdem na urlop.

– Muszę się tam dostać – oświadczyła twardo Eleonora.

– Żartujesz?...

– NIE! Muszę się tam dostać!

– El, tylko spokojnie, okej? Ogarniam kradzież, morderstwo też ogarniam, chociaż z lekkim trudem, ale to już przekracza wszelkie granice! To pokój ciotki!

– Ty nic nie rozumiesz! Pamiętam! Nie wiem, co takiego, ale pamiętam, że tam jest! Jeżeli teraz tam nie wejdę, to już nigdy się nie dowiem, co... czemu...

Dżusi patrzyła z niedowierzaniem na roztrzęsioną siostrę. Nigdy nie widziała jej w podobnym stanie i zaczynała się niepokoić. Lecz z drugiej strony... Eleonora bywała nieziemsko upierdliwa. Skupiała się na uciążliwych pierdołach, którymi nikt normalny nie zawracałby sobie gitary, co miało swoje złe strony – nawet całe mnóstwo złych stron – ale też i dobre.

Zwłaszcza z punktu widzenia kogoś takiego jak Dżusi, kogo pamięć przypominała wysłużone rzeszoto.

Nie, Eleonora nigdy nie ułatwiała swojej siostrze życia. Ale jeśli mówiła, że coś pamięta…

Bez słowa wyjaśnienia sięgnęła po swoją torebkę i zaczęła w niej grzebać.

– Rany boskie, co ty tam nosisz?… – zapytała ze zgrozą jej siostra, przyglądając się, jak Dżusi wyciąga kolejne manele.

– Och, długo by wymieniać. Zwijaną miarkę krawiecką, szydełko i włóczkę, scyzoryk, niezbędnik, latarkę z kompletem zapasowych baterii, śrubokręt z wymiennymi końcówkami, gwizdek, gaz pieprzowy, zapałki, krem do rąk, flamastry, korkociąg, lornetkę… oraz to!

– Wytrychy?!

– Nigdy nie wiadomo, co może się przydać dziewczynie w mieście wojewódzkim. Tylko mnie nie wsyp, dobra? Bo to takie średnio legalne… No, przesuń ten chudy tyłek. I weź mi poświeć.

Zamek zapadkowy długo stawiał opór, lecz koniec końców musiał ustąpić.

O ile mieszkanie Sternów swą atmosferą przypominało mauzoleum, o tyle pokój ciotki Klary zasługiwał na miano głównej komory grobowej. Okno było zasłonięte dwiema grubymi kotarami. Połowę miejsca zajmowało wielkie, bardzo wysokie łóżko z baldachimem, na które wspinało się po stołeczku. Brakowało jedynie gromnic i dymiącego kadzidła. Widać było, że Eleonora nie miała tu swobodnego wstępu, bo wszędzie, na regałach, komodzie, okrągłym stoliku pod oknem, a nawet na starym tapicerowanym krześle z giętymi podłokietnikami, walały się przeróżne książki i papierzyska. W powietrzu unosiły się drobinki kurzu, którego gruba warstwa zdążyła również osiąść na zamkniętym laptopie, porzuconym przez ciotkę pośrodku łóżka.

Dżusi miała wrażenie, że lada moment zacznie się dusić. Nie wiedziała, czy to przez kurz, czy zaduch, czy też irracjonalny, podskórny lęk, jakim od dzieciństwa przejmował ją ten ponury pokój. Ilekroć przyszło jej choćby zerknąć do środka, czuła się jak bardzo małe zwierzątko przed ciemną, cuchnącą jamą, w której czaiło się coś bardzo głodnego. Nawet teraz, choć była już teoretycznie dorosłą kobietą, odchrząknęła nerwowo raz i drugi, przestępując próg na miękkich nogach.

Wtedy Eleonora wyciągnęła rękę z latarką i poświeciła w stronę okna.

Wysoko, na starej bieliźniarce, stało coś dużego i srebrnego.

– Co to takiego? – zapytała Dżusi, odruchowo zniżając głos do szeptu. – Sowa?

– Nie. To zegar.

Rzeczywiście, z daleka, zwłaszcza przy tym oświetleniu, mógł nasuwać na myśl sowi łeb – dekoracje w dolnej części układały się w kształt drapieżnego dzioba, nad którym widniała pośrodku martwa zegarowa tarcza. Po obu jej stronach znajdowały się głębokie wnęki, niczym dwoje okrągłych oczu, nad nimi zaś kolejne ornamenty, podobne do charakterystycznych pierzastych uszu.

W jednej z wnęk coś było.

Siostry podeszły bliżej.

– Czy to… czy to zegarek? – wyszeptała Eleonora, świecąc latarką na grawerunek. Misterne linie układały się w znajomy wizerunek ćmy. – Zegarek w zegarze? Ale jak to?

Zamiast coś odpowiedzieć, Dżusi wspięła się na palce i wsunęła do pustej wnęki zegarek Ramzesa.

Pasował jak ulał.

# Rozdział 8

Gerd wracał codziennie.

Z początku sądził, że prędzej zapuści korzenie na klatce schodowej, niż Eleonora i Dżusi wpuszczą go choćby do przedpokoju. Jednak już następnego dnia na parter, niczym *deus ex machina* w klasycznej podomce, spłynęła na potokach słów sympatyczna, acz niezmiernie rozmowna starsza pani i w kwadrans zdążyła przepytać Gerda z historii rodzinnej pięć pokoleń wstecz, mimochodem streszczając życiorys własny, listonosza i połowy sąsiadów. Wtedy siostry Stern migiem zmieniły zdanie i zaprosiły zegarmistrza do środka – uprzednio, rzecz jasna, starannie schowawszy sporny zegarek w jednym z zakamarków mieszkania.

Kiedy pierwszy tydzień wizyt na Lompy zbliżał się już ku końcowi, Gerd wciąż nie odzyskał własności Ramzesa, za to zaczął nosić w plecaku paczkę kocich chrupek. I może to przez ten upał, który wciąż dręczył mieszkańców miasta, chociaż wrzesień zbliżał się nieuchronnie, a może przez coś zupełnie innego, w każdym razie coraz bardziej ciągnęło go do tego rozkosznego chłodu, z jakim Eleonora Stern spoglądała na niego spod czarnych brwi. Nawet teraz, gdy wczesnym popołudniem ślęczał nad pięknym enicarem, przed oczami miał wysłużony werk, który cierpliwie wskrzeszał, w zatkanych słuchawkami uszach dudniła mu rytmicznie perkusja z *Great King Rat* Queenów, za to w głowie tykało coś równie dynamicznego, ale zupełnie nieoczekiwanego.

– No, kolego – mruknął do siebie – nie poznaję kolegi.

Przyszła kryska na Matyska i oto dynda, jak zapewne skwitowałby to ojciec, który od dawna sarkał, że on sam w wieku trzydziestu dwóch lat miał już doktorat, karierę naukową, żonę, dwoje dzieci w wieku szkolnym, trzecie w drodze i widoki na czwarte, a we łbie coś więcej niż tylko zębatki.

*Great King Rat was a dirty old man*
*And a dirty old man was he*
*Now what did I tell you*
*Would you like to see?*

– Oj, Freddie, Freddie, nieładnie tak o moim staruszku... – Ruszając stopą w takt muzyki, Gerd oderwał się na chwilę od werku, żeby ściągnąć okulary zegarmistrzowskie i wypucować szkła. Ech, ależ to było uparte stworzenie... Eleonora, rzecz jasna, nie Freddie czy ojciec. Chociaż ojciec też, zwłaszcza ostatnio, kiedy choroba postąpiła i chodzenie o kulach zaczęło sprawiać mu trudności, przez co zrobił się jeszcze bardziej gderliwy i jeszcze trudniej szło się z nim dogadać. Wiek i profesorskie nawyki też nie ułatwiały sprawy.

Gerd uśmiechnął się blado do swoich myśli. Siostry Stern nie podejrzewały nawet, jaką szkołę cierpliwości od dwudziestu lat przechodził z własnym ojcem. Z jego perspektywy ich momentami irracjonalny upór przypominał niski krawężnik po biegu płotkarskim na czterysta metrów – nie był dla niego żadną przeszkodą. Gdyby zaszła taka konieczność, zapuściłby korzenie na ich wycieraczce, a na wiosnę radośnie obsypał listowiem i pierwszymi owocami.

Tak, Gerd był bardzo cierpliwym człowiekiem i potrafił postawić na swoim. W przeciwieństwie do trójki starszego rodzeństwa, które posłusznie dorobiło się karier, tytułów naukowych, kredytów oraz gromadki potomstwa, on sam wypiął się na rodzinne tradycje. Głuchy na prośby, groźby i wyrzuty ze strony rodziców, edukację zakończył na technikum, co prawda dobrym, przejął zakład po stryjecznym dziadku, zamieszkał na zapleczu i oficjalnie pracował jako zegarmistrz.

Nieoficjalnie... Cóż, można by rzec, że też, ale o tym już rodzice nie musieli wiedzieć. Ojciec pewnie by go wyklął. A matka, jak to matka – rzekłaby tylko „cały ojciec", jak miała w zwyczaju mawiać znad książki, ilekroć Gerd coś zmajstrował, czym nieodmiennie działała mu na nerwy.

*Don't listen to what mama says*, wtrącił Freddie Mercury, *not a word, not a word mama says.*

– Staram się, chłopie – westchnął Gerd. – Żebyś ty wiedział, jak bardzo się staram.

Ogólnie to nawet lubił tę swoją utytułowaną rodzinę, byle w rozsądnych dawkach. Tymczasem w przypadku sióstr Stern najwyraźniej nie istniało dla niego coś takiego jak rozsądne dawki, ponieważ Gerd odleciał natychmiast. I chciał więcej. Ciągnęło go do tego pachnącego tajemnicami mieszkania i do snującej się wśród staroci bladoszarej dziewczyny o wiotkiej kibici i jasnych oczach, ni to człowieka z krwi i kości, ni to zjawy ze snu. Polubił też Dżusi, choć była całkowitym przeciwieństwem starszej siostry. Przypominała mu nakręcony bączek, który oślepiając barwami i ogłuszając rumorem, obijał się o wszystko i wszystkich. Introwertyczka i ekstrawertyczka, każda szyta na inną miarę – nic dziwnego, że ciągle między nimi iskrzyło. Gerd zaśmiewał się w duchu, obserwując ich wzajemne przepychanki i docinki, jakim oddawało się chyba każde rodzeństwo świata, aż zaczął wychwytywać jeszcze coś. Coś głębszego, bardziej złożonego, co je dzieliło, jednocześnie łącząc mocniej niż wspólne geny. Wystarczyło przyjrzeć się nieco bliżej, by dostrzec, że spomiędzy szwów wyłazi ta sama neurotyczna watolina, która nadawała im kształt. Co w zasadzie nie powinno go dziwić – w końcu wychowała je Klara Stern. Kobieta, o której w branży krążyło chyba tyle samo legend co o Ramzesie, jeśli nie więcej. To nie mogło się dobrze skończyć.

Freddie Mercury umilkł w pół słowa i w słuchawkach rozbrzmiał dzwonek połączenia przychodzącego. Nieznany numer. Nie przestając pucować szkieł, Gerd odebrał i szybko przełączył komórkę na tryb głośnomówiący.

– Zegarmistrz, słucham?

Po drugiej stronie ktoś z cichym świstem nabrał powietrza.

– Dzień dobry, mówi Eleonora Stern.

– O, a to ci niespodzianka. Cześć, gwiazdeczko. Co tam?

– Chciałam zapytać, czy mógłbyś przyjść.

– Dzisiaj? Taki miałem plan.

– Teraz.

– Aż tak tęskniłaś? – odparł, cichą kpiną zagłuszając zdradliwą nadzieję, która zdołała się jakoś przekraść do tych trzech krótkich słów.

– Nie o to chodzi. Mógłbyś?

Nie zaprzeczyła, co pewnie uznałby za jakiś powód do radości, gdyby nie niecodzienna nuta w jej głosie. Niepokój. Niepokój, którego nie mogła wyrazić wprost, jak gdyby ktoś stał tuż obok i przysłuchiwał się uważnie każdemu słowu, jakie padało z jej ust.

Ktoś, kogo się bała.

Ramzes?

Zaklął w duchu.

– Daj mi dziesięć minut – powiedział natychmiast. – Góra kwadrans, okej?

– Oczywiście. Dziękuję.

– Wszystko w... – zaczął, lecz dziewczyna rozłączyła się bez pożegnania.

W ciągu trzech minut zgarnął plecak, zamknął zakład i ruszył, na wszelki wypadek nie wypuszczając komórki z garści.

Dotarł na Lompy po kolejnych siedmiu, mimowolnie biegnąc w rytm zapętlonej piosenki, która rozbrzmiewała w słuchawkach. Zimny pot spływał mu między łopatkami i nie był to wyłącznie rezultat biegu przez miasto w trzydziestostopniowym upale. Gerd minął w bramie młodego faceta, który właśnie wyprowadzał nadpobudliwego jamnika, i dwoma susami pokonał schody. Załomotał do drzwi, jednocześnie wciskając dzwonek. Spodziewał się najgorszego.

Lecz nie tego, co ujrzał po drugiej stronie.

– Proszę, proszę, Gerd Falk – powitała go rudowłosa kopia Eleonory z Kotem na ręce. – Ukochany pieszczoszek Ramzesa. Zapraszam.

– A co z pani słynną pierwszą zasadą? – wypalił z wrodzonej przekory, choć nie wyłącznie. Kobieta już od progu dała mu do zrozumienia, że nie ściągała go tu na rodzinny obiad z deserem. Wyraźnie zamierzała iść na konfrontację. – Nikogo nie wpuszczać, choćby się waliło i paliło?

– W tym domu to ja wyznaczam zasady, panie Falk – odparła twardo, ruchem ręki zapraszając go do kuchni. – Choć nie wszystkim się to podoba.

Siostry siedziały naprzeciwko siebie przy stole. Z daleka mógł dostrzec, że nastroszona Dżusi zaciska zęby, próbując nimi nie zgrzytać. Za to Eleonora, wyprostowana jak struna, z dłońmi na kolanach i wzrokiem wbitym w drewniany blat, wyglądała jak własny cień. Gerd najchętniej by ją przytulił albo chociaż pogładził uspokajająco po ramieniu, coś mu jednak mówiło, że wtedy spięłaby się jeszcze bardziej.

– Cześć, dziewczyny – rzucił tylko i oparłszy się plecami o kredens, powędrował spojrzeniem od Eleonory o kruczych puklach do jej starszej, rudowłosej wersji.

Były podobnego wzrostu, równie szczupłe, o wyraźnie zarysowanych łukach brwiowych i kościach policzkowych jak z tej samej sztancy. Lecz gdzie jej bratanica preferowała minimalizm, tam ciotka wybierała pełne rozbuchanie. Pod tym względem bardziej przypominała Dżusi. Opalona, z delikatnym makijażem i ciemnorudymi lokami, które opadały jej swobodnie aż na łopatki, miała na sobie błękitną koszulkę na ramiączkach i indyjską spódnicę do kostek. W wielobarwnym materiale połyskiwała złota nić, a każdemu ruchowi kobiety towarzyszyło natarczywe pobrzękiwanie bransoletek. Wydawała się pochodzić z zupełnie innej bajki niż ta, w której tkwiły jej bratanice.

Nie to jednak najbardziej zaskoczyło Gerda.

– Klara Stern we własnej osobie. Rany. Czemu sądziłem, że jest pani dużo starsza?

– Może dlatego, że ktoś tu z zapałem rozpowiada na lewo i prawo plotki o jej lumbago... – wyburczała pod nosem Dżusi i syknęła, kiedy stopa siostry precyzyjnie trafiła ją w kostkę.

– Wcześnie weszłam do branży – ciotka Klara ucięła temat.

– Jakiej znowu bran... ej!

– Jak upłynął pani urlop?

– Dziękuję, przyjemnie. Proszę się nie silić na opłotki, wiem już, co zaszło pod moją nieobecność. Ktoś zapomniał zamknąć z powrotem mój pokój, po tym jak się do niego włamał. Cóż. Popełniłam błąd, zdając się na intelekt tych dwóch nieodpowiedzialnych bałwanic.

– Hej! Wypraszam so... EJ! Przestaniesz mnie kopać, do cholery?!

– Oczywiście wiem też, że pracuje pan z Ramzesem, panie Falk. Proszę...

– Dla – przerwał chłodno kobiecie. – Dla Ramzesa.

– Tak. Właśnie widzę. Proszę mu zatem przekazać – ciągnęła ciotka, wciąż nie zwracając uwagi na zamieszanie przy stole – żeby nigdy więcej się tu nie zjawiał. Zabrał to, na czym tak mu zależało. Trudno. Ale zegarek należy do mnie.

Gerd zmarszczył nieznacznie brwi.

– Należy do Ramzesa.

– Nie, Ramzes miał go tylko odnaleźć. Dla mnie.

– Owszem. I o ile mi wiadomo, to właśnie zrobił. Odnalazł.

– Nie łap mnie za słówka, młody człowieku.

– Mam trzydzieści dwa lata. A pani, panno Stern?

– Tyle samo – wtrąciła Dżusi prawie bez satysfakcji. Prawie. Ciotka w końcu zaszczyciła ją spojrzeniem i nie było w tym nic przyjemnego.

– A co ma do rzeczy mój wiek, panie Falk?

– Ależ nic, panno Stern – odparł z uśmiechem. – Miło, że się w tej kwestii zgadzamy, a teraz wróćmy do zegarka. Ramzes miał go odnaleźć, owszem. Ale nigdy nie było mowy o tym, że ma go pani potem przekazać. Prawda?

– To się rozumiało samo przez się.

– Nie, panno Stern. Z Ramzesem nic nie rozumie się samo przez się i pani powinna doskonale o tym wiedzieć. Dwadzieścia lat w branży to aż nadto na naukę.

Ciotka Klara przymrużyła powieki. Łagodnym gestem odstawiła Kota na podłogę i stanęła tuż przed Gerdem.

– Ten zegarek był własnością Ludwika Sterna – powiedziała cicho. – Mojego starszego brata. Umowa czy nie, nigdy nie należał i nigdy nie będzie należał do Ramzesa. Należy do mnie.

Górował nad nią wzrostem, a potulność nigdy nie leżała w jego naturze. Czuł wyraźnie, jak na niego napiera, próbując wymusić uległość, i odruchowo spiął mięśnie. Naraz przyszło mu do głowy, że za tymi płomiennymi lokami, za kolorowym strojem, za połyskiwaniem złota i brzękiem biżuterii stoi coś więcej niż zwyczajna chęć podkreślenia urody czy ukrycia jej niedostatków. Pełniły raczej tę samą funkcję co ubarwienie ochronne u zwierząt – miały oszołomić. Przytłoczyć. Stłamsić. A potem spojrzał prosto w oczy Klary Stern i ujrzał w nich coś takiego, od czego zjeżyły mu się włosy. Jak gdyby zawędrowała pod same bramy piekła, po czym wróciła.

To samo widział w oczach Ramzesa.

Pomału zaczynał rozumieć, dlaczego bratanice tak bardzo się jej boją. Rzucił okiem w ich kierunku – i na widok zastygłej w bezruchu Eleonory w nim również coś skamieniało.

Odsunął się od kredensu i stanął prosto. Nauczył się radzić sobie z Ramzesem, poradzi sobie i z pieprzoną Klarą Stern.

– Nie – powtórzył niewzruszenie. – Nie należy do pani.

– Och, przestań już ciągle…

– Należy do nich. – Nie odrywając od niej wzroku, kiwnął głową na siedzące przy stole dziewczyny. – Tak jak wszystko, co zostało po Ludwiku i jego żonie. Wszystko, a zatem i ten zegarek. To one są spadkobierczyniami Sternów, nie pani.

Klara Stern cofnęła się o krok. Nozdrza zadrżały jej delikatnie.

Mam cię, stwierdził Gerd i natychmiast wyprowadził kolejny cios.

– Kim pani jest, panno Stern? Tak oficjalnie? Bo ja, jak sama pani wie, jestem zegarmistrzem. Dziesięć lat temu przejąłem zakład po stryju i od czasu do czasu nawet podłubię sobie w jakimś zwyczajnym zegarku dla niepoznaki.

– Wróżką – Dżusi odpowiedziała za ciotkę, wpatrując się w nią intensywnie. – Taką internetową. I trzepie na tym niezłą kasę.

– Oczywiście, że tak. To bardzo opłacalna branża.

Eleonora w końcu podniosła głowę.

– O czym ty mówisz? – zwróciła się do Gerda. – Jaka branża?

– One o niczym nie wiedzą, prawda, panno Stern? Nie mają pojęcia, kim pani jest. Czyli nie wiedzą też, kim byli ich rodzice ani co się z nimi stało. Pani wszystko przed nimi ukrywała. To po to wymyśliła pani te wszystkie święte zasady. Żeby nigdy się o niczym nie dowiedziały.

Patrzył, jak w jej oczach z maleńkiej iskry rozpala się płomień.

– Proszę stąd wyjść – syknęła.

– Nie, ciociu. Gerd zostanie.

Zaskoczona Klara spojrzała na Eleonorę. Nie spodziewała się oporu, nie z tej strony.

– Co? Aż tak zdurniałaś na jego punkcie, że pięciu minut bez niego żyć nie możesz? Czy ty w ogóle wiesz, kim on jest? Kogo tutaj wpuściłaś?

– Sądziłam, że wiem dość dobrze, ale najwyraźniej byłam w błędzie – odparła rzeczowo. Podniosła się i stanęła między zegarmistrzem a ciotką, kurczowo zaciskając dłoń na dłoni, żeby nie zdradzić, jak bardzo jej teraz drżą. – A błędy należy naprawiać, dlatego zamierzam dzisiaj dojść prawdy. Całej prawdy. A tylko Gerd będzie umiał powiedzieć, kiedy zaczniesz kłamać.

Zmierzchało, gdy w końcu opuścił mieszkanie Sternówien, nie oglądając się za siebie. Wyciągnął telefon i słuchawki, ale nie zdążył ich nawet podłączyć, bo urządzenie zawibrowało i na wyświetlaczu pojawił się znajomy numer. Rychło w czas.

Gerd odebrał i wypalił, nie owijając w bawełnę:

– Klara Stern ma zegarek. Kazała ci przekazać, żebyś się walił. Tylko ciut ładniej.

I czekał.

– Nie wątpię – rozległo się po kilkunastu sekundach milczenia.

– A ty mnie oszukałeś. Zrobiłeś w klasycznego wała. Serio, Ramzes, po tylu latach? Serio?

– Klara Stern chciała, żebym odnalazł zegarek Ludwika – odparł antykwariusz spokojnie. – Zatem odnalazłem.

– Tak, tak, wiem. Wiem! Jeszcze nie zapomniałem, z kim mam do czynienia.

– Zatem domyślasz się też zapewne, że zwodziłem ją dla jej dobra.

– No to ci nie wyszło.

– Cóż, Klara Stern postanowiła być mądrzejsza. Nie pierwszy raz.

– Tyle że ten pieprzony zegarek wcale nie należy ani do ciebie, ani do Klary Stern. Należy do jej bratanic.

– Owszem. Zakładając, że Ludwik…

– Przestań mi tu pieprzyć, żadne „zakładając"! – warknął Gerd. – To jest fakt. Z Ludwika Sterna i jego żony zostało co najwyżej wspomnienie i obaj doskonale o tym wiemy.

W słuchawce ponownie zapadła głucha cisza.

– Eleonora czy Justyna?

– Słucham?

Śmiech. Krótki, cichy, gardłowy.

– Eleonora. Oczywiście.

– Kurwa, Ramzes, to bez znaczenia!!! – huknął Gerd na całą ulicę, tracąc nad sobą panowanie. Jakaś staruszka, drepcząca z naprzeciwka z kundelkiem na smyczy, obrzuciła go oburzonym spojrzeniem.

– Wprost przeciwnie. Ale może to i lepiej.

– Niby dla kogo? Dla ciebie?!

– Dla niej, rzecz jasna – odrzekł Ramzes. – A co za tym idzie, zapewne również dla jej siostry. Co do ciotki nie byłbym już taki pewien, ich stosunki są dość… złożone. Cóż. Może dzięki tobie choć jedna z nich ujdzie z tego z życiem. A wracając do meritum, znikam na pewien czas. Co z…

– Czekam na części – przerwał mu zniecierpliwiony. Rzygał już tymi gierkami, rzygał tą rozmową.

– Dobrze. Wkrótce do ciebie zajrzę – powiedział Ramzes i natychmiast się rozłączył.

Wal się, warknął w duchu Gerd i wsunął słuchawki do uszu, żeby zagłuszyć myśli dźwiękami perkusji.

Myśli i kobiece wrzaski, które wciąż słyszał.

*No I'm not gonna tell you*
*What you already know*
*'Cause time and time again*
*The old man said it all a long time ago*
*Come come on the time is right*
*This evil man will fight*
*I told you once before.*

## Rozdział 9

Coś było nie tak.

Eleonora dźwignęła się na łokciu, bezwiednie wędrując wzrokiem przez ciemność w stronę drugiej amerykanki. Tylko po co? Przecież od miesiąca znów stała pusta. Po kolejnym starciu z ciotką Dżusi tak po prostu spakowała walizkę i wróciła do Opola, zostawiając starszą siostrę na pastwę Klary i przeszłości. Z tą tylko różnicą, że od tamtej pory nie odbierała telefonu już wcale. Ale cóż. Eleonora także głuchła, kiedy dzwonił Gerd. Ślepła na jego SMS-y. Nie otwierała, kiedy pukał do drzwi, a na ulicy udawała, że go nie poznaje. Trudno więc, żeby miała o to samo pretensje do siostry, prawda? Zwłaszcza że…

Czym prędzej zdusiła tę myśl w zarodku, zanim zdążyła choć trochę się rozwinąć.

Sprawdziła komórkę. Pięć po drugiej.

Narzuciła szlafrok, bo noce robiły się coraz chłodniejsze, i wyjrzała do przedpokoju. Patrząc na plamę bladego światła, która wpadała do mieszkania przez kuchenne okno i rozlewała się po podłodze jak spieniona fala przypływu, Eleonora nareszcie uświadomiła sobie, co przez tamte trzy tygodnie najbardziej wytrącało ją z równowagi. Wcale nie sama nieobecność ciotki – pierwszy raz w ciągu ostatnich szesnastu lat – ani nawet tymczasowy powrót Dżusi oraz konsekwencje, jakie pociągnął za sobą, tylko właśnie cisza i bezruch między drugą a czwartą nad ranem. Dziwne. Nienaturalne. Każdej nocy, bez wyjątku, ciotka Klara wstawała i przez dwie godziny, szurając cicho kapciami i paląc papierosa za papierosem, krążyła w milczeniu po kuchni, by wraz z wybiciem czwartej położyć się spać.

Ale przecież ciotka już dawno wróciła z rejsu. Dlaczego więc tej nocy kuchnia była pusta?

Pomału zamieniam się w ciotkę, uprzytomniła sobie Eleonora, gdy bez namysłu zatoczyła pierwsze koło. Brakowało jej tylko papierosa w dłoni.

Chociaż nie. Wcale nie tak pomału.

Dotarło to do niej z całą mocą tamtego dnia przed miesiącem. Skąd wzięła wtedy odwagę, żeby się w ogóle odezwać? Ciotka chyba nie miała wątpliwości co do źródła tej odwagi, ponieważ z miejsca wytknęła bratanicy fatalny wpływ Gerda. Ale Dżusi pewnie by się kłóciła z tą teorią, bo w końcu to ona dała początek wydarzeniom tamtych trzech tygodni, które wstrząsnęły bezpiecznym, poukładanym światem Eleonory i siłą rozpędu pchnęły ją na kurs kolizyjny z zaborczą ciotką.

Obie miały trochę racji – a trochę nie.

* * *

Zaczęło się tak samo jak za pierwszym razem, tamtego popołudnia trzy lata temu, kiedy po karczemnej awanturze z trzech Sternówien w mieszkaniu przy Lompy zostały dwie. Wystarczyło, że Gerd wspomniał o ich rodzicach, i w Dżusi jak gdyby coś wstąpiło. Sęk w tym, że w ciotkę też. Pod tym względem były identyczne – urocze, kiedy trzeba, a w rzeczywistości obie miały krótkie lonty. Warczały jedna na drugą, coraz bardziej, coraz głośniej, skakały sobie do gardeł, aż wreszcie ciotka wpadła w ten swój ton skrzywdzonej niewinności, którym tak skutecznie wpędzała je zawsze w poczucie winy.

– No tak, jak zwykle to wszystko przez ciotkę, tak? – pokrzykiwała na wściekłą Dżusi, wymachując przy tym rękami, mało nie pogubiła bransoletek. – Ach, ta zła ciotka! Zła! Podła! Naj...

– PRZESTAŃ!!!

Umilkły obie i obejrzały się na Eleonorę, zaskoczone jej nagłym wybuchem.

– Zrozum w końcu, że tu nie chodzi o ciebie!

Ciotka wyglądała, jak gdyby dostała w twarz. Cofnęła się o krok, aż dotknęła pośladkami krawędzi szafki ze zlewem. Trącone łokciem naczynia na suszarce brzęknęły.

– Nawet nie wiesz, jak bardzo się mylisz – odparła przez ściśnięte gardło. Kot miauknął i zakręcił się wokół jej kostek, bezskutecznie zabiegając o jeszcze odrobinę uwagi. – Nawet nie wiesz.

Gerd odchrząknął, przerywając milczenie, które zapadło po słowach ciotki Klary.

– Panno Stern, ktoś im musi w końcu powiedzieć.

– Im? Tym głupim, nieodpowiedzialnym, rozwydrzonym...

– Tak, właśnie im – uciął prędko, bo widział, że Dżusi zaraz osiągnie temperaturę wrzenia. – Są dorosłe i już nie boją się pytać. A pani jak długo jeszcze będzie unikać odpowiedzi? Proszę wybierać, panno Stern. Albo pani to zrobi, albo ja.

– Ach, co pan tam może wiedzieć... – prychnęła z pogardą.

– Niewiele, to fakt – przyznał, wytrącając jej z ręki ten argument. – Ale dość, żeby sobie to i owo dośpiewały. A nie mogę obiecać, że spodoba się pani ta melodia. – Westchnął. – One muszą w końcu poznać prawdę, panno Stern. Straciły rodziców.

– A ja to niby nie? Ja to miałam z górki, tak? Ojca w ogóle nie pamiętam. Umarł, kiedy jeszcze zasuwałam w pieluchach, panie Falk. Byłam, jak to się wtedy ładnie mówiło, tak zwanym późnym dzieckiem. Wpadkowym. Matka wychowywała mnie sama, bo dziadkowie już nie żyli, a Ludwik był już dorosły, miał swoje życie, swoje sprawy. Najpierw studia, potem rodzinę. Kiedy nasza matka umarła, uczył historii w podstawówce, po nocach dłubał w doktoracie o Piastach śląskich czy czymś tam i właśnie oczekiwał pierwszego dziecka. Musiał się mną zająć, a że od ślubu mieszkali z Ireną kątem u jej rodziców, to sprowadzili się tu, do naszego mieszkania, i zajęli salon. Miałam wtedy osiem lat, on dwadzieścia więcej i nie dogadywaliśmy się najlepiej.

– Spora różnica wieku. – Gerd pokiwał głową, myśląc o swoim rodzeństwie. – Akurat coś o tym wiem.

– Też. Ale przede wszystkim charakterów. I... priorytetów – dodała po krótkim wahaniu. – Była połowa lat osiemdziesiątych. Z Zachodu pomału zaczynało zawiewać wielkim światem. Dobrobytem. A Irena pochodziła z dość majętnej rodziny. Jej ojciec co prawda skończył tylko podstawówkę, za to potrafił wykorzystać każdą okazję, jaka się napatoczyła. Ludwik z kolei był takim trochę mydłkiem, za to bardzo inteligentnym. I bardzo ambitnym. Za bardzo. Posiadał wiedzę rozległą, ale nieszczególnie cenną w przeliczeniu na twardą walutę. Teść ciągle mu to wypominał, wyzywał od gołodupców w pinglach i tak dalej. Eleonora była już wtedy na świecie, wkrótce miała się urodzić Dżusi i albo Ludwikowi przejadły się już te ciągłe docinki, albo mocno odczuł ciężar odpowiedzialności za coraz większą rodzinę, bo zaczął intensywnie szukać. Aż znalazł.

– Co takiego? – zapytała Eleonora.

– Sposób, jak sprzedać posiadaną wiedzę za ciężkie pieniądze. A Ludwik lubił pieniądze.

– Zaczął się przeprawiać – domyślił się Gerd.

Ciotka z ponurą miną pokiwała głową.

– W sensie, że co? – drążyła Dżusi. – Ojciec jeździł na saksy?

Zegarmistrz wzruszył ramionami.

– Saksy, szaber... no, coś w ten deseń.

– Szaber? – powtórzyła ze zgrozą Eleonora. – Nasz ojciec kradł?

– Cóż...

Młodsza z sióstr przewróciła oczami.

– Gerd, weź przestań cedzić i mów jak człowiek, o co w tym biega.

Westchnął. Żeby to było takie proste... Pracował w branży od lat, wiele słyszał, wiele widział, ale czasem wciąż daleko mu było do zrozumienia. Co? Jak? Dlaczego? Nie znał każdej odpowiedzi, a miał to komuś wyjaśnić? Tylko jak? Jak wytłumaczyć coś tak... tak niewytłumaczalnego?

Czuł na sobie wyczekujące spojrzenia obu sióstr oraz trzecie, już mniej przyjazne, za to czujne i szydercze. Klara Stern. Legendarna Klara Stern. Ani myślała ruszyć mu z pomocą. Wprost przeciwnie, wolała, żeby milczał jak najdłużej, bo teraz już tylko to, tylko jego milczenie, chroniło ją przed zalewem niewygodnych pytań o przeszłość.

Tyle że to nie była wyłącznie jej przeszłość. Klara Stern nie miała wyłączności na skrywane tajemnice, bo dotyczyły nie tylko niej samej.

– Zastanawiam się właśnie – zaczął powoli – jak wam to wytłumaczyć, żebyście...

– Zrozumiały? – Dżusi uniosła ironicznie brew i splotła ręce na bujnym biuście, gotowa zrównać zegarmistrza z ziemią za niewłaściwą odpowiedź.

– Tak. Zrozumiały... i uwierzyły. Sam z początku też miałem z tym mały problem. – Zerknął pytająco na ciotkę Klarę, lecz odpowiedziała mu jedynie wzgardliwym uśmieszkiem. – Okej, polećmy banałem. Mówi się, że czas płynie, prawda?

– No. Dlatego nie wchodzi się dwa razy do tej samej rzeki.

– Owszem. Ale taka rzeka to coś więcej niż tylko linia na mapie, ciągnąca się z punktu A do punktu B. Jest trójwymiarowa, prawda? Ma długość, ma szerokość...

– ...i głębokość, tak, tak. Czaję. No i?

– Teraz wyobraźcie sobie, że czas jest jak właśnie taka trójwymiarowa rzeka. Szeroka i długa jak diabli, tak że nie widać ani jej początku, ani końca, ani żadnego brzegu. Płynie od punktu A do punktu B, C, D i tak dalej, od nieskończoności w nieskończoność. Ale jednocześnie oprócz powierzchni ma też gdzieś jakieś dno, prawda? W zależności od ukształtowania terenu, czyli od tego, jak wiele się tam wydarzyło, w jednym miejscu jest głębsza, w innym zaś płytsza. I co najważniejsze – można się w niej zanurzyć. Mniej lub bardziej, na tyle, na ile komuś starczy umiejętności. Można nawet dotrzeć do samego dna.

Eleonora uniosła brew.

– Do dna… czasu? – zapytała z wahaniem. – Mówicie poważnie?

Jej młodsza siostra już tak nie przebierała w słowach. Szeroko rozwartymi oczami patrzyła to na Gerda, to na ciotkę.

– Was pogrzało? Za długo siedzieliście na słońcu?

– Cóż, może mała prezentacja rozwiałaby wasze…

– Nie! – warknęła ciotka Klara. – Mowy nie ma, skończyłam z tym szesnaście lat temu. Raz na zawsze.

– Dobrze, rozumiem. Szanuję. O kimś takim jak wasza ciotka w branży mówi się „psychopomp", od greckiego *psychopompos*, czyli…

– Przewodnik dusz – dokończyła Eleonora.

– Tak, właśnie tak. Przewodnik dusz. Istota, która przeprowadza dusze zmarłych na tamten świat. Jak Charon, Hermes, walkirie czy Anubis – wymieniał. – Albo na przykład taki Piotruś Pan, choć wszyscy skupiają się na piratach i wróżkach, a już mało kto kojarzy, że w rzeczywistości przeprowadzał dusze zmarłych dzieci na drugą stronę. No więc taki psychopomp może nie przeprawia się dosłownie z jednego brzegu na drugi, za to umie zanurzyć się w czasie na praktycznie dowolną głębokość, tak jak nurek w rzece, a potem wrócić bezpiecznie na powierzchnię. Sam lub z kimś.

Siostry spojrzały po sobie.

– Okeeej… A po co to robi?…

– To akurat banalnie proste – rzekła ciotka, wzruszając ramionami. – Dla pieniędzy.

– Nie tylko. Znaczy, tak, jasne, często chodzi wyłącznie o pieniądze, ale nie zawsze.

– Więc o co?

– Przygodę. Prozaiczną ciekawość albo... albo pasję? Wyobraź sobie na przykład, Dżusi – kontynuował Gerd –

że wiesz, kiedy i gdzie ostatni raz widziano jakieś bezcenne dzieło sztuki. Bo ja wiem... Bursztynową Komnatę. No to jedziesz w to właśnie miejsce i nurkujesz aż do tamtego konkretnego momentu w jego historii. I patrzysz sobie, co się wtedy wydarzyło. Obserwujesz ludzi. Śledzisz, jeśli trzeba. Zapamiętujesz. Nic ci nie grozi, znaczy, nie grozi ci żadna napaść, nic z tych rzeczy, bo nie przebywasz tam ciałem, wyłącznie duchem. Ogranicza cię tylko wydolność ludzkiego organizmu, tu, na powierzchni. Ale nie możesz też stamtąd niczego zabrać. Niczego poza... – zawiesił głos, czekając, aż dziewczyna dopowie to sama.

– Informacjami.

– Nie inaczej. Informacjami, które są na wagę złota. Często dosłownie. A potem wracasz na powierzchnię i...

– ...i wiesz już, gdzie szukać naprawdę.

– Bingo.

– Jak pewnie pamiętacie... albo i nie pamiętacie, Ludwik, wasz ojciec, był historykiem – dodała ciotka Klara. – Dzięki temu wiele wiedział już z racji samego wykształcenia. Ale przede wszystkim wiedział, jak się dowiadywać, gdzie i u kogo szukać brakujących informacji. Najpierw robił to sam. Znaczy, chyba z jakimś wspólnikiem, bo sam nie umiał się przeprawiać, nie miał tego daru co ja. Potem dołączyła do nich Irena, z krótką przerwą na urodzenie i odchowanie Justyny. Była po antropologii... czy etnografii, w każdym razie te klimaty. Szybko wyspecjalizowali się w drugiej wojnie światowej i Dolnym Śląsku. Nawet sobie nie zdajecie sprawy, ile znosili tu skarbów. Mieszkanie było wiecznie zawalone dokumentami i kolejnymi znaleziskami, dlatego nikogo nie zapraszaliśmy – żeby ludzie nie zaczęli plotkować.

– Chwila, moment – wtrąciła Dżusi. – Skarbów? W sensie, takich prawdziwych? Czy na to nie ma przypadkiem jakiegoś, bo ja wiem, paragrafu?

– No cóż… Nie da się ukryć, że nielegalne poszukiwanie zabytków zgodnie z prawem jest wykroczeniem – przyznał Gerd.

– Cudownie. No wprost cudownie. Brawo, cioteczko! A ich opychanie na czarnym rynku?

– To nie takie proste – odparł, kręcąc głową. – Prawo sobie, a rzeczywistość sobie. W praktyce nie ma bezwzględnego podziału na biały i czarny rynek sztuki. Raczej na biały i szary. W razie potrzeby wszystko da się, że tak powiem, wybielić. Wystarczy wprowadzić jakiś tam obiekt do oficjalnego obiegu, bez sprawdzania w bazach danych, czy aby nie pochodzi z kradzieży albo szabru. Nabywca zwykle pozostawia to zaufanemu pośrednikowi, pośrednik też nie wykazuje się nadmierną gorliwością… i po sprawie. Na niektórych rynkach to wręcz rutyna.

– Jak na zwykłego zegarmistrza, panie Falk, wie pan zdumiewająco dużo o rynku sztuki – wytknęła ciotka.

– Mam doskonałe źródła, panno Stern. Oraz uszy. I z jednych, i z drugich potrafię zrobić użytek.

– Ile miałaś lat – Eleonora zwróciła się do ciotki – kiedy… jak to się mówi w tej waszej... branży?

– Przeprawić się.

– Ile miałaś lat, kiedy przeprawiłaś się po raz pierwszy?

– Dwanaście. Ludwik uznał, że jeśli zacznę się z nimi przeprawiać jako ich psychopomp, to dzięki temu cały zysk zostanie w rodzinie. Więc nie miałeś tak do końca racji – ciotka Klara zwróciła się z przekąsem do Gerda. – Część tego, co zostawili po sobie Ludwik i Irena, jak najbardziej należy do mnie. Uwierz mi, przez te cztery lata ciężko sobie na to zapracowałam.

– Jak do tego doszło? W jaki sposób odkryłaś, że...

– Że jestem psychopompem? Cóż, Eleonoro... – ciotka podjęła po chwili, zebrawszy się w sobie – któregoś dnia przez przypadek w moje ręce wpadł zegarek Ludwika. Stary, piękny. A ja, zamiast udawać, że nic się nie stało, tak po prostu poszłam do mojego starszego brata, któremu ufałam, bo w końcu był moim starszym bratem, prawda? Troszczył się o mnie, jak umiał, kochał mnie i tak dalej, więc zapytałam, dlaczego jego zegarek tak dziwnie wibruje, chociaż jest zepsuty...

Eleonora poczuła, że zaraz zemdleje. Przez tyle lat myślała, że ma urojenia. Że oszalała i że jest z tym sama jak palec. Że nikt poza nią nie doświadczał czegoś podobnego, a już tym bardziej tego nie rozumiał. Nikt, absolutnie nikt. A wystarczyło otworzyć usta.

Tymczasem ciotka Klara wstała i nie przestając mówić, poszła na chwilę do swojego pokoju. Jej głos niósł się po starym mieszkaniu:

– Wibrował, bo jestem psychopompem. A to nie był zwykły zegarek, tylko jeden z chronometrów. One zawsze tak na nas reagują. Właśnie tym zajmuje się obecny tu pan Falk. – Wróciła do kuchni z sowim zegarem w objęciach i postawiła go na stole. – Wyposaża nas w odpowiednie narzędzia, żebyśmy się nie potopili w czasie jak myszy w śmietanie. Z głupoty i chciwości.

– Och, panno Stern, mnie do branży przyciągnęło również głębokie poczucie misji.

– O wdzięcznym imieniu Ramzes, jak sądzę.

Gerd uśmiechnął się pod nosem.

– A jakże, panno Stern. Zresztą sama pani wie, jak to jest. Branża szuka człowieka, nie człowiek branży. Któregoś dnia Ramzes wszedł do mojego zakładu, gdzie dumałem, jak przeżyć kolejny tydzień za zawrotną kwotę dwunastu złotych, położył przede mną przedziwny zegarek i bez ogródek zapytał, czy mogę z nim coś zrobić. A ja, niczego nie podejrzewając, wziąłem go do ręki i nagle poczułem... że mogę wszystko. – Przymknął na chwilę powieki, przypominając sobie tamto uczucie. Zaskakujące, owszem. Niepokojące, oczywiście, jakżeby inaczej. Ale też upojne, nade wszystko upojne... Wraz z tamtym zegarkiem i dreszczem, który go przeszył, dla Gerda rozpoczęło się zupełnie nowe życie. – Ale teraz to nieistotne. Wróćmy do naszej metafory, czyli czas jako rzeka. Żeby zanurkować w wodzie bez akwalungu, człowiek musi wstrzymać oddech. Jeżeli nie wynurzy się w porę...

– Utonie.

– Zgadza się. Głębokość nie ma znaczenia, równie dobrze można się utopić pośrodku oceanu albo we własnej wannie. Trzeba wiedzieć, kiedy zacząć się wynurzać, rozpoznawać sygnały, jakie daje człowiekowi organizm. Z przeprawianiem się jest niestety trudniej, no bo czas nie zalewa płuc. Organizm nie sygnalizuje niczego. Aż nagle... jest już za późno.

– I co wtedy? – zapytała Eleonora.

– Toniesz.

– W czasie?

– Tak. Nie wracasz. Nigdy. Twoja dusza przeistacza się w błędną marę. Twoje ciało, tu, po naszej stronie, stopniowo blednie, staje się przejrzyste, aż w końcu rozwiewa się jak dym. Nieodwracalnie. Był człowiek – nie ma człowieka. Dosłownie, gwiazdeczko. Dlatego potrzebujesz czegoś, co pozwoli ci w odpowiednim momencie przeprawić się z powrotem. Co precyzyjnie odmierzy czas, jaki pozostał ci… w czasie.

– Chronometr.

– Chronometr – przytaknął. – Nie każdy umie je obsługiwać, a konstruować i naprawiać to już w ogóle mało kto. Do tego trzeba daru, jak do przeprawiania się. Cały wic w dostrojeniu konkretnego chronometru do konkretnego psychopompa, a potem precyzyjnej synchronizacji chronometru głównego – położył dłoń na sowim zegarze – który zostaje tutaj, po naszej stronie, z chronometrem kieszonkowym, takim jak ten, który psychopomp zabiera ze sobą, żeby sygnalizował mu upływ realnego czasu.

– Jak… jak długo…

– Trzy dni.

– Co do godziny?

– Co do sekundy, gwiazdeczko.

Poukładała sobie w myślach to, co usłyszała z ust ciotki i zegarmistrza.

– Więc nasi rodzice nie wrócili… stamtąd? Nie zdążyli wrócić?

– Prawdopodobnie tak – odparł Gerd, po czym skinął na ciotkę Klarę, która wysysała nikotynę z kolejnego papierosa. Nie umiała już ukryć, jak bardzo drżą jej ręce.

– Ciociu? Co się wtedy stało?

– Przez cztery lata – wychrypiała, zapatrzona w przestrzeń gdzieś nad głową Gerda – jeździłam z nimi po całym regionie. I przeprawialiśmy się razem. Tylko we troje, Ludwik, Irena i ja. Raz, czasem dwa razy w tygodniu. Ludwik bardzo dbał o pozory. Pilnował, żeby jego małe córeczki o niczym się nie dowiedziały, żeby myślały, że tatuś i mamusia jeżdżą na „wyprawy naukowe". Siostry już tak nie oszczędzał.

Opuszczałam lekcje, nie mogłam spać po nocach, za to za dnia dręczyły mnie zwidy.

– Jakie zwidy?

– Koszmarne. Bo... bo kiedy masz ten dar... nie musisz go nawet używać, wystarczy, że go masz, to czasem... czasem coś przyciągasz. Coś... stamtąd. Z drugiej strony. Z samego dna. – Wciągnęła spazmatycznie powietrze, aż zachłysnęła się papierosowym dymem. Potrzebowała chwili, żeby zapanować nad kaszlem i odzyskać oddech. I może dlatego nikt nie zwrócił uwagi, że Eleonora nagle zbladła tak bardzo, jak gdyby sama miała się zaraz rozwiać.

– Tak czy siak, miałam dwanaście lat, kiedy weszłam do branży. Po następnych czterech byłam już strzępem człowieka. Przede wszystkim psychicznie, ale fizycznie też. Dlatego z początku ucieszyłam się, kiedy któregoś razu oznajmili, że wyruszają beze mnie.

– Z kim?

– Nie wiem. Musieli znaleźć sobie jakiegoś innego psychopompa, ale nie mam pojęcia, kto to mógł być, gdzie go poznali ani dokąd się z nim przeprawili. Nic. Nie padło żadne nazwisko, nie widziałam człowieka na oczy. W każdym razie poszli wtedy z nim. Albo z nią, jeden pies.

– I nie wrócili.

– Nie. Nie wiedziałam, co robić. Ludwik chyba nie przewidział, że mogłoby dojść do czegoś takiego, że mogliby... nie wrócić. Nie zostawił mi żadnych wskazówek, pieniędzy, nic. Czekałam przez trzy dni, a potem... potem przestałam. Wiedziałam, że nie wrócą. Musiałam się skupić na tym, jak zachować tajemnicę i zapełnić lodówkę. Choć jakaś część mnie czeka chyba do tej pory – stwierdziła po namyśle – bo inaczej pewnie nigdy nie zleciłabym Ramzesowi, żeby odnalazł zegarek Ludwika.

– I nic nikomu nie powiedziałaś? Nie poszłaś z tym na policję?

– Pytasz poważnie? Bałam się, rozumiesz, Eleonoro? Byłam śmiertelnie przerażoną gówniarą, a bardziej niż czegokolwiek innego, bardziej nawet niż śmierci z głodu, bałam się, że się przed kimś wygadacie. Wiesz, co by się stało, gdybyście komukolwiek wspomniały, że od pół roku czy roku nie widziałyście mamy i taty?

– Pewnie trafiłybyśmy do domu dziecka.

– Wy? Raczej nie. Co prawda Ludwik i Irena zerwali kontakt z waszymi dziadkami, po tym jak któregoś razu jej ojciec zjawił się tu pijany jak bela i darł się pod drzwiami, że zbiera na rozwód córeczki „z tym zasranym niedojdą", jak o nim mawiał, ale prawdopodobnie trafiłybyście pod ich dach. W końcu to dziadkowie. Za to ja, owszem, wylądowałabym w domu dziecka. Choć bardzo możliwe, że po drodze zahaczyłabym o psychiatryk lub dwa.

– Mogłaś mi zaufać – rzekła Eleonora z cichym wyrzutem, choć od środka aż rozrywał ją wrzask. – Miałam dziesięć lat, nie byłam już małym dzieckiem. Zrozumiałabym.

– Tak. Tak, Eleonoro, zgadza się. Miałaś dziesięć lat. To teraz sobie policz, ile wtedy miałam ja.

– Szesnaście – odparła niemal szeptem. W opuszkach jej palców pomału budziło się znajome drżenie.

– Idealny wiek, żeby zostać z dwójką mocno nieletnich bratanic na głowie, wszystko ogarnąć i nie popełnić przy tym żadnego błędu, prawda? Zapłaciłam wysoką cenę. Ledwo zdałam maturę. Nie poszłam na studia. Nigdy nie miałam przyjaciółki ani chłopaka. – Ciotka zaśmiała się krótko, chrapliwie, potrząsając rudymi lokami. – Za to zaczęłam siwieć na długo przed osiemnastką i niewiele brakowało, żebym popadła w alkoholizm. Gdyby nie moja wychowawczyni...

– Powiedziałaś jej? Powiedziałaś komuś obcemu, a nam nie?

– Powiedziałam zaufanej osobie – Klara Stern odparowała z naciskiem. – Osobie, której zawdzięczamy wszystko. Włącznie z życiem. Tak. Bo był... był nawet taki moment, kiedy... Noc w noc budziłam się o drugiej. Spałyście. A ja przychodziłam tutaj, siadałam przy stole, patrzyłam na kuchenkę i przez dwie godziny zastanawiałam się, czy nie odkręcić gazu. Noc w noc – powtórzyła. – Na szczęście moja wychowawczyni zauważyła, że coś się ze mną dzieje. Coś gorszego niż zwykle. Pewnego dnia zatrzymała mnie po lekcjach w klasie, zamknęła drzwi i zaczęła wypytywać. Nie odpuściła, aż pękłam. A pękłam, możecie mi wierzyć, jak tama. Wszystko się ze mnie wylało. Wszystko. A ona... – Roześmiała się histerycznie. – Ona mi uwierzyła, rozumiecie? Długo nie pojmowałam dlaczego, ale uwierzyła mi. Ot tak. I pomogła. Z dokumentami, pieniędzmi, szkołami, nawet przychodnią... Od czasu do czasu chodziła zamiast mnie na zebrania, udając przed nauczycielami naszą babcię. Wiedziała, co im mówić, a że umiała przy tym wzbudzić respekt, to z łatwością ich przekonała, że szacowni państwo Stern robią karierę naukową ku chwale ojczyzny, za to kosztem życia rodzinnego. Wyłącznie dzięki niej uniknęłam najgorszego. – Odwróciła się, odkręciła wodę i wetknęła niedopałek pod kran. – Ale i tak zaczęłam spać więcej niż trzy godziny na dobę, dopiero gdy Justyna skończyła osiemnaście lat. I dopiero wtedy oficjalnie zgłosiłam zaginięcie brata i bratowej. Koszmary mam do tej pory.

– Masz koszmary, tak? – powtórzyła cicho Dżusi. – A wiesz, co mamy my?

– Och, przestań…

– Nasi rodzice zniknęli, a ty, zamiast nam cokolwiek wyjaśnić, zamknęłaś nas w tym przeklętym mieszkaniu. Bałyśmy się, choć nie wiedziałyśmy czego, bo ty o niczym nam nie mówiłaś, tylko świrowałaś i wymyślałaś te swoje durne zasady, przez co bałyśmy się jeszcze bardziej.

– Miałam szesnaście lat…

– A JA OSIEM!!! – wrzasnęła Dżusi. – Marzyłam o różowym kucyku z zieloną grzywą i gwiazdkami na dupie, a zamiast tego dostałam paranoję i hausgestapo!

– Dzięki temu hausgestapo, niewdzięcznico, miałaś dach nad głową i nie żywiłaś się szczawiem z kolejowego nasypu!

– Ale za jaką cenę?! Kontrolowałaś każdy nasz krok, kazałaś żyć według pieprzonego zegarka, jakby nasze życie zależało od tego, czy wrócimy ze sklepu za piętnaście, czy za siedemnaście minut, i czepiałaś się o wszystko. Nic. Nigdy. Nie było. Dobrze! Ciągle tylko słyszałam: „Przydaj się do czegoś!". A co ja jestem, taboret, żeby się do czegoś przydawać!? A jak nie, to co? Na rozpałkę!?

– Dżusi, proszę, bądźmy sprawie… – próbowała wtrącić Eleonora. Lecz wtedy siostra z furią naskoczyła na nią.

– A ty wcale nie byłaś lepsza!

– Co proszę? Ja?

– Zostawiłaś mnie! Odcięłaś się ode mnie, z dnia na dzień, stałaś się taka sama jak ona. Te same gesty, te same dziwactwa… Wybrałaś ją, nie mnie, chociaż zawsze stałam po twojej stronie, kryłam ten twój chudy tyłek. Nie musiałaś nawet prosić. Aż nagle... Nie rozumiałam, do tej pory nie rozumiem, co ja ci takiego wtedy zrobiłam, El, dlaczego przestałam dla ciebie istnieć? Przecież zostałaś mi tylko ty! – Patrzyła to na ciotkę, to na siostrę, a na jej twarzy złość mieszała się z potwornym zmęczeniem. – Jesteście takie same. Takie same. Umiecie tylko kłamać.

Siedząc teraz w kuchni, o drugiej nad ranem, Eleonora przymknęła powieki, bo naraz zakręciło się jej w głowie. Wciąż słyszała wrzask Dżusi, stukot jej obcasów, trzask zamykanych drzwi – oraz słowa, które Gerd, stojąc niedługo potem na progu mieszkania, wyszeptał jej prosto do ucha, tak, żeby ciotka go nie usłyszała:

– Gwiazdeczko, ja wiem, że w waszych oczach nic nie usprawiedliwia ciotki, ale i wy, i ona musicie koniecznie coś zrozumieć. I szybko się dogadać. Dla własnego dobra.

– Dlaczego?

– Jeżeli... jeżeli wasi rodzice rzeczywiście zostali po drugiej stronie, a oba chronometry są po tej... to znaczy, że ten psychopomp... że on ich tam zostawił. Celowo. Gwiazdeczko, on ich po prostu zabił.

## Rozdział 10

Po prostu zabił.

Ostatnie słowa Gerda nie opuszczały jej od miesiąca, ciągle majaczyły gdzieś z tyłu głowy. Eleonora westchnęła i mocno przetarła oczy, jak gdyby mogła w ten sposób wycisnąć piasek spod powiek, po czym jeszcze kilka razy zamrugała. Wreszcie skupiła wzrok na kuchence. Zielonkawe cyfry jarzyły się wyraźnie na tle półmroku. Za dwie trzecia. Poczuła ucisk w gardle. To nie była ta sama kuchenka co wtedy, tamta już dawno rdzewiała na jakimś wysypisku, zastąpiona przez nowszy model, ale... Co takiego kołatało jej się wtedy po głowie? Jakie myśli, jakie wizje ją prześladowały, a przede wszystkim – jak bardzo szesnastoletnia wówczas Klara Stern musiała się bać, że wpatrywała się w te kurki i dostrzegała w nich wybawienie, nie zaś narzędzie potrójnej zbrodni? Jak straszne musiały być koszmary, które ją nawiedzały, że zdawały się blednąć w obliczu zamordowania własnych bratanic, nie mówiąc już o samej sobie?

Niestety, akurat na to pytanie Eleonora znała odpowiedź. I miała świadomość, jak niewiele dzieliło je wtedy od śmierci. A gdyby... gdyby to ona siedziała tu wtedy, na miejscu ciotki, a ciotka spała, niczego nieświadoma? Gdyby ich życie zależało właśnie od niej – to jak daleko by się posunęła, żeby uciec przed koszmarami, które wcale nie były wspólnym wytworem nocy, lęku i wyobraźni?

Nie, tej odpowiedzi nie chciała już znać.

Aż podskoczyła na krześle, kiedy za oknem nieoczekiwanie zaskowyczał pies. Roztrzęsiona, lecz wdzięczna, że oderwał ją od ponurych myśli, z dudniącym sercem raz jeszcze spojrzała na zegar. Pięć po trzeciej. Poczuła ucisk w brzuchu. Strach. Gdzie się podziewała ciotka? Dlaczego nie siedziała w kuchni, jak zawsze o tej porze? Eleonora próbowała sobie przypomnieć, kiedy ostatnio ją tu widziała, słyszała – zeszłej nocy? dwie noce temu? kiedy? – i wtem z miejsca poderwał ją dźwięk przejmującego, warkliwego jazgotu, który eksplodował pośród nocnej ciszy.

– Rany boskie... – sapnęła, dopiero po paru sekundach rozpoznając dzwonek do drzwi. Za dnia nieprzyjemnie rezonował w plombach, ale o trzeciej nad ranem mógł co słabsze serce przyprawić o zawał. Nawet jej własne, choć silne, trzepotało teraz spłoszone, jakby usiłowało wyrwać się z klatki piersiowej, jak najdalej od upiornego dźwięku.

Nie, nie dźwięku. Dźwięków. Eleonora zrozumiała to ułamek sekundy przed tym, jak przytknęła oko do wizjera – i zaraz całkiem wyleciało jej to z głowy.

O tej porze spodziewała się, że ujrzy mundurowego, ewentualnie kogoś z sąsiadów w piżamie, tymczasem po drugiej stronie drzwi stała nieznajoma starsza kobieta w lekkiej kurtce i dżinsach, o włosach tak siwych, że prawie białych, ostrzyżonych krótko, trochę na męską modłę, i surowej, pomarszczonej twarzy. Nie wyglądała na zagubioną, wprost przeciwnie. Wszystko w niej zdawało się świadczyć, że mimo nietypowej pory dotarła dokładnie tam, gdzie chciała. Stała tuż przy wycieraczce, z dłońmi splecionymi przed sobą, i patrzyła prosto w wizjer, zamiast błądzić gdzieś wzrokiem dla zabicia czasu lub ukrycia skrępowania, jak to często robią ludzie w podobnym położeniu, świadomi, że ktoś ich może teraz obserwować. Eleonora nigdy nie widziała oczu o tak niesamowitej barwie – nie na pograniczu brązu czy zieleni, lecz intensywnie żółtej, z ciepłą nutą i głębią przywodzącą na myśl dwa kawałki bursztynu sprzed tysięcy lat. I miały w sobie coś takiego, że chociaż była trzecia nad ranem, serce wciąż tłukło jej się o żebra, a na dodatek wszystkie włoski na karku karnie stanęły na baczność, to jednak uchyliła drzwi.

– Dzień dobry.

– Dzień dobry – odparła starsza pani, unosząc przy tym nieco podbródek, choć i bez tego przewyższała dziewczynę co najmniej o głowę. – Eleonora, jak mniemam.

Gotyckie brwi zmarszczyły się nieznacznie. To zaczynało być irytujące. Eleonora odnosiła wrażenie, że ostatnio nic tylko napotyka na swojej drodze kolejnych nieznajomych, którzy jak grzyby po deszczu wyrastają pod jej drzwiami i w okamgnieniu burzą zastany ład. A na dodatek, co chyba najbardziej działało jej na nerwy, wszyscy bez wyjątku wiedzieli na temat rodziny Sternów więcej niż ona sama.

– Przepraszam, ale jest środek nocy, a ja… – Urwała. Po co ona w ogóle wdaje się w wyjaśnienia? – W czym mogę pani pomóc?

– Na początek możesz zaparzyć herbaty – rzekła starsza pani i weszła do środka, jak do siebie, nie czekając na zaproszenie.

Dopiero usłyszawszy ciche, rytmiczne postukiwanie, dziewczyna zorientowała się, że te splecione dłonie w rzeczywistości spoczywały na ciężkiej, dębowej lasce. Lasce, która ni stąd, ni zowąd załomotała energicznie do zamkniętych drzwi pokoju ciotki.

– Co pani wyprawia?! – wycharczała Eleonora, usiłując jednocześnie szeptać i krzyczeć. Wariatka, jak nic wariatka! I ta nieznajoma, i ona sama, że ją tu w ogóle wpuściła. Jak gdyby nie miała już dość kłopotów! Dlaczego nie zastąpiła jej drogi? Dlaczego nie zaprotestowała choćby słowem? Dżusi pewnie zaraz rzuciłaby się w progu Rejtanem i narobiła takiego rabanu, że Młoda Bimbowa przez następny rok nie plotkowałaby o niczym innym. Tyle że ona nie była Dżusi. Była tylko Eleonorą. Grzeczną, posłuszną Eleonorą, która nigdy nie sprzeciwiała się starszym i nawet krzyczała na nich jakoś tak przepraszająco. – Proszę przestać, tam śpi moja ciotka!!!

– Ach, czyżby? – Laska załomotała ponownie. – To coś głęboko śpi, nie sądzisz?

Eleonora zebrała się w sobie i otworzyła usta, żeby dać wyraz głębokiemu oburzeniu, lecz zaraz je zamknęła. Rzeczywiście. Zamiast rozjuszonego głosu Klary Stern, w tak barbarzyński sposób wyrwanej ze snu, odpowiedziała im jedynie cisza, równie głucha jak dudnienie dębu o dąb. Za to po chwili rozległ się ten sam dźwięk, który Eleonora słyszała już wcześniej, razem z dzwonkiem – ni to skrzek, ni to warkot zamkniętego w środku Kota. Śmiertelnie przerażonego.

– Klucz – rzuciła krótko starsza pani.

– Nie mam, ciotka zamyka się na noc od środka.

– Drugi klucz.

– Nie ma drugie…

– W kredensie, dolna lewa szafka, u góry, tuż za listwą.

Jakby dostała w twarz. Mieszkała tu od urodzenia, czyli dwadzieścia sześć lat, a pierwsze słyszała o drugim kluczu do pokoju ciotki. O kryjówce w kredensie zresztą też. Kim była ta kobieta? Czego tu szukała? Skąd wiedziała o listwie w lewej szafce kredensu, którą pewnej wiosny osobiście wstawiła tam ciotka, żeby naprostować wypaczone drewno? Skąd wiedziała... wszystko?

– I co tak stoisz, ruszaj się, dziewczyno!

Zanim umysł Eleonory zorientował się, co robi, ciało przejęło inicjatywę. Nogi poniosły ją do kuchni i ugięły się przed kredensem. Otworzyła dolne lewe drzwiczki i zaczęła obmacywać górną ściankę wzdłuż listwy. Już myślała, że nic tam nie znajdzie, że starsza pani naprawdę jest wariatką i że chyba pora wezwać jakieś wsparcie, najlepiej od razu z kaftanem, kiedy poczuła pod palcami wyraźny chłód metalu.

Drugi klucz.

– Mam złe przeczucia, bardzo, bardzo złe... – mamrotała do siebie, gdy wróciła pod drzwi pokoju ciotki. Nieznajoma wyrwała klucz z jej dłoni.

– I słusznie – odparła, wsunęła go do zamka i przekręciła.

Kotary nie wpuszczały światła z zewnątrz, dlatego w środku panowała nieprzenikniona ciemność. Starsza pani bez namysłu sięgnęła za framugę po prawej i szybko znalazła włącznik. Obie w pierwszym odruchu zacisnęły powieki, kiedy poraził je rozblask żarówek pod sufitem.

Mroczki zatańczyły Eleonorze przed oczami. Zamrugała raz i drugi, żeby pozbyć się ich jak najprędzej, bo starsza pani już szła przez ponury pokój, stukocząc laską, a Kot nie przestawał zawodzić. Gdzie była ciotka? Dlaczego nic nie mówiła, mimo łomotania do drzwi, rażącego światła i całego najścia w środku nocy? W pokoju był obrzydliwy zaduch, z kolei od równo rozpostartej na łóżku pościeli bił chłód, jak gdyby od dłuższego czasu nie miała kontaktu z ciepłem ludzkiego ciała.

Starsza pani tymczasem obejrzała się przez ramię i skinęła na Eleonorę.

Ciotka siedziała przy stole, tyłem do drzwi, nieco przygarbiona, z jedną ręką na podołku, drugą zaś przed sobą, na blacie. Czarny kocur, skrzecząc i zawodząc, łasił się do jej nóg. Czy raczej próbował się łasić, ponieważ nogi Klary Stern, podobnie jak cała reszta jej ciała, były przejrzyste.

– Ciociu! – krzyknęła Eleonora i rzuciła się w kierunku nieruchomej kobiety. Chciała ją chwycić w objęcia, potrząsnąć, wyrwać czym prędzej z tego potwornego odrętwienia, lecz jednocześnie bała się, że pod najlżejszym nawet dotykiem ciotka rozwieje się bezpowrotnie jak mgła.

Jak rodzice.

Nieświadomie wstrzymała oddech, uklękła obok krzesła, na którym siedziała ciotka, i ze łzami w oczach spojrzała na nieznajomą. Ona wiedziała, co zaszło, wiedziała, co spotkało ciotkę. Dlatego przyszła tu o trzeciej nad ranem. Na pewno.

– Och, dziecko... – westchnęła tymczasem starsza pani, przystawiając dłoń blisko przejrzystego policzka. – Coś ty narobiła...? Czułam, że to się tak skończy. Jak długo już tu tak siedzi?

– Nie... nie wiem, nie potrafię powiedzieć... – Eleonora próbowała sobie szybko przypomnieć, kiedy ostatnim razem rozmawiały. Albo chociaż mijały się w przedpokoju czy w kuchni, starannie patrząc każda w inną stronę. Cóż, z ciotką nigdy nie żyło się łatwo, a sierpniowe wydarzenia odbiły się mocno na ich wzajemnych stosunkach. W zasadzie to rozbiły je w pył.

– Dzień? Dwa?

– Bliżej dwóch, jeśli nie... jeśli nie... Rany boskie...

Starsza pani zmarszczyła brwi i wsunęła dłoń do kieszeni kurtki.

– Nie – orzekła twardo, nie przestając kręcić przy tym głową. – To jeszcze nie jest ten moment. Jeszcze nie. Może zdążymy, może wciąż nie jest za późno, żeby ją stamtąd ściągnąć. – Machnęła władczo dłonią. – Podaj mi telefon, dziewczyno.

Eleonora natychmiast skoczyła do przedpokoju po słuchawkę.

– Pogotowie? – zapytała, podając ją nieznajomej.

– Pomoże jak umarłemu kadzidło – prychnęła starsza pani. – Tu trzeba fachowca. – Wprowadziła numer z pamięci i zastygła w oczekiwaniu na połączenie. Jej surowa twarz wyrażała jedynie skupienie. – Mówi Matylda. Przyjdź na Lompy. Nie! – weszła rozmówcy w słowo. Ostro, jak ktoś przyzwyczajony do posłuchu. – Nie będę teraz z tobą o tym dyskutować. Po prostu przyjdź. – Rozłączyła się i oddała telefon Eleonorze. A potem odetchnęła i odprężyła się, jakby wraz z wypuszczanym powietrzem pozbyła się również i lęku. – To jak będzie z tą herbatą?

– Co proszę? A co... co z ciotką?

– My jej nie pomożemy. Musimy zaczekać na wsparcie, a moje biodro po stokroć woli czekać w pozycji siedzącej.

Eleonora spojrzała za wychodzącą kobietą, a potem znów na ciotkę. Przypominała rzeźbę z mlecznego szkła, jednocześnie piękną i przerażającą.

– Zaufaj mi, Eleonoro – dobiegło z kuchni. – I nastaw wodę.

– Pilnuj jej, Kocie – rzuciła jeszcze do zwierzaka. Przestał wreszcie zawodzić i przycupnął pod krzesłem, na którym siedziała ciotka, spokojniejszy, ale wciąż czujny. – Pilnuj pani.

Ręce drżały Eleonorze tak bardzo, że stawiając przed panią Matyldą pustą filiżankę, musiała ją przytrzymać, by nie dzwoniła o spodek. Herbata pomału parzyła się w dzbanku.

– Wiele nocy spędziłam przy tym stole – przemówiła wreszcie starsza kobieta, rozglądając się po kuchni.

– Naprawdę?

– Bywały takie noce, kiedy Klara... – spojrzenie żółtych oczu musnęło przelotem lśniące kurki – ...kiedy Klara bardzo potrzebowała wsparcia.

– Między drugą a czwartą nad ranem? – domyśliła się dziewczyna.

– Zgadza się, między drugą a czwartą – przytaknęła pani Matylda. – O tej porze zawsze przychodziły jej do głowy najgłupsze pomysły. Najgłupsze. Czasem rozmawiałyśmy, czasem wystarczyło, że siedziałam obok. Zaglądałam też do was, ale spałyście wtedy z Justyną jak susły. I dobrze.

– Och... Pani jest tą nauczycielką, która jej pomogła – Eleonora nareszcie się domyśliła w nagłym i jakże wyczekiwanym olśnieniu.

Starsza kobieta skinęła głową.

– Owszem. Byłam wychowawczynią Klary w liceum. Uczyłam ją też łaciny, aczkolwiek z miernym skutkiem. Miernym plus – uściśliła. – Wstrzymałam się nawet z przejściem na emeryturę, chociaż czas już był ku temu najwyższy, dopóki Klara nie skończyła szkoły. Wolałam nie zostawiać jej samej z... całym tym ambarasem.

Patrząc teraz na panią Matyldę, jej surową twarz i oszczędne ruchy, Eleonora zaczynała pojmować, jak to się mogło stać, że najpierw otworzyła przed tą kobietą drzwi, a potem odruchowo podążyła jej śladem, zamiast wszcząć awanturę. Pani Matylda budziła respekt, ale też i zaufanie. Była skałą – mogła przytłoczyć, a mogła też posłużyć za mocny fundament, którego tak bardzo zabrakło szesnastoletniej wówczas Klarze Stern.

Tyle że Eleonora wciąż nie mogła rozgryźć jednej rzeczy. Uchwyciwszy się ciężkiego dzbanka, ostrożnie nalała starszej kobiecie herbaty.

– Ciotka powiedziała pani o wszystkim... a pani jej uwierzyła.

– Oczywiście.

– Oczywiście? Uwierzyła pani w historię o rodzicach, którzy utonęli w czasie. Co w tym takiego oczywistego?

– Nie musiałam się szczególnie starać, Eleonoro, żeby uwierzyć. Wiedziałam, że Klara mówi prawdę.

Dziewczyna odstawiła dzbanek.

– Pani też jest z branży? – zapytała z niedowierzaniem.

– Skąd ten pomysł?

– Och, bo już się bałam, że...

– Ja, drogie dziecko, mam własną, specyficzną niszę. – Raz jeszcze pani Matylda sięgnęła do kieszeni kurtki i położyła przed sobą niewielkie metalowe pudełko. Pogładziła z czułością zmatowiałe, tu i ówdzie powgniatane wieczko. – Trzy siostry. Zawsze trzy, nie więcej, nie mniej. Ta, która przędzie, ta, która strzeże, ta, która przecina.

– Mojry – odparła Eleonora machinalnie, jak gdyby stała w sali lekcyjnej pod zieloną tablicą, pachnącą kredowym pyłem i zatęchłą gąbką.

– Brawo. Brawo, Eleonoro. Mało kto tak szybko kojarzy.

– Pani żartuje.

– Nie zwykłam.

– Nie. – Pokręciła głową, aż czarny pukiel opadł jej na twarz. Odgarnęła go nerwowo za ucho. – Nie wierzę. Nawet... nawet po tym wszystkim. Nie wierzę.

Pani Matylda wzięła filiżankę i przez chwilę dmuchała na gorący napar, napawając się jego wonią i barwą. Wreszcie upiła łyk, po czym sięgnęła po cukiernicę.

– Powiedz mi zatem, Eleonoro – podjęła spokojnie, odmierzając płaską łyżeczkę cukru – skąd wiedziałam? Skąd wiedziałam, że Klara znalazła się dziś w śmiertelnym niebezpieczeństwie? Skąd wiedziałam, ilekroć druga strona przyzywała ją coraz bardziej natarczywie? Wszak musiałam wiedzieć, żeby się zjawić w porę.

Przez długą chwilę młoda dziewczyna wpatrywała się w twarz starszej kobiety, rozpaczliwie szukając w niej odpowiedzi innej niż ta, która już tam była.

– Nie wiem – przyznała cicho.

– Na tym właśnie polega moja rola. Strzegę.

Pani Matylda otworzyła pudełko i wyciągnęła z niego grubą szpulkę czerwonej nici.

– To jest… czy to jest…? – Wstrząśnięta Eleonora szukała pozostałych słów, lecz bezskutecznie, jak gdyby skończyły jej się przed miesiącem, kiedy po raz pierwszy musiała zmierzyć się z nieprawdopodobnym.

– Tak, to nić Klary. Zawsze noszę ją przy sobie. Wasze również – dodała, spoglądając bacznie na dziewczynę. – Chociaż nigdy ich jeszcze nie czytałam. Na szczęście nigdy nie było takiej potrzeby. Ta należy do Justyny.

Znając swą młodszą siostrę, Eleonora spodziewała się nici w jakimś bardzo krzykliwym kolorze. Tymczasem wąska szpulka była owszem, różowa, lecz blada, nijaka, zwłaszcza na tle czerwonej, leżącej tuż obok. Nawet w tej postaci ciotka zdawała się przytłaczać bratanicę.

– A… a…

– Twoja?

Serce jej przyspieszyło, kiedy dłoń pani Matyldy raz jeszcze sięgnęła do metalowego pudełka. Szara. Jej nić na pewno jest szara. A może biała? Albo czarna? Nie, czarny to zbyt wyrazisty kolor, żeby pasował do niej, do zwykłej...

Aż zaparło jej dech w piersi.

Turkusowa.

– Czy... czy ja mogę?

– Śmiało.

Eleonora wyciągnęła rękę, zawahała się jednak, gdy przed oczami stanął jej zegarek w srebrnej kopercie. Zamiast chwycić szpulkę, najpierw ostrożnie musnęła turkusową nić opuszkami palców. Nic. Żadnego mrowienia.

– Tu jest całe moje życie? – zapytała cicho. Pomału obracała nić w dłoni, nie mogąc wprost nasycić oczu jej intensywną, głęboką barwą. – Cała ja w tej jednej szpulce?

– Cała. Bez wyjątku.

Drgnęła. Zacisnęła palce na szpulce, mocno, aż pobielały jej kłykcie. Rzuciła pani Matyldzie ostre spojrzenie.

– I bez tajemnic.

– Nie obawiaj się, Eleonoro. *Duas aures habemus et os unum, ut plura audiamus quam loquamur.*

– Mamy dwoje uszu i jedne usta...

– ...abyśmy więcej słuchali, niż mówili – dokończyła starsza kobieta, kręcąc niespiesznie filiżanką na spodku. – Życie, Eleonoro, nauczyło mnie, że cudzych tajemnic należy dochowywać. Choćby i kosztem własnych.

Dzwonek u drzwi brzęknął krótko. Była już prawie czwarta nad ranem.

– Ach. Najwyższy czas – stwierdziła pani Matylda i dopiła herbatę. – Eleonoro, bądź tak miła.

Skinąwszy głową, dziewczyna wstała od stołu i poprawiając wiązanie szlafroka, podeszła do drzwi wejściowych. Z drugą dłonią już na klamce przytknęła kciuk do klapki wizjera – i wtedy poczuła, jak całe jej ciało przeszywa przelotne, mdlące mrowienie.

Szybko, nie dając lękowi zbyt wiele czasu na rozwinięcie skrzydeł, przekręciła zamki, zdjęła łańcuch i nacisnęła klamkę.

– Witaj, Eleonoro – powiedział Ramzes.

W ostatniej chwili przełknęła krzyk. Nie puszczając klamki, drugą dłonią oparła się o framugę. Nie wejdziesz, mówiło jej ciało. Nie tym razem.

– Wpuść go, Eleonoro – usłyszeli po chwili głos pani Matyldy. – Przecież cię nie ugryzie.

Tyle że dziewczyna wcale nie była tego taka pewna.

Antykwariusz stał u szczytu schodów i przyglądał jej się bez cienia emocji. Czekał, wyraźnie dając do zrozumienia, do kogo tym razem należy inicjatywa.

– Ciotka nie odda panu tego zegarka – odezwała się wreszcie.

– Nie śmiałbym jej o to podejrzewać. Klara Stern jest upartym stworzeniem.

– A pan to niby nie?

Nie odpowiedział, tylko przymknął powieki na ułamek sekundy dłużej.

– Pan go znalazł – rzekła cicho, tak cicho, że sama ledwo słyszała własne słowa.

– Owszem – odparł Ramzes.

– Skąd pan wiedział, gdzie szukać?

– Na tym polega moja praca, Eleonoro. Szukam. I zawsze znajduję.

– Praca? Pan to nazywa pracą? Kradzież?

– Nie wszyscy kradną. Spora część, owszem, może nawet większość, ale nie wszyscy. Niektórzy traktują to jak hobby. Albo sposób na rozkręcenie kariery naukowej.

– A pan?

– Ja? Zabijam nudę.

– Nudę? Nasi rodzice zostali po drugiej stronie, a niedługo dołączy do nich ciotka. Trzy trupy w jednej rodzinie. I co najmniej jeden obcy – dorzuciła, myśląc o Janie O. – A pan mówi, że zabija nudę?...

– Cóż. Branża jest okrutna.

– Pan też.

– Nie, Eleonoro. Jestem drobiazgowy.

Z każdym kolejnym puzzlem wskakującym na swoje miejsce dłoń dziewczyny coraz mocniej zaciskała się na klamce.

– Wiedział pan, że ona się w końcu przełamie i pójdzie ich szukać. Dlatego nie chciał pan jej oddać zegarka. Chronił pan mordercę?

– Nie znam tożsamości mordercy. Chroniłem ją.

– Ach, tak? Więc dlatego nic pan nie zrobił, żeby ją powstrzymać?

– Nic? Tak bym tego nie ujął. Ostrzegałem Klarę, żeby odpuściła. To wy ukradłyście zegarek Gerdowi, Eleonoro. To wy nie chciałyście mu go zwrócić, chociaż tak ładnie prosił. Same jesteście sobie winne.

– Och, na litość boską… – rozległo się naraz w kuchni. Kilka stukotów później pani Matylda wyrosła za tuż Eleonorą i spojrzała na antykwariusza ponad jej wyciągniętą ręką.

– Ramzesie, proszę – powiedziała. – Nie zostało zbyt wiele czasu. Idź po nią.

Ku zaskoczeniu Eleonory w zielonych oczach antykwariusza rozbłysła cieplejsza iskra. Zaraz jednak zgasła, zdławiona bez sentymentu.

– Nie, Matyldo. Nie zrobię tego nawet dla ciebie.

– Przecież ona umrze!

– Ostrzegałem ją wielokrotnie. Nie pierwszy raz Klara Stern postanowiła być mądrzejsza. – Wzruszył ramionami. – Ten najwyraźniej będzie też ostatnim.

– Ramzesie!

– Nie.

Słysząc nutę trwogi w głosie kobiety, Eleonora miała ochotę strzelić tę niewzruszoną twarz przed sobą. Pani Matylda polegała na nim, dlatego go wezwała. A on przyszedł. Natychmiast, w środku nocy. Przyszedł! Więc dlaczego teraz...?

– Łaski bez – powiedziała głośno. – Sama po nią pójdę.

– Wykluczone! – zaprotestowała starsza pani.

Antykwariusz pokręcił głową.

– Nie masz pojęcia, jak to się robi – rzekł spokojnie.

– Ale mam dar, prawda? Jakoś sobie poradzę.

– Prawdopodobnie zginiesz – zauważył.

– Trudno. To moja ciotka, muszę chociaż spróbować.

– Nawet jej nie kochasz.

– Co proszę? Oczywiście, że...

– Przestań. Mnie nie nabierzesz.

Dębowa laska huknęła o parkiet.

– Dość tego! Ramzesie, proszę. Proszę. Wiesz, ile dla mnie znaczy to dziecko.

– To dziecko już dawno dorosło, Matyldo – odparł, lecz ona go nie słuchała, bo już wwiercała spojrzenie żółtych oczu w dziewczynę.

– Eleonoro, w tej chwili wpuść Ramzesa!

Gdyby chodziło o kogoś innego, posłuchałaby. Posłuchałaby jak zawsze. Grzecznie puściłaby framugę i zabrała rękę, a może nawet otworzyła szeroko drzwi, siląc się na pozory uprzejmości. Ale w oczach Ramzesa widać było obojętność i coś jeszcze. Coś, co sprawiło, że pierwszy raz w życiu w Eleonorze Stern zagotowała się krew.

Wyzwanie.

Nie posłuchała.

– Nie, pani Matyldo. Poradzę sobie sama. Skoro on umie, to ja też się nauczę.

Wtedy się uśmiechnął. Nieznacznie, jednym kącikiem ust i jakby... triumfująco.

– Obawiam się, że bycie mną nie jest takie proste.

– Ach, tak? Jest pan taki wyjątkowy?!

Tym razem krzyknęła. Nie spodziewała się, że skoczy ku niej tak szybko, że jego twarz, smagła i przystojna, nagle znajdzie się centymetry przed jej twarzą.

– Tak, Eleonoro – odparł wciąż z tym triumfującym uśmiechem. – Jestem wyjątkowy. Tam, gdzie wy toniecie jak kocięta, ja ledwie brodzę. Gdzie wy grzęźniecie, ja wciąż gnam. Przeprawiam się dalej i głębiej i nie lękam się niczego, bo nic, nic nie odważy się podążyć za mną.

Zacisnęła zęby.

– W takim razie pójdę przodem.

– Trzy Sternówny, a co jedna, to głupsza... – Pokręcił niespiesznie głową, lecz wbrew pogardliwym słowom w jego oczach coś się zmieniło. Jak gdyby Eleonora spełniła jego oczekiwania. – Matyldo – zwrócił się nagle do starszej kobiety – zostaw nas samych. Proszę.

Przyglądała mu się przez chwilę z przenikliwością, od której normalnemu człowiekowi aż cierpła skóra. Wreszcie zaufanie wzięło górę nad trwogą, bo ku zaskoczeniu dziewczyny skinęła krótko i ciężkim krokiem wróciła do kuchni.

– Słuchaj teraz uważnie – powiedział cichym, niskim głosem, kiedy pani Matylda na powrót usiadła za stołem. W uszach Eleonory brzmiał jak warkot. – Poszukaj u swojej ciotki starej buteleczki z brązowego szkła. Z odręczną etykietą.

– Co jest w tej buteleczce?

– Belladonna. Bardzo silny roztwór, jakiego nie dostaniesz w żadnej aptece. Po jednej kropli do każdego oka – rzekł, kładąc na chwilę palec wskazujący najpierw na lewym, a potem na prawym policzku dziewczyny, tuż przy krawędzi dolnej powieki. – Więcej nie trzeba. I nie zapomnij o zegarku. Klara już go nastawiła.

– Mam go…

– Trzymać w dłoni, zawiesić na szyi, jak wolisz. Nieistotne. Byle dotykał twojego ciała. Tu. Na powierzchni czasu. Ach, i bądź mądrzejsza od ciotki. Nie idź sama na śmierć.

– Bez obaw – warknęła – znajdę sobie towarzystwo.

– No tak. Gerd.

– Nie, nie Gerd.

– To dobrze. Wolałbym nie szukać sobie nowego zegarmistrza. Są na wagę złota.

– Nie to co głupie Sternówny, prawda?

– Cóż. Jesteście trzy. A on tylko jeden. – Mrugnął do niej porozumiewawczo i wyprostował się. – Znajdź kogoś, kto pójdzie razem z tobą. Przynajmniej dwie osoby, dla pewności. Najpierw zakrop im oczy i zamknij powieki. Własnoręcznie. Potem włóż im do ręki po monecie, jakiejkolwiek.

– Obol zmarłych – wyszeptała pobielałymi wargami.

– Tak. Tak właśnie masz ich potraktować. Jak zmarłych. – Pogładził ją po policzku. – Jak trupy.

– A potem co? Czas wciągnie mnie sam czy mam się w nim jakoś... zanurzyć?

Odsunąwszy się o krok do tyłu, Ramzes obrzucił dziewczynę przeciągłym spojrzeniem.

– Zanurzyć? Nie. Potem, moja mała, dzielna Eleonoro, weź zegarek i usiądź sobie wygodnie. Zamknij oczy. Nabierz głęboko powietrza... i toń. Chyba potrafisz?

– A jeśli się ode mnie oddalą? – zawołała za nim, gdy zstąpił z pierwszego stopnia, już nie taka pewna siebie. – Zgubią? Skąd będę wtedy wiedziała, gdzie są... czy kiedy? Jak zdołam ich odnaleźć?

– Poczujesz – odparł cicho, a na jego twarzy nagle rozkwitł najstraszliwszy z uśmiechów. – Och, Eleonoro, poczujesz, i to jak. Psychopomp, przeprowadzając dusze, czuje każdą z nich całym sobą. Do granicy bólu... i mocniej. Tym mocniej, im bardziej się od niego oddalą. To takie uczucie, jak gdyby ktoś pomału odrywał ci kończynę – pękająca skóra, trzaskający staw, zrywane ścięgna i mięśnie... Tak. Poczujesz – dodał, zbiegając po schodach. Naraz coś przyszło mu do głowy. Zatrzymał się i spojrzał na dziewczynę przez ramię, na wpół zanurzony w ciemności, która kłębiła się w mikroskopijnej przestrzeni między bramą, zejściem do piwnicy a pierwszym stopniem. Jego zielone oczy zdawały się żarzyć... a może tylko tak jej się zdawało? – Porzucenie kogoś na dnie wypala piętno, Eleonoro. Nie tylko na duszy. Często również na ciele. Ten, kto porzucił waszych rodziców, nigdy o tym nie zapomni.

## Rozdział 11

Baldachim. Baldachim! – powtarzał Karolek ściszonym głosem, napawając się i niecodziennym widokiem, i samym słowem, które tak rzadko miał okazję wymawiać. – Prawdziwy baldachim! I ten stołeczek, taki… taki… maluteńki! Widywałem taki u prababci, tylko błękitny. A to łóżko musi mieć ze sto lat, jak nic. Ciekawe, czy stoi pod nim nocnik? No wiesz, taki porcelanowy, z uszkiem, w kwiatuszki. Wcale bym się nie zdziwił. Rany, ale graciarnia! Jest klimat! I nawet… taki… lekki… zapaszek – co rusz pociągał obolałym nosem. – Czujesz? Czujesz? A ten wzór na tapecie to wygląda całkiem jak…

– Karolku? – przerwała mu Dżusi.

– Tak, Titku?

– Milcz.

Karolek zamilkł więc i stropiony zwiesił głowę, koncentrując się na starannym przyciskaniu zimnego okładu do nosa. To ewidentnie nie był jego dzień. Zaczęło się od nieplanowanej pobudki na chwilę przed wybiciem piątej nad ranem, kiedy telefon Dżusi zaczął podrygiwać na parapecie w rytm hałaśliwego dzwonka. Zerwali się oboje – on wciąż otumaniony snem, ona już zła jak osa. Zobaczywszy na ekranie imię starszej siostry, zamierzała odrzucić połączenie, lecz naraz coś do niej dotarło. Przenajświętsza Eleonora nigdy nie zadzwoniłaby o tak wczesnej porze. Chyba że stałoby się coś złego.

Trzy kwadranse później jechali autostradą w kierunku Wrocławia, a Dżusi, skubiąc nerwowo skórki, tłumaczyła narzeczonemu, dlaczego w zasadzie tak pędzą. I dlaczego powinni pędzić trochę bardziej.

Chwilę po siódmej, jeszcze zanim miasto utknęło na dobre w porannych korkach, znaleźli się u celu. Karolek, przytłoczony niedostatkiem snu i nadmiarem informacji, które tak na zdrowy rozum nie miały prawa być czymś więcej niż urojeniami kwalifikującymi się do leczenia, długo próbował wepchnąć się między zaparkowane wzdłuż wąskiej jezdni samochody. Gdy znowu przeszorował felgą o wysoki krawężnik, Dżusi straciła cierpliwość i przepędziła go zza kierownicy. Lata manewrowania turkusowym wunderwaffe na wąskiej jezdni zrobiły swoje – zaparkowała z wprawą, trzasnęła drzwiczkami i ruszyła do bramy, a Karolek za nią. Wtem w oknie na pierwszym piętrze nagle coś zatrzepotało i załomotało. Karolek, z nerwami na wierzchu, o mało nie wrzasnął na całe gardło.

– Ja pamiętam! – usłyszeli przytłumiony głos. Zwabiona gniewnym porykiwaniem silnika zjawa o siwych włosach, rozwichrzonych, jak gdyby ledwo co wstała z grobu, raz po raz tłukła otwartą dłonią o szybę. – Pamiętam! – wołała jękliwie w ich stronę. – Nie zapomniałam! Pamiętam!

I naraz Karolek, który mierzył metr i osiemdziesiąt osiem centymetrów, masę ciała zaś miał proporcjonalną względem wzrostu, nie bez pewnego zdumienia stwierdził, że miniaturowa narzeczona, klnąc naprawdę szpetnie, ciągnie go za sobą za łapkę niczym Krzyś Kubusia Puchatka – najpierw przez chłodną, ciemną czeluść bramy, a potem po schodach, do pierwszego mieszkania po lewej. Zanim drzwi zamknęły się za nimi na cztery spusty i łańcuch na dokładkę, usłyszał jeszcze, że gdzieś na wyższym piętrze wypadł na klatkę pies i rozszczekał się jazgotliwie, prawie zagłuszając głos, który nawoływał jakąś Elunię czy Elutkę.

Najgorsze miało jednak dopiero nadejść i z tej okazji przybrało postać wysokiej, starszej pani o niewiarygodnie żółtych oczach, która ze spokojem popijała herbatę przy kuchennym stole, a którą Karolek z początku wziął za legendarną ciotkę Klarę. Co samo w sobie, rzecz jasna, wcale nie było złe, skądże znowu. Zwłaszcza że Karolek – wbrew katastroficznym wizjom, jakie przez sto kilometrów roztaczała przed nim Dżusi – ujrzawszy szanowną „ciocię" na chodzie, zamiast jedną nogą po drugiej stronie żywotności, naprawdę szczerze się ucieszył, by chwilę później tak samo szczerze się zdziwić, kiedy obie siostry wspólnie wyprowadziły go w błędu. Co samo w sobie również nie byłoby złe, gdyby wyrażając swe zdziwienie, nie palnął przy okazji, że pomylił się, ponieważ po tych wszystkich opowieściach o zdziwaczeniu, mieszkaniu przypominającym raczej rodzinny grobowiec niż gniazdo i sanatoryjnych wojażach w celu podreperowania zdrowia spodziewał się ujrzeć kogoś mocno posuniętego w latach – wypisz, wymaluj jak ta oto starsza pani.

Ogólnie rzecz biorąc, Karolek nie był złym człowiekiem. Wprost przeciwnie. Ale też nie bez powodu był... cóż, Karolkiem.

Szukając ucieczki przed świdrującym spojrzeniem żółtych oczu z jednej strony, uniesioną wymownie czarną brwią z drugiej i miniaturową furią z trzeciej, płonący ze wstydu chłopak postanowił się zniżyć do bezpiecznego poziomu podłogi. Dokładnie zaś rzecz biorąc, do poziomu czarnego kociska, które wyłoniło się zza przymkniętych drzwi w głębi mieszkania, żeby sprawdzić, kogo tym razem diabli nadali, i mogło doskonale posłużyć za pretekst do zręcznej zmiany tematu. Poza tym Karolek zawsze lubił zwierzątka. Nie przewidział jednak, że to konkretne zwierzątko niekoniecznie musi lubić Karolków. Chyba że gryźć – o czym przekonał się na własnej skórze równie własnego nosa, na którym ostre kocie kły zamknęły się niczym kasownik.

Po tym wszystkim widok zastygłej za stołem, przejrzystej kobiecej postaci był już tylko wisienką na torcie o smaku konfuzji ogólnej ze szczyptą osobistej kompromitacji.

– Proszę. – Eleonora wręczyła Karolkowi świeży kompres na pogryziony nos, po czym stanęła obok siostry. – Dziękuję, że przyjechałaś. Nie wiem, czy... czy sama bym się... – Urwała, nerwowo splatając i rozplatając palce obu dłoni. Wzięła głęboki wdech i wypuściła ze świstem powietrze. – W zasadzie to nadal nie wiem, czy się odważę... – przyznała wreszcie.

– A mamy jakieś inne wyjście? – zapytała cicho Dżusi, zapatrzona w nienaturalnie znieruchomiałą ciotkę. Wzór na tapecie, przebijający przez coraz bardziej mglistą materię jej ciała, zaczynał przypominać tatuaż, jednocześnie bizantyjski i mroczny.

– Nie.

– No więc właśnie.

Eleonora spojrzała na siostrę i nagle jakby się ocknęła z letargu. Dopiero teraz spostrzegła, że coś tu jej się nie zgadza. Zniknęły gdzieś stylowe ciuszki i szpilki, zastąpione trampkami, dżinsami i koszulą w czarno-białą kratę. Platynowe loki, zamiast piętrzyć się nad czołem, opadały swobodnie na kark. W zwyczajnym stroju, bez kunsztownej fryzury i pieczołowitego makijażu, drobna Dżusi niczym nie przypominała pstrokatego żywiołu z zupełnie innej bajki. Znów była niepozorną Justyną Stern z burej kamienicy przy Lompy.

– Dżusi? Dobrze się czujesz? Coś się stało? – Spojrzała z niepokojem na Karolka, bo siostra zdawała się jej w ogóle nie słyszeć.

– Byliśmy wczoraj na obiedzie u moich rodziców – odparł z taką miną, jak gdyby to wszystko wyjaśniało.

– No i co?

– No i... właśnie to – zamachał wolną ręką na swoją narzeczoną.

Ta odetchnęła pomału, przygarbiona, jak gdyby cała ta sytuacja fizycznie ją przytłoczyła. A ona nie mogła znaleźć w sobie sił, żeby zrzucić ten ciężar.

– Było miło – rzekła wreszcie, lecz tonem zabarwionym goryczą, który mówił coś wprost przeciwnego niż słowa. – Serio. Naprawdę miło. Byli rodzice Karolka, jego dwie młodsze siostry, babcia, ciocia i pies. Bardzo ładny pies. Seter... jaki seter?

– Irlandzki – usłużnie podpowiedział Karolek. – Fifi.

– Właśnie. Irlandzki. Fifi. Jedliśmy pieczoną gęś, niebo w gębie. A na deser był boski orzechowiec. Objadłam się jak bąk, całe szczęście, że założyłam luźniejszą kieckę. Wszyscy rozmawiali, babcia sączyła naleweczkę i ciągle żartowała, i opowiadała, jak to jeszcze za Niemca jej ojczulek był postrachem dzielnicy, a na ostrym rauszu zdarzało mu się pogryźć szklankę. Oczywiście Karolek, jak to Karolek, ufajdał sobie spodnie gęsim tłuszczem i wypalił dziurę w odświętnym obrusie, ale ogólnie było… no, miło.

– Więc w czym problem? – zapytała Eleonora.

Dżusi wzruszyła ramionami.

– Było normalnie. Tak po prostu… no, normalnie. Rodzina razem przy stole, smaczny obiad, rozmowa o wszystkim i o niczym. A ja… El, ja nie umiałam się w tym wszystkim odnaleźć. – Przygryzła wargę, mocno, prawie że do krwi. – Przez dwie trzecie swojego życia próbuję się odciąć od tego całego wariactwa, w którym wyrastałam. Od ciotki, od jej dziwactw i paranoi, od tego przeklętego mauzoleum pełnego gratów i tej… tej… martwoty. Bo to wcale nie jest tylko wystrój czy klimat, wiesz? – zwróciła się do Karolka. – To mieszkanie to naprawdę istna trupiarnia, tyle że zamiast zwłok zalegają tu wspomnienia, o które nigdy nie wolno nam było pytać. W ogóle nic nam nie było wolno. Nic. O nic nie pytać, nigdy nie dyskutować, nikogo nie wpuszczać, nigdzie nie wychodzić. Najlepiej też nie oddychać, bo jeszcze byśmy się zdyszały, a to grozi śmiercią lub kalectwem. Nieważne, o czym marzyłyśmy, czego się bałyśmy, miałyśmy być posłuszne. Całe nasze życie toczyło się w tych czterech ścianach, jak w więzieniu, z krótkimi przerwami na przebieżkę po spacerniaku. Nie mogłyśmy nawet skakać z dzieciakami w głupią gumę na własnym podwórku, żebyśmy przypadkiem nie połamały sobie nóg albo nie wybiły zębów. Nie nauczyłam się jeździć na rowerze. Ani na wrotkach. I zawsze musiałyśmy wracać po lekcjach prosto do domu, nawet kiedy spadł pierwszy śnieg i cała klasa pędziła zjeżdżać na tyłkach z górki za szkołą. Tylko my nie.

Starsza siostra uśmiechnęła się blado.

– W tajemnicy pożyczyłyśmy raz łyżwy od córki sąsiadów i jeździłyśmy na tych łyżwach po dywanie w salonie… – Uśmiechnęła się, jak gdyby do własnego wspomnienia. – Wszystko się wydało, kiedy na wiosnę ciotka postanowiła ten dywan wytrzepać. Zrobiła awanturę na pół klatki, potem już więcej żaden dzieciak z sąsiedztwa nie chciał mieć z nami nic wspólnego. A ślady na parkiecie są do tej pory.

– Ciotka się nami nie opiekowała – ciągnęła Dżusi. – Ona nas pilnowała. Nadzorowała, jak strażnik. Nie tylko za dnia, w nocy też. W moich snach. Wlazła nawet tam.

– W snach? – wtrącił Karolek. – Jakich snach?

– Zawsze takich samych. Widzę ją, jak idzie ulicą. Czasem jest lato, czasem zima, raz ulica wygląda znajomo, a raz nie, ale ciotka zawsze jest tych kilkanaście kroków przede mną. Nie zwalnia kroku ani nie przyspiesza, tylko…

– Tylko co jakiś czas patrzy za siebie – nieoczekiwanie dokończyła Eleonora. – Jak gdyby sprawdzała, czy wciąż tam jestem.

– Nie mów, że ty też miewasz ten sen! – Dżusi nie kryła zaskoczenia.

Eleonora spojrzała siostrze w oczy i pomału skinęła głową.

– A potem… – dodała zduszonym głosem – potem przyjeżdża autobus.

– Tak! I ciotka do niego wsiada.

– Odwraca się.

– I patrzy.

– I czeka.

– A ja wiem, że drzwi się zaraz zamkną.

– I że autobus odjedzie. Razem z ciotką.

– Więc próbuję krzyknąć, żeby na mnie zaczekała.

– Próbuję biec.

– Ale nie mogę. Ani krzyknąć, ani pobiec.

– A autobus zaraz odjedzie...

– I zostanę sama – dokończyła Dżusi i przełknęła dławiącą kulę, która ni stąd, ni zowąd urosła jej w gardle. Nigdy by nie przypuszczała, że jej siostrę dręczy podobny sen. Nie, nie podobny, poprawiła się w myślach. Ten sam. Jakby odlany z tej samej foremki... czy raczej tą samą ręką. – A teraz, kiedy przyszło co do czego – ciągnęła, twardo walcząc ze łzami, które cisnęły jej się do oczu, choć przecież wcale nie chciała płakać, ani trochę – kiedy w końcu trafiłam do normalnego domu, między normalnych ludzi z normalnymi relacjami, którzy przyjęli mnie jak swoją, to... czułam się tam jak dziwoląg. Z innej galaktyki. Nie, ja nie rozumiem, nie ogarniam, nie umiem w tę całą normalność!

– Titku, ty się nic nie bój – Karolek bąknął pocieszająco zza warstw okładu. – Zobaczysz, ty się wszystkiego nauczysz...

– Kiedy mnie to wkurwia!!! – wybuchła. – Słyszysz?!

– Raczej trudno nie słyszeć...

– Wkurwia mnie!!! – wrzasnęła jeszcze głośniej. I poczuła, że złość rozpiera ją od środka niczym ogrzane powietrze powłokę balonu, dotąd bezkształtną, bezwładną, bezwolną, że z każdym kolejnym decybelem znów się prostuje i odrywa od ziemi. – Rozumiesz?! I wcale nie to, że nie umiem, tylko normalność! Normalność mnie wkurwia!!! Że ludzie wokół są tacy zwyczajni, tacy fajni, że nikt nikomu nie ryje psychiki, że nikt nikomu nie próbuje wbić łyżeczki w oczodół za to, że w dziewięćdziesiątym trzecim spojrzał krzywo znad bigosu i skrytykował wybór krawata do koszuli! – Gwałtownym ruchem przeczesała włosy palcami. – Całą noc o tym myślałam, a potem nagle zadzwoniłaś ty i powiedziałaś, co się stało z ciotką, i wiesz co, El? Wiesz? Dotarło do mnie, że choćbym zwiała aż na Madagaskar i przez następne pół wieku wspinała się w szpilkach na drzewa, ratując wolno żyjące kokosy przed wyginięciem, to i tak nigdy, przenigdy nie uwolnię się od ciotki, od wspomnień, od snów, od rodzinnego obłędu, od... – Ręce, dotąd wymachujące chaotycznie w powietrzu, nagle opadły, jak gdyby z ich właścicielki uszła cała nagromadzona para. – Od siebie. Bo to wszystko jest we mnie. To właśnie jestem ja.

– Może więc pora przestać uciekać, skoro uciec nie sposób? – odezwała się pani Matylda, wkraczając dostojnie do pokoju z filiżanką na spodku w dłoni i czarnym kocurem przy nodze. – Czy zamiast uciekać na oślep, nie lepiej zawrócić, stawić czoło prawdzie, choćby i najszpetniejszej, i w końcu się z nią pogodzić?

Na te słowa Dżusi zmarszczyła brwi i omiotła starszą kobietę nieszczególnie przyjaznym wzrokiem. Wiedziała już, że to właśnie dawna wychowawczyni ciotki zjawiła się w środku nocy na Lompy i podniosła alarm, że to przez nią zebrali się tu teraz wszyscy, lecz z jakiegoś powodu Eleonora nie chciała przez telefon zdradzić niczego więcej. Maglowana, jaka ona jest, siostra odparła krótko: „Niesamowita", po czym odmówiła bardziej szczegółowych wyjaśnień. „Sama się przekonasz w swoim czasie", ucięła dalsze pytania.

Najwyraźniej ten czas właśnie nadszedł. Dżusi, odzyskawszy część dawnego rezonu, prychnęła buńczucznie.

– A co pani może o tym wiedzieć? – zapytała. – Czemu pani musiała stawić czoło?

Dałaby sobie rękę uciąć, że surowa, pomarszczona twarz, w którą spoglądała tak hardo, nawet na mgnienie oka nie zmieniła swego wyrazu. Mimo to nagle ogarnęło ją nieodparte wrażenie, że nie mogła zadać głupszego pytania. Że ta starsza pani, chłodna i kostyczna, stawiała w życiu czoło sprawom, których ona wolałaby sobie na wszelki wypadek nawet nie wyobrażać.

– Dziewczyno, żebyś ty miała pojęcie... – rzekła jedynie pani Matylda, po czym odstawiła filiżankę i zwróciła się do Karolka: – Młody człowieku, bądź tak miły...

– Och, tak, oczywiście. No więc świetnie się pani trzyma, jak na... – zaczął z werwą i zaraz wyhamował, spiorunowany przez narzeczoną wzrokiem zdolnym nie tylko zabić, ale też wypatroszyć zwłoki.

– Krzesła! – warknęła Dżusi przez zaciśnięte zęby. – Krzesła przynieś, zamiast trzaskać dziobem!

– Co...? Ach, tak! Tak! Już niosę! A... a skąd ja je niosę?...

– Z kuchni – odparła pospiesznie Eleonora.

– Dobra!

– Interesujący młody człowiek – skwitowała pani Matylda, kiedy chłopak pobiegł we wskazanym kierunku.

– Ma też pewne zalety... – burknęła na to Dżusi i zarumieniła się po same uszy, wpierw nieznacznie, a chwilę później o wiele mocniej, bo Karolek już wracał z trzema krzesłami, tłukąc nimi najpierw o kaflowy piec, potem o ściany, na koniec zaś o drewnianą ościeżnicę.

Usiedli wreszcie wokół okrągłego stołu – siostry tuż obok ciotki, pani Matylda i Karolek zaś na wprost. Kot obszedł towarzystwo, muskając każdego nastroszonym ogonem, jak gdyby chciał im w ten sposób dodać otuchy, po czym zasiadł pod krzesłem swej pani.

Wreszcie Karolek odchrząknął, przerywając głuchą ciszę.

– I co teraz? – zapytał niemal szeptem.

– Wiesz, co robić? – Dżusi zwróciła się do siostry. Ta skinęła głową, zaciskając pięści, żeby ukryć, jak bardzo drżą jej dłonie.

– Tak ogólnie to owszem, wiem – odparła. – Ramzes mnie wprowadził.

– RAMZES?!

Eleonora nabrała powietrza, po czym zwróciła się do siostry pojednawczym tonem:

– Dżusi, rozumiem twoje wzburzenie, ale nie musisz się tak unosić. Owszem, Ramzes.

– Był tutaj?

– Pani Matylda go wezwała.

– To pani go zna?

– Jak zły szeląg – rzekła krótko starsza kobieta między jednym łykiem herbaty a drugim. Wzburzenie Dżusi nie robiło na niej większego wrażenia.

– Ramzes poinstruował mnie pokrótce – tłumaczyła dalej Eleonora – w jaki sposób...

– El, czyś ty upadła na głowę?! – przerwała jej siostra. – Zamierzasz tak po prostu zaufać temu dwulicowemu dupkowi? Po tym wszystkim?!

– Przestaniesz się w końcu wydzierać? A co innego nam pozostaje?

Korzystając z tego, że Dżusi na chwilę umilkła, Karolek postanowił zadać pytanie, które nurtowało go od dłuższej chwili.

– A tak w zasadzie to... no wiecie, pomijając tak jakby część zasadniczą, czyli podróże w czasie, które są tak jakby niemożliwe, choć może nie do końca, ale na pewno niewykonalne, sprzeczne z fizyką, zdrowym rozsądkiem i BHP, to... to jak my znajdziemy waszą ciotkę? Skąd mamy wiedzieć, gdzie jej szukać?

– Kiedy – poprawiła pani Matylda.

– Słucham?

– Nie „gdzie", młody człowieku, gdyż to już nam wiadomo. – Wskazała widmową postać siedzącą między siostrami, po czym wyrecytowała gładko: – „Gdy tu mój trup w pośrodku was zasiada, w oczy zagląda wam i głośno gada, dusza w ten czas daleka, ach, daleka, błąka się i narzeka, ach, narzeka...".

– Że co proszę?...

– Trup... czy raczej prawie trup siedzi tutaj... czyli przeprawiła się i wyruszyła stąd – domyśliła się Eleonora, przypominając sobie w końcu, co tamtego sierpniowego dnia po powrocie z urlopu mówiła im w kuchni ciotka Klara. – Z miejsca, w którym teraz znajduje się to mieszkanie.

– Biorąc pod uwagę, jak niewiele czasu miała na poszukiwania i powrót, sądzę, że pozostała w obrębie miasta – orzekła starsza kobieta. – Zatem wiemy już „gdzie". Teraz musimy skupić się na „kiedy".

– A jak to ustalimy? – zapytała Dżusi.

Pani Matylda wskazała palcem stary zeszyt z wyświechtaną okładką, który leżał między nimi na stole.

– Liczyłam na to. Ten zeszyt zawiera zapiski Klary. Przejrzałam je pobieżnie, czekając na wasze przybycie – skinęła na Dżusi i Karolka. – Niestety, niewiele z nich wynika. Zapisywała wspomnienia, sny, pytania, wątpliwości... Obawy. Chaos, żadnych konkretów. Obawiam się, że koniec końców Klara postanowiła ruszyć na oślep, podążając za jedynym pewnym tropem, jakim dysponowała.

– Zegarkiem naszego ojca – stwierdziła Dżusi, zerkając na widmową dłoń ciotki, spoczywającą na podołku. Palce zaciskały się na znajomym chronometrze bez wskazówek. – Zepsutym zegarkiem... Dlaczego go najpierw nie naprawiła?

– Może nie ufała Gerdowi? Może się bała, że odbierze jej zegarek i odda Ramzesowi? – zgadywała jej siostra. – I przez to wpadła teraz w kłopoty?

– Możliwe – przyznała pani Matylda.

– Więc jak my ją teraz odnajdziemy? – zapytał Karolek.

– Cóż, po prawdzie liczyłam w tej kwestii na Ramzesa, ale chyba... Chyba znajdzie się inny sposób.

– Co ona... – zaczęła Dżusi, kiedy starsza pani postawiła przed sobą dziwne metalowe pudełko, lecz siostra zaraz ją uciszyła zdecydowanym gestem. Całą trójką śledzili w milczeniu każdy ruch sędziwych dłoni, które uniosły wieczko i z wyjątkową czułością wyciągnęły z niego czerwoną szpulkę. Pomału, lecz płynnie, ze znajomością rzeczy zaczęły snuć nić, muskając ją centymetr za centymetrem, a potem oplatając wokół wskazującego palca.

– Szukała... tak, szukała na oślep... aż... Ach!... Więc to tam...

– Gdzie tam? – ośmielił się pisnąć Karolek.

– *Polizeipräsidium*... – wychrypiała pani Matylda w odpowiedzi. Żółte oczy błysnęły upiornie. Wypuściła nić z dłoni i usiadła prosto. – *Polizeipräsidium* – powtórzyła już normalnym głosem i szybko zwinęła nić z powrotem.

– Czyli?

– Prezydium Policji. Obecna komenda wojewódzka.

– To takie wielkie, ponure gmaszysko przy Podwalu? – skojarzyła Eleonora po sekundzie czy dwóch. – Czego ciotka mogła tam szukać?

– Naszego ojca? – strzeliła Dżusi.

– No nie wpadłabym. A nasz ojciec? Czego on tam szukał?

Wpatrywali się zgodnie w panią Matyldę – już święcie przekonani, że zna odpowiedź na każde pytanie, chociaż minęło zaledwie parę godzin, odkąd pojawiła się w ich życiu. Widzieli, jak marszcząc w skupieniu brwi, penetruje niezliczone zakamarki swej pamięci w poszukiwaniu czegoś, co naprowadziłoby ich na właściwy trop.

Aż znalazła.

– Ach. No tak, oczywiście. Oczywiście. Złoto Breslau – orzekła, uśmiechając się krzywo. – Ludwik Stern szukał tam złota Breslau.

– Po co naszemu ojcu jakieś złoto? – zdziwiła się szczerze Eleonora.

– Eleonoro, obawiam się, że Ludwik Stern, wasz niezbyt świętej pamięci ojciec, nie był dzielnym pracownikiem Departamentu Ochrony Zabytków do spraw specjalnych poruczeń, z pokracznym wehikułem zbudowanym przez wujka wynalazcę z wraku rozbitego Ferrari 410 Superamerica. Nie szukał zaginionych skarbów kultury w imię dobra wspólnego, żeby zapełniać nimi muzealne ekspozycje ku uciesze kolejnych pokoleń gawiedzi, tylko łupów, które mógłby pokątnie spieniężyć za twardą gotówkę. Uwierz mi, legenda o złocie Breslau przez lata przyciągała rzesze takich hien jak on. Przyciąga ich do tej pory. Zapytajcie Ramzesa, jeśli chcecie. Jeżeli Klara miała rację i Ludwik rzeczywiście za cel ostatniej przeprawy obrał *Polizeipräsidium*, to bez dwóch zdań szukał właśnie tego. Złota Breslau.

– A co to w ogóle było za złoto? – dopytywał zaintrygowany Karolek.

– Sztabki złota z Reichsbanku, złoto jubilerskie, biżuteria, dzieła sztuki, archiwalia – wyliczała pani Matylda – Własność prywatna ludności cywilnej i zakładów rzemieślniczych, ale też zawartość bankowych depozytów. – Wzięła głębszy wdech. – Widzicie, pod koniec czterdziestego czwartego roku, w obliczu nadciągającego frontu wschodniego, *Polizeipräsidium* wydało odezwę do mieszkańców miasta, by zdeponowali swe pieniądze i kosztowności. Rzecz jasna, za pokwitowaniem, wszak *Ordnung muss sein.* Większość dóbr trafiła wtedy właśnie do podziemi gmachu Prezydium. Byli też i tacy, którzy wybrali piwnice najbogatszego zakładu jubilerskiego w Breslau, w kamienicy u zbiegu Wita Stwosza i Świętej Katarzyny. Ale po jednym z nalotów cały zgromadzony tam skarb spoczął pod zwałami czterech pięter. – Potrząsnęła głową. – Co się po wojnie działo na tym gruzowisku, tego ludzkie słowo nie wypowie…

– Rany… Fajnie się składa, że pani wie takie rzeczy – stwierdził Karolek z podziwem. – Mnie o tym nie uczyli.

– Młody człowieku, tak się składa, że mnie również nie. Ja to znam z autopsji.

– Za to gmach Prezydium przetrwał oblężenie – zauważyła Eleonora. – Co się stało ze skarbem z podziemi?

– Początkowo planowano wywieźć go z Breslau samolotem, lecz ten został ostrzelany tuż po starcie i musiał zawrócić. Dlatego nocą z… niech no sobie przypomnę… tak, z szesnastego na siedemnastego stycznia tysiąc dziewięćset czterdziestego piątego, pod osłoną wyjątkowo gęstej śnieżycy, autostradą w kierunku Legnicy wyruszył konwój. Ostatni znany historykom trop urywa się za Złotoryją.

– Dużo tego było?

– Podobno dwadzieścia siedem skrzyń. Samego złota… siedem ton.

Karolek aż gwizdnął, ku wielkiemu niezadowoleniu Kota, który prychnął na niego ze złością.

– Okej, mnie to w zasadzie przekonuje – uznała oszołomiona Dżusi. – Na miejscu ojca pewnie też bym próbowała szczęścia.

– Czyli możemy chyba uznać, że znamy już odpowiedź na pytanie, gdzie i kiedy szukać ciotki – podsumowała Eleonora, jedynie delikatnym drżeniem głosu, nieuchwytnym dla kogoś, kto nie znał jej dobrze, zdradzając strach, jaki w niej wzbierał przed wyprawą w nieznane. – Breslau, Podwale, noc z szesnastego na siedemnastego stycznia czterdziestego piątego roku.

Pani Matylda kiwnęła głową. Karolek odchrząknął, po czym klasnął w dłonie.

– No dobra, w takim razie... chyba pora się... zbierać, co? No... no wiecie... TAM. – Odchrząknął znowu, jak gdyby właściwe słowa drapały go w gardło, wczepiały się w nie pazurami, za nic nie chcąc opuścić przytulnej kryjówki. Bo co innego biernie słuchać i przyjmować – może nie na wiarę, ale przynajmniej do wiadomości, że lada moment wyruszą w podróż przez czas – co innego zaś przyznać to osobiście, przed innymi, a nade wszystko przed samym sobą. Dopóki nie powiedział tego głośno, mógł wciąż się łudzić, że to tylko taki żart. Zgrywa. Nic więcej, nic a nic. – Od czego zaczynamy?

Maskując podenerwowanie, Eleonora wyjęła z kieszeni buteleczkę z belladonną oraz drugi zegarek. Doczepiła do niego zawczasu długi, gruby łańcuszek, który teraz zawiesiła sobie na szyi, a następnie schowała mechanizm pod bluzką, tak by koperta dotykała jej ciała. Szara dzianina tłumiła nieznacznie miarowe cykanie mechanizmu.

– Potrzebujemy jeszcze monet – przypomniała sobie.

Pani Matylda ponownie sięgnęła do torebki. Z niewielkiej skórzanej podkówki wyciągnęła trzy monety.

– Och, nie, pani Matyldo, dla mnie nie trzeba – wyjaśniła pospiesznie Eleonora. – Dwie wystarczą.

– Wiem. Trzecia jest dla mnie.

Troje młodych ludzi zaprotestowało gromko i jednomyślnie:

– Pani Matyldo, co też pani!

– Nie, w życiu!

– Mowy nie ma!!!

Wodząc niewzruszonym spojrzeniem od jednego do drugiego, pani Matylda czekała, aż przestaną na nią pokrzykiwać.

– Ach, no tak, gdzie ja mam głowę – stwierdziła, gdy na moment ucichli. – Wszak wszyscy troje jesteście doskonale obeznani w topografii Breslau w tysiąc dziewięćset czterdziestym piątym, przedwojenne nazwy Sadebeckstraße, Adalbertstraße, Sternstraße, Sandbrücke, Burgstraße, Rathaus i Schweidnitzerstraße mówią wam wszystko i bez trudu znajdziecie drogę wśród śnieżycy. Nawet nocą. Czyż nie?

– No... mniej więcej... chyba skojarzymy?... – bąknęła Eleonora.

– Och, na litość boską, dziewczyno, czas! Liczy się czas! Nie macie go dość, by się błąkać. Czy raczej ona go nie ma! – Machnęła dłonią w kierunku ciotki Klary.

– Pani Matyldo, bez obrazy, ale... z panią wcale nie pójdzie nam szybciej – bąknął nieśmiało Karolek, wskazując opartą o stół dębową laskę.

– Młody człowieku, nie wiem, jak ty, lecz ja nie wybieram się nigdzie ciałem. A mój duch raczej nie uskarża się na problemy z biodrem. Bez dyskusji! – huknęła, bo już otwierali usta, by raz jeszcze zaprotestować. – Straciliśmy dość czasu na tę czczą gadaninę. Ruszajmy.

– Chwileczkę. – Tknięta nagłym przeczuciem, Eleonora zerwała się od stołu i pobiegła do siebie.

– A ty co? Trzepiesz wycieraczkę przed podróżą czy jak? – zawołała za nią zniecierpliwiona Dżusi, słysząc, że jej siostra, zamiast wrócić do stołu, wygląda jeszcze na klatkę schodową.

– Nie. Jestem mądrzejsza od ciotki – odparła enigmatycznie, wracając wreszcie z telefonem w dłoni. Napisała szybko wiadomość i wysłała, zanim zdążyły ją opaść wątpliwości.

– Gotowa? – zapytała cicho pani Matylda. Nie bez zaskoczenia dziewczyna dostrzegła w jej oczach otuchę.

– Gotowa.

Z duszą na ramieniu i niskim głosem Ramzesa, który wciąż dźwięczał jej w głowie, Eleonora Stern podniosła się i jedno po drugim wyprawiła ich w głąb czasu.

*Najpierw zakrop im oczy i zamknij powieki.*

Poddawali się jej łagodnym dłoniom, posłuszni i milczący.

*Jak trupy.*

Kiedy już wszyscy troje siedzieli ze spuszczonymi powiekami i zaciskając w garści po monecie, czekali na swą przewodniczkę, Eleonora wróciła na swoje krzesło i trzęsącą się coraz bardziej ręką raz jeszcze sięgnęła po buteleczkę. *Po jednej kropli*, przypominał głos Ramzesa. Zamrugała kilkakrotnie, kiedy belladonna rozlała się pod jej powiekami, jak gdyby zachłannie brała je w posiadanie. Zamglony wzrok dziewczyny padł nagle na sowi zegar, wysoko na starej bieliźniarce. Wnęki ziały pustką, wskazówki bezlitośnie odliczały czas. Kieszonkowy zegarek w widmowej dłoni milczał, drugi cykał cicho tuż przy jej dudniącym sercu. Cichuteńko. Tik-tak. Tik-tak. Tik-tak.

I co teraz, Ramzesie? – zapytała bezradnie w myślach, za nic nie mogąc znaleźć odpowiedzi. Co mam zrobić teraz?

*Toń, Eleonoro.*

Tylko jak? Jak, Ramzesie? Jak tonąć, kiedy człowiek za wszelką cenę pragnie utrzymać się na powierzchni wody?

Ulega instynktowi, miota się panicznie, walczy o każdy oddech. Siłą mięśni próbuje zachować kontrolę nad swoim ciałem. Nad życiem i śmiercią.

A na powierzchni czasu? Co trzyma go tutaj? Co trzyma tu ją, Eleonorę Stern?

Żal, odpowiedziała sama sobie. Tęsknota. Pretensje. Samotność i milczenie. Utkała sobie z nich kokon, by ją chronił przed światem. Tak jak ciotka Klara. Tak jak Dżusi. Były trzema bezbronnymi poczwarkami. Kuliły się przed własnymi lękami, otulały coraz grubszą osłoną, która nie pozwalała nikomu więcej ich skrzywdzić – i krępowała najmniejszy nawet ruch. Odbierała kontrolę nad ciałem, nad duszą, nad snami. Nie pozwalała umrzeć, ale też nie dawała im żyć.

Ani tonąć.

Żeby pójść na dno, wystarczyło odpuścić. Zapomnieć. Tylko tyle. Aż tyle.

*Chyba potrafisz?*

Nabrała głęboko powietrza. Tik-tak, cykał zegarek. Tik-tak, biło serce. Tik-tak. Tik-tak.

Zamknęła oczy.

Tik-tak.

Tik-tak.

Tik.

Tak.

Poczuła, że umiera.

# Rozdział 12

W blasku lampy niezapominajki zdawały się mrugać żółtym oczkiem o źrenicy czarnej jak węgiel. Jedno oczko, drugie oczko, trzecie, piąte, dziesiąte... Tuliły się do siebie pieszczotliwie, takie drobne, takie śliczne. Tuż ponad nimi pysznił się złoty szlaczek, który zdobił falowany brzeg talerza. O ileż wdzięczniejszy byłby niedzielny serwis, gdyby nie owo złocenie. Ilekroć na nie patrzyła, miała ochotę je zdrapać, choćby i własnym paznokciem. Na tej ochocie jednakże zmuszona była poprzestać. Matka, dla której serwis po prababci stanowił najpiękniejszą pamiątkę z dzieciństwa i świętość, dostałaby chyba pomieszania zmysłów. A ona przecież kochała matkę. Za nic by jej nie zraniła.

Nabrała kolejną łyżkę rosołu z ziemniakami. Bez koperku. Wcale nie z powodu zimy i wojny ani tego, że rosół ostatnio był rosołem głównie z nazwy, że z miesiąca na miesiąc w chlebie coraz wyraźniej trzeszczały trociny. Jakoś sobie radzili.

Mieli swoje sposoby na pustki w spiżarni. Po prostu papa nie znosił koperku.

Niezapominajki mrugnęły do niej psotnie z porcelanowego dna. Odpowiedziała im tym samym i wtedy ni stąd, ni zowąd spowił ją cień. Podniosła wzrok. To służąca stanęła tuż za jej plecami i sięgnęła po pustą wazę po zupie, żeby ją odnieść do kuchni.

Papa jadł w skupieniu, siorbiąc sporadycznie. Mila już skończyła. Jaga i matka konferowały nad czymś na drugim końcu stołu. Czy też raczej to matka konferowała nad przestygłym już rosołem, Jaga zaś słuchała, niby to cierpliwie, choć w rzeczywistości puszczała mimo uszu połowę wykładu, jeśli nie więcej. O co poszło tym razem? Nie umiała określić, nie słuchała. Tonęła we własnych myślach. Niezapominajki były takie śliczne.

Papa siorbnął kolejny raz i kilka kropli wodnistej zupy spadło mu na koszulę. Jedna plama, druga plama, trzecia, piąta, dziesiąta…

Pół godziny później, chociaż obiad już dawno dobiegł końca i służąca zdążyła sprzątnąć ze stołu, matka wciąż perorowała w najlepsze, Jaga zaś siedziała nieruchomo i ze ściągniętymi brwiami wpatrywała się w swoje dłonie. Znów miała tę swoją minę. Słyszała, lecz nie słuchała. A przecież powinna, tak wiele powinna. Powinna słuchać, tak na dobry początek, wszak kto nie słucha ojca, matki, będzie słuchał psiej skóry. Powinna bardziej na siebie uważać, bo kto to widział, kto to widział. Powinna się szanować, rzecz jasna. Powinna siedzieć z tamborkiem, jak na pannę z dobrego domu przystało, i wyszywać pęki ślicznych, wdzięcznych niezapominajek o żółtych oczach i źrenicach czarnych jak węgiel. Spod jej igły wychodziły jak żywe.

Ona też umiała haftować, choć nawet w połowie nie tak pięknie jak Jaga o zręcznych dłoniach, zręczniejszych nawet niż dłonie papy. Może dlatego, że od subtelnych kwiatów wolała łacińskie sentencje? Pieszczotliwym gestem pogładziła niepozorną książeczkę, która spoczywała na jej kolanach, po czym otworzyła ją na pierwszej stronie i zaczęła czytać: *Gallia est omnis divisa in partes tres, quarum unam incolunt Belgae, aliam Aquitani, tertiam qui ipsorum lingua Celtae, nostra Galli appellantur. Hi omnes lingua, institutis, legibus inter se differunt…*

Tymczasem Mila, niczym wierny pies, jak zwykle przycupnęła z robótką u stóp papy. Starymi, stępionymi nożycami uciąwszy trzy pasma przędzy, każde barwione na inny kolor, splatała je pieczołowicie. Papa uśmiechał się z wyżyn swego fotela, pykając fajkę i od czasu do czasu gładząc najmłodszą córkę po głowie.

Kochany papa, poczciwy papa, jakiż to był dobry człowiek.

– Dziękuję, Magdo – rzekł, kiedy służąca podała mu filiżankę z herbatą. – Tego mi było trzeba.

Ech, ten papa, zaśmiała się w duchu, odrywając na moment od Juliusza Cezara, by odprowadzić służącą wzrokiem. Przecież to nie Magda, tylko Mitzi. Magda była chuchrem o szpakowatych włosach, Mitzi zaś postawną blondynką o policzkach krągłych jak pyzy, na dodatek dużo młodszą od swej poprzedniczki. Żadnym sposobem nie dało się ich ze sobą pomylić, dlaczego więc…?

Ach, no tak, zreflektowała się zaraz. Przecież Magda odeszła niedługo po jego śmierci.

Kochany papa nie mógł o tym wiedzieć.

* * *

Lodowata wilgoć najpierw musnęła podeszwy jej stóp. Chwilę później sięgała już kostek i przenikając ubranie i ciało aż do szpiku kości, wspinała się coraz wyżej i wyżej.

A może to Eleonora zapadała się coraz głębiej i głębiej?

Chciała uciec, lecz bała się poruszyć. Chciała krzyczeć, lecz bała się zaczerpnąć powietrza. Tuż za przeraźliwym zimnem i wilgocią po jej ciele stopniowo rozlewało się znajome mrowienie, tym razem silniejsze niż kiedykolwiek wcześniej. Czas wciągał ją niespiesznie w grząską otchłań bez dna, bez litości, a ona zapadała się w nim, czując, jak zaciska się na jej ciele i wydusza z niej krew, oddech, życie, aż do ostatka.

Tonęła.

Przez chwilę były tylko ciemność, wilgoć i chłód. Aż naraz ciśnienie, które usiłowało stłamsić Eleonorę, zgnieść niczym wyciętą z papieru laleczkę, w ułamku sekundy rozsadziło ją od środka. Wrzasnęła. Straszliwy ból szarpnął nią tak mocno, że runęła bezwolnie na kolana.

Nie uderzyła jednak o stół w pokoju ciotki.

Stołu tam nie było.

Trzęsąc się co i rusz, pomału odzyskiwała panowanie nad oddechem. Czuła na piersi ciężar zegarka, czuła jego tykanie – choć wciąż miarowe, to jednak dziwnie przeciągłe, opieszałe, jakby mechanizm zwalniał z każdym obrotem zębatek, nieuchronnie dążąc do całkowitego marazmu. Ostrożnie rozchyliła powieki. Klęczała w ciemności na drewnianej podłodze pokoju, który nie był pokojem ciotki. Już nie. Jeszcze nie. Wszystko tu wydawało się tak znajome i zarazem tak obce – inne były ściany, inne meble, które pod nimi stały, zawalone książkami i szpargałami, inny też zapach unosił się w powietrzu, dziwnie intensywnym i gęstym.

Wyciągnęła przed siebie wyprostowaną rękę i poczuła niespodziewany opór materii. Powietrze przelewało się jej między palcami.

Jak woda.

– ...l?

Głos był dziwnie przytłumiony, w dodatku Eleonora nie umiała nawet w przybliżeniu określić, z której strony dobiegał. Podniosła głowę, rozglądając się za źródłem, i ze zdumieniem odkryła, że jej włosy nie opadają na ramiona, lecz to unoszą się swobodnie, to wydymają, to znów opadają. Jak w wodzie. Metafora, którą posłużył się Gerd, tłumacząc im, na czym polega przeprawianie się na drugą stronę czasu, najwyraźniej miała więcej wspólnego z prawdą, niż ktokolwiek z nich mógł przypuszczać.

– EL?! – Dżusi krzyknęła na całe gardło, pochylając się i szarpiąc siostrę za ramię. – Co z tobą? El?

– Boli – zdołała wykrztusić. – To boli. Daj mi chwilę. Proszę.

– Okej, rozumiem. W porządku, El. Spokojnie. Oddychaj. Oddychaj – powtarzała Dżusi i jednocześnie oddychała miarowo razem z siostrą. Platynowe pukle, gdy tak dryfowały wokół jej głowy, przywodziły na myśl galaretowatą meduzę w morskich odmętach. Miała wrażenie, że zaraz ją rozniesie. – Jezu, El – westchnęła, rozglądając się wokół oczami rozmiaru spodków. – Czy ty to widzisz? Udało się. Chyba... chyba się nam udało. Prawda? Przeprowadziłaś nas! Czekaj, pomogę ci. Ostrożnie, nie spiesz się... – rzekła, pomagając siostrze podnieść się z podłogi. – Co? Co jest, El? Co się stało? – dopytywała z niepokojem, ponieważ Eleonora, zamiast wyprostować się do końca, nagle wciągnęła spazmatycznie powietrze i złapała się za okolice serca.

– Nie, to nic… nic takiego – wymamrotała zdawkowo. Kiedy się poruszyła, natychmiast poczuła, jak wskazówki zegarka przyspieszają wraz z tętnem. Teraz zastygła, a one ponownie zwolniły pod jej palcami. Czyżby na tym właśnie polegała pułapka, w którą dała się pochwycić ciotka Klara? Tu, teraz, z dala od powierzchni czas nie płynął już monotonnie, a chaotycznymi zrywami, których nie sposób było odmierzać. Nie bez chronometru.

– Przeprowadziłaś nas – powtórzyła Dżusi, wpatrując się w starszą siostrę z nieskrywanym podziwem, zabarwionym odrobiną niedowierzania. – Och, El, nie mam pojęcia, jak ty to zrobiłaś… ale zrobiłaś!!! Rany boskie, czujesz to? Niesamowite!

– Czuję, Dżusi, wszystko czuję. Nawet nie wiesz, jak bardzo… – dodała Eleonora już do siebie. Ogarniając wciąż przymglonym wzrokiem znajome-obce pomieszczenie, uśmiechnęła się jednak wbrew bólowi. Zrobiła to. Naprawdę to zrobiła. Zaśmiała się krótko, jednocześnie z triumfem i ulgą, a siostra jej zawtórowała.

– Och, słyszysz? Słyszysz, jak tu rozchodzi się dźwięk? – Dżusi roześmiała się ponownie, głośno i perliście, niczym dziecko zachwycone swoim odkryciem.

– Jakbyśmy byli pod wodą – przytaknęła Eleonora. Miała wrażenie, że gdyby tylko chciała, mogłaby oderwać stopy od ziemi i unieść się w tym dziwnym powietrzu. A może nawet podpłynąć pod sam sufit? – Gerd chyba trafił z tą swoją metaforą celniej, niż przypuszczał.

– Niesamowite, po prostu… niesamowite. Wiesz co, ja tak naprawdę do samego końca nie wierzyłam, że to jest w ogóle możliwe.

– Wiesz co?

– No?

– Ja też nie.

Spojrzały sobie w oczy i naraz parsknęły zduszonym śmiechem.

– Okej, dziewczyny, wszystko pięknie, ale... – przerwał im nagle Karolek. Przez cały ten czas trzymał się z boku i rozglądając się po kątach, intensywnie rozmyślał. Od pierwszych chwil coś mu tu nie grało, i to mocno, lecz nie mógł uchwycić przyczyny tego wrażenia.

Z początku czuł jedynie oszołomienie. Nogi wrosły mu w ziemię, więc gapił się z rozdziawionymi ustami na niemożliwe, które właśnie się stało. Ot tak. Kropla tu, kropla tam, moneta w garść i oto jesteś, drogi Karolku, w roku tysiąc dziewięćset czterdziestym piątym. Patrz pod nogi, nie depcz trawników, życzymy udanego pobytu. Na szczęście zaraz odezwał się w nim znajomy dreszcz – ten sam, który mu towarzyszył, ilekroć Karolek zarzucał plecak na ramię i ruszał przed siebie, w nieznane i niezdobyte. Tym razem nieoczekiwanie przyszło mu się zapuścić dalej niż kiedykolwiek. Pewnie PTTK nie przewidziało odznak turystycznych za takie wyprawy, ale... ale czy mógłby przepuścić taką okazję? Taką przygodę?

Nigdy.

Rozglądał się więc, podczas gdy oszołomienie pomału ustępowało miejsce ekscytacji, aż nagle dotarło do niego, co dokładnie mu nie pasuje do tego obrazka.

Odwrócił się w stronę sióstr, a te spoważniały w okamgnieniu, widząc malujący się na jego twarzy strach.

– Gdzie jest pani Matylda?

* * *

Za oknem było stanowczo za jasno jak na szóstą dwadzieścia. Tknięty niepokojem Gerd uwolnił się z kołdry, którą zawijał się jak farsz w naleśnik, i sięgnął po komórkę. Rozładowana do cna. Dziwne. Przecież pamiętał, jak wieczorem, w ostatnim przebłysku świadomości, podłączał ją do ładowarki. Pociągnął za kabel, który znikał za szafką nocną, zasłaniającą kontakt. No tak, westchnął. Pewnie by się udało, gdyby jeszcze wetknął tę ładowarkę do kontaktu...

Wsypał do kubka dwie kopiaste łyżeczki kawy, nastawił wodę w czajniku i wziął szybki prysznic. Mieszkanko na tyłach zakładu zegarmistrzowskiego, złożone z jednego pokoju i łazienki, zajmowało niewiele ponad dwadzieścia metrów kwadratowych i oferowało raczej szeroki pakiet niedogodności niż udogodnień. Na upartego znalazłby jednak kilka zalet. Choćby to, że bez względu na aurę za oknem Gerd mógł chodzić do pracy w kapciach, nie musiał też codziennie tracić czasu w korkach i rzadko chorował. Tylko książki już dawno przestały mu się mieścić na regale, a że nie miał gdzie wstawić drugiego, to piętrzyły się pod łóżkiem coraz wyższymi stertami. Niestety, materac liczył sobie tyle lat, że zdążył dorobić się własnej topografii, dlatego noc w noc twarda oprawa drugiego tomu *Wojny i pokoju* wbijała się Gerdowi rogiem między żebra.

Wytarł się i mniej więcej ubrał, zalał kawę pół na pół wrzątkiem i zimnym mlekiem, żeby od razu nadawała się do picia, dodał cukier i wrzucił do tostera ostatnią kromkę wczorajszego chleba. W tym czasie komórka zdążyła się podładować. Wprowadził pin i czekając, aż urządzenie się włączy, pił haustami słodki ulepek.

I byłby się zachłysnął ostatnim, kiedy na ekranie wyskoczyło mu powiadomienie o nieprzeczytanym SMS-ie. Jako nadawca, zamiast imienia i nazwiska, widniały jedynie trzy gwiazdki, którymi trochę przewrotnie opatrzył ten numer, zapisując go w kontaktach. Eleonora Stern. Milcząca od miesiąca gwiazdeczka.

Z duszą na ramieniu natychmiast otworzył wiadomość od dziewczyny: *Ciotka utknela. Ramzes odmowil, idziemy sami. Kod 1358. Klucz w wycieraczce. Tylko ani slowa Bimbowej. E.*

Sprawdził godzinę – była dziewiąta dwadzieścia siedem. SMS wisiał w próżni od ósmej szesnaście.

Narzucił kurtkę wprost na koszulkę z krótkim rękawem, nabazgrał w pośpiechu lakoniczną kartkę, którą powiesił w drzwiach zakładu, po czym z mokrą głową i spalonym tostem w zębach pospieszył na Lompy.

Chociaż pracował w branży już od lat, to nigdy nie ciągnęło go jakoś szczególnie pod powierzchnię. Rzecz jasna, czasem wypytywał klientów o to czy tamto, kierując się żądzą nie tyle przygody, ile szczegółów natury technicznej, przydatnych przy jego pracy. Stąd też wiedza, jaką dysponował, była dość wybiórcza. Lecz nawet te strzępy wystarczyły, żeby teraz ani na moment nie zwalniał kroku, pchany lękiem i gniewem. Z wiadomości od Eleonory szczególnie dwa słowa nie dawały mu spokoju – „Ramzes odmówił". Ramzes. Odmówił. Z każdym przebytym metrem Gerd miał coraz większą ochotę urwać mu łeb przy samej dupie. Zanim dotarł do celu, był już cały mokry, a po głowie krążyły mu bardzo krwawe wizje z antykwariuszem w głównej roli pierwszoplanowej.

– Jeden, trzy, pięć, osiem – mruczał, dysząc ciężko po biegu i wprowadzając kod do domofonu. Zamek ledwie brzęknął, a Gerd już był w środku. Przeskakując po ciemku trzy stopnie naraz, wpadł jak burza na wysoki parter. Tumany kurzu wzbiły się w powietrze, gdy poderwał wycieraczkę z ziemi.

Pusto.

Nie, nie, po prostu nie! Niemożliwe! Eleonora nie napisałaby mu o kluczu, żeby zaraz potem o nim zapomnieć. Wyszarpnął telefon z kieszeni i raz jeszcze otworzył SMS. Ciotka, Ramzes, kod... Klucz! Klucz w wycieraczce, właśnie tak napisała. A to spryciara z tej gwiazdeczki. W wycieraczce. Nie pod nią.

Wycieraczka była solidna, z szorstkiego włókna kokosowego, ciężka i gruba na prawie dwa centymetry. Obejrzał ją dokładnie, z każdej strony, aż w jednym miejscu dostrzegł wzdłuż brzegu niewielkie pęknięcie czy też rozcięcie. Bez namysłu wcisnął do środka palec i poczuł twardy metal.

Wydobycie płaskiego klucza z niecodziennej skrytki pochłonęło go tak bardzo, że w pierwszej chwili nie zwrócił uwagi na skrzypnięcie drzwi piętro wyżej.

– Halo? Halo, kto tam? – usłyszał nagle nad głową. W samą porę cisnął wycieraczkę na miejsce. Znad poręczy schodów wyjrzała znana mu już sąsiadka z troską i życzliwością wypisaną zmarszczkami na twarzy.

– Dzień dobry, pani... – Ugryzł się w język. Nie mógł przecież zwrócić się do niej per pani Bimbowa! Swoją drogą, jak ona miała na imię? Musiał zapytać Eleonorę. – Dzień dobry pani szanownej. Przepraszam za ten hałas, potknąłem się o wycieraczkę. Narzeczona prosiła, żebym zajrzał do Kota – wyjaśnił w przypływie natchnienia i na potwierdzenie zaprezentował klucz.

– Narzeczona? – powtórzyła Młoda Bimbowa. Ku jego uldze przynęta chwyciła bez pudła, bo zamiast zdziwić się, na co mu ten klucz, skoro w mieszkaniu Sternówien zawsze ktoś jest, sąsiadka rozpromieniła się i wydała z siebie radosny okrzyk. – Och! Elutka nic a nic mi nie wspominała, no coś takiego, coś takiego, ach, ale ja czułam, co się święci, proszę ja ciebie, no bo kto to widział, taka dziewczyna, a tak długo bez kawalera, ja już nawet miałam nadzieję, że może wnuk, bo on to się tak za Elutką ogląda, tak o nią podpytuje, a tu proszę, ach, cudownie, ale ja wiedziałam, od razu wiedziałam, że to się tak skończy, proszę ja ciebie, bo ja widziałam, jak ona patrzy, ona tak jeszcze na nikogo nie patrzyła, to nie byle trzpiotka, ta nasza Elutka, skądże znowu...

– Tak jest, skądże znowu – Gerd zgodził się z nią gorliwie i jednocześnie przekręcił klucz w zamku. – A teraz pani wybaczy, sama pani rozumie, Kot niby nie zając, ale jednak w futrze. – Aż jęknął w duszy, usłyszawszy tę bzdurę, która spłynęła gładko z jego ust, lecz nie dał po sobie nic a nic poznać. – Miłego dnia! – rzucił jeszcze z szerokim uśmiechem i nie czekając, aż sąsiadka mu odpowie, ukrył się w mieszkaniu.

Powitało go ciche, przejmujące miauczenie.

– Kocie? Pchlarzu jeden? – zawołał. – Pchlarzu, gdzie jesteś?

W odpowiedzi miauczenie przybrało na sile, co prawda nieznacznie, jak gdyby zwierzę nie miało więcej sił, lecz wystarczająco, żeby po krótkim namyśle Gerd zdołał namierzyć, skąd dobiega.

Zatrzymał się na progu pokoju i przez chwilę patrzył w milczeniu na postacie zebrane wokół stołu, pod którym siedział zrezygnowany Kot. Wreszcie sięgnął po telefon i wybrał numer.

– Dlaczego nie poszedłeś z nimi?

Ramzes westchnął z irytacją.

– Czy to istotne?

– Dla mnie owszem. Próbuję ustalić, czy jesteś złamanym chujkiem, czy tylko takim zwyczajnym.

– Szarżujesz. Czyżby twoja panna zbladła?

– Wal się. Słyszysz? Wal się ty i te twoje gierki. Wiem, że odmówiłeś Eleonorze pomocy. Przez ciebie musiała przeprawić się sama, chociaż nie ma bladego pojęcia o tym, co ją tam czeka.

– Nie.

– Nie? Nie odmówiłeś? Znaczy co, opacznie cię zrozumiała czy jak?

– Nie odmówiłem jej.

– Więc komu?! Kto cię prosił o pomoc w przeprawieniu? Dżusi? Bo na pewno nie Klara Stern.

W słuchawce zapanowała głucha cisza.

– Matylda – odparł antykwariusz po długiej chwili.

Na dźwięk tego imienia Gerd uśmiechnął się z goryczą, patrząc prosto w żółte oczy starszej kobiety – rozwarte szeroko i tchnące przerażeniem na granicy obłędu.

– W takim razie mam dla ciebie złą wiadomość – rzekł spokojnie. – Bardzo, bardzo złą.

– Cóż za radość słyszę w twym głosie. Śmiało.

– Twoja uwielbiana Matylda poszła razem z nimi.

* * *

*Gallia est omnis divisa in partes tres...*

Zmarszczyła czoło. Dlaczego wciąż powracała na sam początek? Powinna już przewracać kartkę, tymczasem z jakiegoś powodu nie mogła się skupić. Myśli cisnęły się i tłoczyły, pchały się jedna na drugą, każda zaczęta, żadna nie skończona, kłębiły się jak szalone, aż rozpierały czaszkę. Ćmiący ból niespiesznie mościł się w potylicy, najwyraźniej zamierzając zabawić tam dłużej. Czyżby coś ją brało? Zima tego roku była sroga, mroźna i śnieżna jak rzadko, a przecież w jej wieku...

w jej… wieku… Naciągnęła wełnianą chustę wyżej na ramiona. Powinna powiedzieć o tym papie. Papa z pewnością coś zaradzi. Nie protestowałaby, gdyby odesłał ją do łóżka na dzień lub dwa, sam na sam z książką. Odpoczęłaby trochę, nabrała sił. Biodro też dawało jej się ostatnio we znaki, chociaż za nic nie mogła sobie przypomnieć dlaczego.

*Gallia est omnis divisa in partes tres…*

A może to wina oświetlenia? Choć wydawało się przygaszone, jak gdyby żarówka pomału dokonywała żywota, to z minuty na minutę raziło ją coraz bardziej. Potarła załzawione oczy i zamrugała. Rozmazane wersy spływały po kartce, brudziły opuszki palców czarnymi zaciekami spółgłosek i samogłosek, wdzierały się interpunkcją głęboko pod paznokcie. Odwróciła dłoń wnętrzem do góry i przyjrzała się im bacznie. Były czyste. To tylko zmęczony wzrok płatał jej figle. Litery łacińskiego alfabetu tkwiły na swoim miejscu, niezmiennie martwe.

*Gallia est omnis divisa in partes tres…*

– Proszę, papo, skończone – łagodny głos Mili oderwał ją raz jeszcze od lektury. Zdusiła wymowne westchnienie. – Niech papa przymierzy, czy dobre.

– Ach, córeńko, z pewnością jest w sam raz, w sam raz!

– Niech papa jednak przymierzy, proszę papy. I jak? Czy aby nie ciśnie?

*Gallia est omnis divisa in partes tres, quarum… quarum…* Potrząsnęła głową. Słowa za nic nie chciały płynąć dalej, chociaż mogłaby je recytować z pamięci całymi ustępami. *Quarum unam incolunt Belgae…* Och, gdzie ona podziała okulary? Bo przecież miała okulary do czytania. Ledwie przed tygodniem pojechała do optyka i sprawiła sobie do nich nowe oprawki, granatowe, prawda?

Prawda?

– Ależ, córeńko, toż na tym właśnie polega urok tego fasonu, czyż nie? Ciśnie, bo ma cisnąć! – roześmiał się papa dobrodusznie. Kochany papa. – A cóż ty powiesz, Matyldo? Czy mi do twarzy?

Maskując rozdrażnienie, Matylda Bolesna zamrugała i wierzchem dłoni otarła prędko łzy, które zebrały się jej pod powiekami. Z bladym uśmiechem na twarzy uniosła głowę znad książki.

– I cóż powiesz, Matyldo? – wycharczał papa, po czym wysunął wielki, obrzmiały język między posiniałymi wargami. Piana z jego ust skapywała na koszulę, gdzie rozkwitała plamami czerwonymi jak maki. – Cóż powiesz?

Rzeczywiście, musiała przyznać, że powróz misternie spleciony z trzech nici, nici trzech sióstr o oczach żółtych niczym oczka niezapominajek, pasował jak ulał do wisielczej pręgi na jego szyi.

## Rozdział 13

W porządku, El? – szepnęła Dżusi z niepokojem. Eleonora dopiero po chwili zrozumiała, że siostra pyta nie bez powodu. Jej nogi znów przestały iść przed siebie.

Teoretycznie to ona miała ich prowadzić przez miasto. Na tym polegał plan. W rzeczywistości, gdyby nie Dżusi i Karolek, którzy ciągnęli ją wspólnymi siłami, jak dziecko, nie przestąpiłaby nawet progu kamienicy. Z każdym krokiem przekonywała się bowiem, że przynajmniej w tej kwestii Ramzes nie kłamał. Bolało. Ból przesłaniał jej cały świat.

– Daj mi chwilę – wydusiła, chyba po raz… po raz który? Setny? Dwusetny? Sama już nie potrafiła powiedzieć. Przestała liczyć na długo przed pierwszym zakrętem.

Mimo wszystko szło im łatwiej, niż się spodziewała. Przynajmniej z początku.

Miejsce się zgadzało, nie miała co do tego żadnych wątpliwości. Znajdowali się w tym samym pokoju, na tyłach mieszkania przy Sadebeckstraße, która dziesięciolecia później zostanie przemianowana na ulicę Lompy. Ciało, choć wcale nie było ciałem, nie tak naprawdę, podpowiadało jej, że trafiła też w dobry czas. Cóż, chociaż tyle dobrego. Teraz musieli jedynie pilnować, żeby nie zgubić drogi, i w porę dotrzeć do ciotki Klary, zanim... Eleonora odepchnęła od siebie tę myśl i skupiła się na innej, od której włos zjeżył jej się na głowie. Co by się stało, gdyby przeprawili się nie z pokoju ciotki, a z salonu – i wypłynęli komuś dosłownie pod samym nosem? Jak powinni reagować, napotkawszy kogoś na swojej drodze? Udawać zwyczajnych przechodniów? Kryć się? Uciekać na łeb, na szyję do pierwszego lepszego zaułka? Nie wiedziała. Nie miała pojęcia. Podczas rozmowy z Ramzesem nie przyszło jej do głowy, żeby o to zapytać, a teraz było już za późno. Na dodatek pani Matylda, która mogłaby rzucić na tę kwestię choć odrobinę światła, przepadła niespodziewanie, nie wiedzieć gdzie, jak i przede wszystkim – dlaczego. Pozostawała im zatem nadzieja, że osłona śnieżycy i nocy zdejmie z nich chociaż ten jeden problem.

Brnąc w zawiesistym powietrzu i modląc się, żeby przypadkiem nie zdradziła ich żadna deska w podłodze, przemknęli się przez przedpokój i wydostali na klatkę schodową, stamtąd zaś na ulicę.

– O rany... – jęknął Karolek z mimowolnym zachwytem, a siostry mu zawtórowały.

Takiej zimy żadne z nich chyba nigdy nie zaznało. Dookoła piętrzyły się roziskrzone zaspy. Gęsty śnieg opadał z nieba na podobieństwo mieniącej się w oczach firany. To tu, to tam wydymała się, unoszona podmuchami wiatru, albo wzbijała tumanem. Tuż za nią rozciągał się świat, który już przecież nie istniał – świat pysznych kamienic, kunsztownych fasad i prostych szyldów, ocienionych drzewami szerokich trotuarów i wąskich zaułków cuchnących wszelkimi stadiami życia i śmierci, tramwajów Berolina, dymu z kominów i gazowych latarni, które co wieczór ożywały pod ręką latarnika i spowijały ulice smugami światła przedzielanymi pasmami mroku. Na tę krótką chwilę Eleonora zapomniała o wszystkim – o bólu, o strachu, o ciotce – i urzeczona chłonęła widok swojego-nieswojego, czarno-białego miasta.

– Niesamowite!... – Dżusi nie ustawała w zachwytach. – Widzisz, El? Widzisz, jak tu pięknie? Och, komu to przeszkadzało...

– Głównie Hankemu i Armii Czerwonej – mruknęła Eleonora. – No, pora na nas – powiedziała wreszcie, choć z niechęcią. – Chodźmy.

– A co z panią Matyldą? – zapytał Karolek. – Nie powinniśmy najpierw po nią wrócić?

Pomna słów Ramzesa, skupiła się na bodźcach, które odbierała. Zegarek i serce tykały raz szybciej, raz wolniej. Ból tętnił. Tętnił miarowo, raz-dwa, raz-dwa, raz-dwa, miarowo... i naprzemiennie. Klara-Matylda. Klara-Matylda. Klara-Matylda. Dziwnym trafem zagubione dusze przyzywały swego psychopompa w tym samym kierunku. Zapewne dlatego Eleonora w pierwszej chwili nie zwróciła uwagi, że ból dobiega z dwóch odrębnych źródeł.

– Nie – odparła z przekonaniem. – Nie musimy wracać, pani Matylda gdzieś tu jest. Najpierw chodźmy po ciotkę. Może ona będzie wiedziała, co się stało z panią Matyldą, i pomoże nam ją odszukać. Ruszajmy.

– Jesteś pewna? Czujesz się na siłach? – zapytała Dżusi, maskując lęk troską. Jej palce zacisnęły się mocniej na łokciu starszej siostry, dając wyraźny sygnał: nie musisz tego robić.

Zrozumiem, jeżeli się poddasz. Zrozumiem... mimo wszystko. – A jeśli zabłądzimy?

– Przed waszym przyjazdem rozmawiałam trochę z panią Matyldą – odparła cicho Eleonora. – Wspominała, że podczas oblężenia zabudowa w naszej okolicy ucierpiała znacznie mniej niż inne rejony Breslau. Przebieg głównych ulic także się zachował. Na wszelki wypadek nie będziemy z nich zbaczać, to powinno trochę ułatwić nam zadanie. Musimy spróbować. – Pocieszającym gestem położyła dłoń na dłoni Dżusi. – No i nie zapominaj o jednym.

– O czym?

– Ja od jedenastu lat przemieszczam się po tym mieście niemal wyłącznie rowerem. Czyli znam je z najlepszej możliwej perspektywy.

– Och, El, twój pierdolec w końcu się do czegoś przyda! – zaśmiała się Dżusi z delikatną kpiną.

Wypatrując tabliczek na murach budynków i błogosławiąc upiorną pamięć, dzięki której zapamiętała je w lot, Eleonora powtarzała w myślach niemieckie nazwy, jakimi odruchowo posługiwała się pani Matylda. Sadebeckstraße, Adalbertstraße, Sternstraße, Sandbrücke, Burgstraße, Rathaus, Schweidnitzerstraße... Poruszając się po części na pamięć, po części zaś wypatrując tych obiektów, które dotrwały ich czasów, siostry wraz z Karolkiem opuściły swoją ulicę i skręciwszy w lewo, wzięły kurs na pobliski park i dwie wieże kościoła świętego Michała, widoczne ponad koronami drzew po prawej. Dalej musieli iść prosto i skręcić dopiero przed ogrodem botanicznym w prawo, a potem podążać w kierunku Przedmieścia Piaskowego. Następnie przedostać się na drugą stronę rzeki, kawałek wzdłuż brzegu, aż do uniwersytetu, potem na Rynek i znów prosto, aż do fosy. I tam za mostem ponownie w prawo, ten ostatni raz. Gdy tak kreśliła w myślach kolejne odcinki trasy, pomału umacniała się w przeświadczeniu, że pani Matylda chyba niepotrzebnie panikowała, że zabłądzą. Żadnym sposobem nie mogli zgubić drogi.

Tak. Z początku rzeczywiście szło im łatwo.

A potem przestali się rozglądać i zachwycać. Jedno po drugim zwalniali kroku, zaczynali stąpać chwiejnie. Potykali się raz, potem drugi, trzeci, piąty, aż przestali liczyć. Choć byli świadomi otaczającego ich ziąbu styczniowej nocy, ten zdawał się nie docierać bezpośrednio do ich niby-ciał. Podobnie sypiący się z nieba śnieg nie osiadał na nich, tylko w ostatniej odbijał gdzieś w bok, jak gdyby odpychało go niewidzialne pole. Mimo to z każdym kolejnym tyknięciem zegarka na piersi Eleonory czuli coraz wyraźniej, że brną przez coś więcej niż najsroższa nawet śnieżyca i zaspy sięgające po same uda. Powietrze gęstniało i zamiast wody, przypominało teraz lepki miód, w którym grzęźli raz po raz.

W końcu Karolek wepchnął się między siostry i chwyciwszy każdą z nich mocno pod ramię, resztkami sił pociągnął je za sobą.

– Damy radę, Titku – powtarzał półgłosem, z którego przebijało znużenie. Mimo to chłopak szedł, jak gdyby jego umysł, przyzwyczajony do ogromnego wysiłku, nie pozwalał ciału spocząć, lecz pchał je naprzód za wszelką cenę. – Damy radę.

Wieczność później, gdy już nawet on umilkł, skupiony wyłącznie na tym, żeby iść, iść, zanim pochłoną ich śnieg, noc i niezaspokojony czas, i gdy pośród wirującej bieli zamajaczył znajomy parkan ogrodu botanicznego, Eleonora ze zgrozą uświadomiła sobie, że przebyli dopiero kilometr.

Z blisko pięciu.

* * *

Stała teraz z zadartą wysoko głową i patrzyła w upojeniu na płatki gęstego, ciężkiego śniegu, które sypały się z nocnego nieba. Czerń i biel, biel i czerń, jakże piękne, jakże urzekające. Wirowały niczym w czarownym kalejdoskopie, koiły ból i strach. Mogłaby tak stać bez końca, aż śnieg i noc okryłyby ją skrzącym, grubym całunem, jak rzeźbę.

– *...do.*

Spojrzała na wprost.

Okna w całym domu były teraz dokładnie zabite deskami. Wszystkie z wyjątkiem jednego. Mimo panującej po obu stronach szyby ciemności dokładnie widziała twarz Jagi. Krople cudzej krwi zaschły już, tworząc koronkowe wachlarze, rozpostarte na bladej skórze przez ciśnienie i pocisk. Widziała rozpacz i determinację w żółtych oczach siostry. Czuła ból jej pokaleczonych dłoni, zmęczonych po całym dniu szarpania się ze śmiercią na gruzowiskach konającego miasta. I nawet tu dobiegał ją mdlący smród rozkładających się ciał, ciał zwęglonych nie do poznania, którym przesiąkły jej włosy.

– *...tyldo.*

Spojrzała w prawo.

Papa, kochany papa, wisiał na gałęzi z powrozem fachowo zadzierzgniętym na gardle. Szron wyrysowywał finezyjne wzory na ciemnej plamie uryny, która rozlewała się na jego spodniach. Wiatr kołysał go do snu wiecznego, a śnieg, warstwa po warstwie, opatulał troskliwiej niż rodzona matka.

– Czy aby nie ciśnie? – dopytywała Mila, bosa, stara, oszalała z żalu Mila, trwając wiernie u jego stóp. Jej oczy zasnuło śmiertelne bielmo. A papa, kochany, dobry papa, patrzył ponad jej siwą głową na swą najstarszą córkę i powtarzał raz po raz, ochrypły od mrozu i śmierci:

– I cóż powiesz, Matyldo? Cóż powiesz?

– *Matyldo.*

Spojrzała w lewo.

Tuż za furtką, nieopodal, stała drobna kobieta z długim, jasnym warkoczem, grubszym od nadgarstka. Bardziej niż żywego człowieka przypominała posąg, gdy tak stała i patrzyła, zobojętniała na cały świat. U jej boku, uczepiona płaszcza, stała blada dziewczynka.

– Proszę *Fräulein*, zabije *Fräulein* mojego tatusia? – zapytała piskliwym głosikiem, który ledwo przebił się przez śnieżycę.

– *Gallia est omnis divisa in partes...* – wyszeptała gorączkowo, kryjąc twarz w dłoniach. Słuchała, lecz nie słyszała. Nie chciała słyszeć, tak bardzo nie chciała słyszeć tej dziewczynki, tego głosu, głosu dziecka, głosu sumienia. – *In partes tres... in partes tres...*

– Ślicznie proszę, niech go *Fräulein* zabije. Mój tatuś jest złym człowiekiem, bardzo, bardzo złym. Przecież *Fräulein* wie. Sama *Fräulein* widziała.

– *Quarum unam incolunt Belgae, aliam Aquitani, tertiam qui ipsorum lingua Celtae, nostra Galli appellantur* – szeptała z zapamiętaniem przy wtórze śnieżycy. – *Hi omnes lingua, institutis, legibus inter se differunt.*

Dziewczynka wykrzywiła buzię do płaczu.

– A swojego to *Fräulein* zabiła! – zawołała z wyrzutem, wytykając wisielca palcem. – To nieładnie być takim nieużytym, proszę *Fräulein*. Trzeba pomagać innym. Proszę, ślicznie proszę, niech *Fräulein* zabije mojego tatusia! Niech go *Fräulein* zabije.

– Dziecko, co ty mówisz... – wykrztusiła. – Nie mogę, nie mogę, nie mogę...

– Och, możesz – odparła dziewczynka głosem starej kobiety. – Przecież wiesz, że możesz. Zabijesz. Zabiłaś. Proszę, ślicznie proszę, Matyldo, och, jakże Bolesna. Zabij mojego tatusia.

Wrzasnęła. Głośno. Przeciągle. Jak zwierzę.

– *MATYLDO!*

Spojrzała w dół.

Czyjeś dłonie trzymały ją mocno za ramiona, tak mocno, że nie mogła się poruszyć. Na ich widok wrzask uwiązł jej w gardle. Znała je. Och, tak dobrze je znała. Wiedziała, do czego są zdolne.

Silne. Czułe. Nieludzkie.

– Chodź, Matyldo. Pora wracać.

Z ulgą i lękiem osunęła się prosto w ich objęcia. Jakże kojące. Jakże okrutne.

* * *

Zgubili się.

Eleonora nie wierzyła własnym oczom. Przecież ani przez moment nie zboczyli z obranej drogi. Nie szukali żadnych skrótów, nie kluczyli wąskimi zaułkami, tylko konsekwentnie trzymali się Sternstraße, idąc prosto przed siebie wzdłuż parkanu, jak po sznurku. A mimo to się zgubili. Jakim cudem?

Z początku próbowali zawrócić, lecz tam, gdzie zaledwie przed paroma minutami była jeszcze szeroka, długa ulica, która mieniła się śniegiem i światłem, nieoczekiwanie wyrósł stary mur w grubej, białej czapie. Przystanęli pod nim bezradni. Bezsilni.

– Więc tak to się skończy? – westchnęła Dżusi. Nawet nie zauważyła, kiedy ugięły się pod nią kolana. Ze zwieszoną głową siedziała teraz na ziemi, z palcami zagłębionymi w śniegu. – Sternówny utopią się w czasie na Sternstraße? Nie za dużo tej ironii losu?

– Nikt się... nie będzie... nigdzie... topił – wydyszała jej siostra, chociaż o niczym tak teraz nie marzyła, jak o kojącym dotyku dna, na którym mogłaby spocząć. Najchętniej na zawsze. Uczepiła się parkanu, żeby nie upaść. Czuła, że wtedy już by nie wstała.

– Sama w to nie wierzysz, El. Ja... ja chyba też...

Sino-blady Karolek, który jako jedyny wciąż trzymał pion, nagle zadarł głowę.

– Co to było? – zapytał z nagłym ożywieniem. – Słyszałyście?

Siostry ostatkiem sił nadstawiły uszu. I nasłuchując tak, uzmysłowiły sobie z zaskoczeniem, że po raz pierwszy, odkąd się przeprawili, spowijającą miasto ciszę – absolutną, martwą, przerażającą – przerwał dźwięk inny niż ich własne głosy. Po chwili poniósł się ponownie, gdzieś wysoko ponad nimi.

Dźwignąwszy głowę, Dżusi spojrzała w niebo.

– Sowa?

– Sowa na dachu kwili, umrzeć komuś po chwili... – wychrypiała na to jej siostra.

– El, serio? Serio?!

– Cóż, według niektórych wierzeń sowa jest posłańcem śmierci. Jej zwiastunem...

– Karolku! Ty zrób coś!!!

– Nie bój się, Titku, to nie sowa. Sowa wbrew utartym poglądom raczej skrzeczy niż pohukuje – wyjaśnił Karolek, marszcząc czoło w zamyśleniu. Nie przestawał szukać ptaka wzrokiem, choć przy tej aurze nie miał żadnych szans go wypatrzyć. – A to było takie charakterystyczne puuu, puuu, puuu, jakby... jakby...

– Śmiech? – podsunęła Eleonora.

– Tak! Właśnie tak, śmiech. Upiorny... O, słyszycie? Znowu. – Wciąż drżał, lecz uśmiechnął się nagle do własnych myśli. – Ach, no tak. Toż to poczciwy puszczyk. *Strix aluco.* Zafascynowany swym odkryciem nie zauważył nawet, jak narzeczona obrzuciła go spojrzeniem, które przy sporej dozie życzliwości można by uznać za sceptyczne.

– Czemu jakiś puszczyk miałby latać w taką śnieżycę, zamiast grzać kuper w dziupli? – zapytała cierpko.

– Bo ja wiem? – Wzruszył ramionami. – Może nas prowadzi do celu... a może do zguby – zdążył jeszcze dodać, gdy wtem puszczyk zahuczał tuż nad ich głowami, nisko, tak nisko, aż poczuli, że niemal musnął ich skrzydłami.

A potem przez niebo przetoczył się grom.

Wybrzmiewał długo i cierpliwie, wibrując w gęstym powietrzu, by wreszcie, po długiej chwili, która ciągnęła się i ciągnęła bez końca, przejść w upiorny jęk i umilknąć. Zaraz jednak rozbrzmiał ponownie, z tą samą mocą, a puszczyk zawtórował mu złowieszczo.

– Rany boskie, co to?! Co to za dźwięk?! – krzyknęła Dżusi, podrywając się z ziemi. Rzuciwszy ledwie okiem na oszołomione twarze siostry i narzeczonego, w lot zrozumiała, że czują to samo co ona. Rozrywający nieboskłon grom raził ich niczym prąd elektryczny, wyrywał z lodowatej, zawiesistej martwoty, w której utknęli na dobre. Na powrót wtłaczał w nich uciekające życie.

– Dzwon! – pojęła wreszcie Eleonora. Ból wciąż nie odpuszczał, lecz teraz wyprostowała się w końcu, jak gdyby brzemię, które dotąd nieuchronnie ciągnęło ją w stronę dna, nagle przestało jej ciążyć, odbierając władzę nad ciałem i wolą. – To bicie dzwonu!

Ale którego? Na pewno nie świętego Michała, z miejsca by go rozpoznała. Nie były to też cztery dzwony katedry ani dzwon u świętego Wojciecha, bo żaden z nich nie wydawał tak nieprawdopodobnie czystego, głębokiego, szarpiącego za duszę tonu. Skupiła się na nim, próbując jeśli nie usłyszeć, to może wyczuć po wibracjach, z której strony dobiegał. Pomału ogarniało ją nieprzeparte wrażenie, że dzwon ich do siebie przyciąga. Że ich prowadzi.

Nie zastanawiała się już, nie wypatrywała tabliczek, zapominając o bólu, o ciotce, pani Matyldzie i litanii niemieckich nazw. Podążyła za dźwiękiem, a Dżusi i Karolek podążyli za nią.

Nie umiała powiedzieć, jakim cudem mogli zboczyć tak bardzo, lecz zboczyli bez wątpienia. Przed nimi spośród tumanów śniegu wyłoniła się sylwetka archikatedry. Pęknięte gotyckie wieże płonęły jak dwie pochodnie, płacząc deszczem iskier. Majestatyczny gmach broczył kawałkami murów, które spadały na ziemię. W ślad za nimi kroplami wielobarwnego szkła spływały misterne witraże. A z nieba wciąż sypał się śnieg, sypał, sypał i sypał, kładąc się wszędzie grubym, rdzawym całunem.

– Rany boskie, El, czy to jest krew?… – usłyszała za sobą przerażony szept Dżusi.

– Nie, to tylko pył – odparła, zapatrzona w ten przerażający spektakl. – Ceglany pył.

Na własne oczy widziała łunę ponad płonącym gmachem, tuż przed nią, na wyciągnięcie ręki. Widziała, jak dach pęka pod naporem żywiołu, nie czuła jednak ani gorąca, ani swądu spalenizny, nie słyszała łoskotu walących się murów. Jak gdyby przed jej oczami na tle zimowego nieba czyjaś upiorna dłoń odtwarzała niemy film grozy.

Dzwon zabił ponownie. Nagląco. Ruszyli dalej promenadą, co rusz potykając się o mogiły, które wyzierały spod krwawego śniegu. Za ich plecami katedra obnażała w ciszy swe żebra jedno po drugim, by łakomy ogień mógł sięgnąć w głąb jej trzewi.

– Przecież to za wcześnie – mamrotała Eleonora do siebie, nie zwalniając kroku. – Przecież to za wcześnie…

– Co za wcześnie? – nie zrozumiał Karolek, idący tuż za nią. Oglądał się z niepokojem na Dżusi, która została teraz na samym końcu i co kilka kroków popatrywała to na łunę, jaka wieńczyła katedrę, to znów na drżące od dźwięku niebo.

– Za wcześnie na pożar. Katedra spłonęła dopiero w trakcie oblężenia, nie w styczniu. To za wcześnie. Co tu się dzieje? Gdzie… kiedy my jesteśmy?

Dotarłszy do pierwszego mostu, przedostali się na wyspę i puścili bulwarem wzdłuż ściętej mrozem Odry. Z każdym metrem bicie dzwonu rozlegało się coraz donośniej, nie był to jednak dzwon kościoła na Piasku, jak miała nadzieję Eleonora. Prowadził ich jeszcze dalej, gdzieś za Ostrów Tumski. Południe, południowy zachód… Do celu?

Byli już prawie przy drugim moście, gdy puszczyk raz jeszcze zaniósł się swym diabelskim śmiechem.

– EL!

Rozpaczliwy krzyk siostry zatrzymał ją w pół kroku. Obejrzała się za siebie.

– Rzeka… El, spójrz… spójrz na rzekę.

Blask latarni na moście rozlewał się nisko, sięgał aż do rwącej kipieli uwięzionej pod warstwą lodu, spod której przebijała głęboka, intensywna barwa. Zbyt intensywna.

– A to? El? A to? Czy to…

– Tak, Dżusi – odparła spokojnie, tym samym tonem, jakim tłumaczyła czytelnikom, gdzie znajdą poszukiwaną książkę z bibliotecznych zbiorów. – To jest krew.

Puszczyk zaśmiał się szyderczo, gdy Dżusi z cichym krzykiem przerażenia przywarła do Karolka i wtuliła twarz w jego sweter.

Eleonora rozglądała się, przetrząsając każdy zakamarek pamięci. Coś jej to mówiło, coś jej to mówiło…

– Pęknięte wieże i czerwone wody Odry… – szeptała gorączkowo – wody czerwone jak krew…

Karolek obrzucił ją powątpiewającym spojrzeniem.

– Co, jakieś kolejne wierzenia?

– Trochę tak… a trochę nie. Pęknięte wieże i czerwone wody Odry miały podobno zwiastować upadek stolicy Śląska. Tyle przynajmniej mówią legendy.

– A co mówią fakty?

– Że w Niedzielę Wielkanocną, podczas najcięższych bombardowań Breslau, było tak gorąco od pożogi, że rozkwitły tulipany i hiacynty. Na śniegu. A wody Odry zrobiły się czerwone od ludzkiej krwi. To dlatego miasto umarło, a rzeka przetrwała. – Eleonora zacisnęła na chwilę powieki. – Bo wypiła całą tę krew. Co do kropelki. Ale to przecież za wcześnie!

– Przestań to powtarzać, za wcześnie, za wcześnie! – wybuchła Dżusi, wyrywając się z objęć Karolka. – Może się pomyliłaś? Przyszło ci to do głowy? Może to po prostu nie teraz?!

– No właśnie. Może pani Matylda miała jednak rację, że nie powinniśmy iść sami? – zasugerował. – Może po drodze zgubiliśmy się… no wiesz. Nie tylko przestrzennie?

– Właśnie! A ten puszczyk? – Dżusi nie odpuszczała. – Uwziął się czy rzeczywiście prowadzi nas do samego piekła?

A ten dzwon? Ty za nim idziesz, tak? Ale dlaczego? Dokąd? I gdzie są ludzie, El, dlaczego tu poza nami nie ma żywej duszy?!

– Nie wiem! Nie wiem!!! – wrzasnęła Eleonora, wreszcie odrywając wzrok od krwawej rzeki w dole. – Nie mam bladego pojęcia, co tu się dzieje i dlaczego jednocześnie jest styczeń i Wielkanoc! Dlaczego katedra płonie, dlaczego działają latarnie, chociaż o tej porze w mieście już od dawna obowiązywało całkowite zaciemnienie, dlaczego bije ten upiorny dzwon. Ale to na pewno tu i na pewno teraz. Rozumiecie? Na pewno – powtórzyła twardo i nie czekając na ich reakcję, ruszyła mostem na drugi brzeg, w ślad za przeciągłym bólem i dźwiękiem dzwonu.

To tu.

To teraz.

Na pewno.

Na pewno.

Błagam.

## Rozdział 14

Ciemność za powiekami nie chciała przynieść ukojenia. Rozpościerała się niczym przepastny ekran, na którym pamięć, ślepa i głucha na jej zmęczenie, wyświetlała powidok za powidokiem. Noc. Śnieg. Miasto. Cisza. Wszechobejmująca, aksamitna cisza, punktowana miarowym biciem dzwonu.

Eleonora szła prosto w ciemność iskrzącą się ogniem i mrozem, wymarłymi, czarno-białymi uliczkami. Kamienice ziały na nią pustką bram, wślepiały się ociemniałymi oknami, jak gdyby świadome, że to może i jej miejsce, lecz z pewnością nie jej czas. Puszczyk roześmiał się ten ostatni raz, po czym umilkł. Za to bicie dzwonu przybierało na sile. Ilekroć przetaczało się gromem gdzieś wysoko po niebie, czuła całym ciałem, jak niosło się echem przez gmatwaninę uliczek i zaułków, wprawiając bruk pod zaspami w drżenie tak silne, że nieomal zbijało ją z nóg. Szła jednak i szła, aż ujrzała przed sobą zwartą bryłę gotyckiego kościoła o dwóch przysadzistych wieżach. Północna wciąż sięgała ku niebu, lecz z południowej ostał się jedynie żałosny kikut, a łączący je od wieków mostek runął. W tej samej chwili bicie rozległo się po raz ostatni, by przejść w przeciągły, agonalny jęk pękającego spiżu. Ona zaś ze zgrozą w końcu rozpoznała dzwon, który ją prowadził przez miasto.

W panicznej ucieczce przed wspomnieniami Eleonora otworzyła oczy. Za oknem noc pierzchała przed szarówką przedświtu i w pokoju zrobiło się na tyle jasno, żeby widziała coś więcej poza czubkiem własnego nosa. Przed nią, wyciągnięty na brzuchu na drugiej amerykance, leżał Gerd. Spał twardo, w ubraniu, okręcony kocem. Ręka, którą przez całą noc wyciągał co chwilę, żeby ją pogłaskać albo chociaż musnąć przelotem, byle tylko się upewnić, czy wciąż tam jest, czy nie zniknęła, teraz zwisała bezwładnie między nimi.

Przyszedł. Bez żadnych pytań, pretensji czy warunków, chociaż wcześniej dawała mu wyraźnie do zrozumienia, że nie chce go znać. Tylko skąd wzięła się w niej ta uraza? Wciąż się nad tym głowiła, próbując dojść, co naprawdę ją aż tak zabolało, że odruchowo odcięła się od Gerda. Czy to przez jego zażyłość z Ramzesem? Owszem, antykwariusz budził jej odrazę, ale też fascynację, której nie umiała wytłumaczyć, cały natłok uczuć podskórnych i równie gwałtownych, co nawzajem sprzecznych. Przyciągał ją jak płomień ćmę – i tak też mogła przecież skończyć. Bo choć nie ufała mu za grosz, choć podejrzewała go o najgorsze, posłusznie zrobiła to, co jej kazał. Grzeczna, pokorna Eleonora…

Tyle że gdyby rzeczywiście problem stanowił antykwariusz, to czy nie powinna w podobny sposób zdystansować się wobec pani Matyldy? Więc może nie tu był pies pogrzebany? Może raczej chodziło o to, że Gerd wiedział o Eleonorze coś, czego nie wiedziała ona sama? A ta wiedza zaś dawała mu z kolei coś jeszcze innego, coś, co tak rozpaczliwie i tak bezskutecznie usiłowała osiągnąć od lat – poczucie, że panuje nad własnym życiem.

Och, tak. To tłumaczyłoby wszystko.

Nieważne. Już nieważne. Mimo wszystko Gerd przyszedł i sprowadził pomoc. Sprowadził...

Gdzieś za drzwiami naraz wrzasnął Kot. W tym samym momencie czysty, zwierzęcy, nienazwany lęk szarpnął za jej serce. Tylko tyle – i aż tyle. Dość, by wiedziała, że nie są już sami w pokoju.

Podźwignęła się na łokciu i bardzo wolno odwróciła głowę.

Ramzes siedział na krześle, z nogą założoną na nogę, powściągliwy jak zawsze. Gdy dziewczyna usiadła, wyciągnął rękę i włączył niewielką lampkę przypiętą klipsem nad lustrem toaletki. Światło i cień zatańczyły na jego twarzy. Mimo coraz chłodniejszej pogody głowę miał ogoloną na gładko i odkrytą, za to na dłoniach rękawiczki z cienkiej, czarnej skóry. Rozchylone poły jego krótkiego wełnianego płaszcza odsłaniały koszulę z kołnierzykiem zapiętą na przedostatni guzik.

– Brawo, dzielna Eleonoro – odezwał się tym swoim niskim, aksamitnym głosem. – Mała, dzielna Eleonoro. Uratowałaś ciotkę i nie przypłaciłaś tego niczyim życiem. Brawo.

Pokręciła głową, krzywiąc się z goryczą.

– Nie mam większych złudzeń. Utonęlibyśmy tam wszyscy, gdybyś w porę nie uderzył w dzwon.

Ramzes nie odpowiedział, uniósł jedynie dłoń w łaskawym geście, mówiącym: „proszę bardzo".

– Dlaczego wybrałeś właśnie ten? Ten dzwon?

Uśmiechnął się jednym kącikiem ust, mrużąc oczy.

– Przecież wiesz. Znasz różne legendy, wierzenia. Dzwon Grzesznika, najsłynniejszy z wrocławskich dzwonów. Odlany ze spiżu, ochrzczony krwią... Wspaniały, prawda? Uwielbiałem jego dźwięk. Dzwon, który przez wieki prowadził skazańców na szafot. Prościuteńko na śmierć. Sama przyznasz, Eleonoro, że w tej sytuacji wybór był dość oczywisty.

– To cię bawi?

– Owszem. – Wciąż z tym samym kpiącym uśmiechem przechylił lekko głowę. – Ciebie nie?

Teatralnym gestem raz jeszcze uniósł dłoń, na wysokość twarzy, i zacisnął palce, a gdy je znów rozprostował, między środkowym a wskazującym palcem błysnął biały kartonik. Tandetna sztuczka, acz w jego wykonaniu robiła wrażenie. Zapatrzona w znajomy rysunek, z echem upiornego śmiechu wciąż dobiegającym z głębi wspomnień, Eleonora naraz pojęła, jak bardzo się z Dżusi pomyliły. Wizytówka antykwariusza, osobliwy zegar w pokoju ciotki...

– To wcale nie jest sowa – szepnęła. – Tylko puszczyk.

– Czy też, jeśli wolisz, *Totenvögel.* Urocza nazwa.

*Strix aluco*, dodała w myślach, przypominając sobie słowa Karolka. W ślad za nimi popłynął obraz.

Natychmiast po tym, jak wrócili, Gerd i sprowadzona przez niego lekarka rzucili się na pomoc nieprzytomnej ciotce Klarze. Karolka pochłonęło uspokajanie Dżusi, która zanosiła się spazmatycznym szlochem. Tylko Eleonora, wciąż oszołomiona, zawieszona między światami, nie ruszyła się zza stołu. Patrzyła tępo przed siebie, prosto na panią Matyldę, którą tak na dobrą sprawę właśnie porzuciła na pastwę czasu.

Nie zdążyła zawrócić i pójść po nią od razu. Najpierw musiała czym prędzej przeprawić się z ciotką. Nie wiedziała wtedy, nie mogła wiedzieć, że Ramzes, zaalarmowany przez

Gerda, natychmiast ruszył ich tropem, tyle że zamiast podążyć za siostrami i Karolkiem, obudził Dzwon Grzesznika, by poprowadził ich dalej przez miasto, a sam pospieszył z pomocą pani Matyldzie. I to on dotarł do niej jako pierwszy. Uświadomiła to sobie dopiero po tej krótkiej, potwornej chwili, gdy na jej oczach ni stąd, ni zowąd wypłynął razem ze starszą panią z otchłani czasu, w której zanurzył się duszą oraz ciałem.

Ciałem, które ujrzała na ten jeden jedyny ułamek sekundy, zanim wróciło do ludzkiej postaci.

– Widziałam cię – rzuciła krótko, licząc, że w ten sposób nie da po sobie poznać zdenerwowania. – Widziałam, kim jesteś.

– I jak wrażenia?

– Bez obrazy, ale chyba nie chcę tego oglądać ponownie.

Zaśmiał się krótko, upiornie. Znała ten śmiech. Słyszała go wielokrotnie, choć nie po tej stronie czasu.

Otworzyła usta do krzyku, który nagle w niej wezbrał, lecz i głos, i powietrze jak gdyby uwięzły w jej krtani, bo za nic nie mogły się wydostać. Zerknęła spiesznie na drugą amerykankę. Gerd nadal spał jak gdyby nigdy nic, z ręką zwieszoną z łóżka. Spał spokojnie. Głęboko. Zbyt głęboko.

– Nie budźmy go, Eleonoro – zamruczał antykwariusz miękko, nisko, tak nisko, aż osobliwy dreszcz przebiegł po jej ciele. Nie mogła się poruszyć ani nawet oderwać wzroku od jego smagłej, na swój sposób przystojnej twarzy. Czy tak właśnie skłonił Dżusi, żeby wpuściła go za próg ich mieszkania? Tym głosem? Tym spojrzeniem? Tym... urokiem? Pochylił odrobinę głowę. Zarysem łuków brwiowych, kości policzkowych i nosa jak nigdy dotąd przypominał teraz drapieżnego ptaka, od którego wziął swoje miano. Bursztynowa obwódka wokół źrenic rozjarzyła się przelotnie i dziewczyna zrozumiała, że to wcale nie jest złudzenie. – Niech śpi. Pogawędźmy sobie tylko we dwoje.

– O czym?

– Może o dzwonie? Naprawdę chciałbym, żebyś doceniła ten koncept. Widzisz, Eleonoro, czas robi z ludźmi rzeczy... niesamowite. Nawet gdy ledwie muskają jego powierzchnię, nieświadomi tego, co kryje się głębiej, w odmętach, do których nie mają dostępu, i tak niepostrzeżenie nim przesiąkają. Nieustannie, w każdej sekundzie swojego zwyczajnego życia. Ale czy trzymamy się brzegu, czy bezpiecznych mielizn, czy też bez wahania skaczemy w największą głębinę, koniec zawsze jest ten sam.

Przeciągnęła językiem po wyschniętych ustach.

– Śmierć.

– Nieunikniona, nieubłagana śmierć. Nie miej złudzeń, Eleonoro. Ilekroć się przeprawiacie, ty, twoja ciotka czy inny psychopomp, wychodzicie jej na spotkanie, i to z bukietem w objęciach. Dzwon Grzesznika powinien towarzyszyć wam nieustannie.

– A tobie?

– Czyżbyś już zapomniała własne słowa? Ja jestem wyjątkowy.

– Nie to co ja.

– Nie bądź dla siebie taka surowa. Przeżyłaś. Czy to mało?

– Tak – odparowała, zanim w ogóle zdążyła się nad tym zastanowić. – Mieliśmy uratować ciotkę, a już na dzień dobry zgubiliśmy panią Matyldę. Niewiele brakowało, żebyśmy tam wszyscy zostali. Nic się nie zgadzało. Nic. Chcę wiedzieć, gdzie popełniłam błąd.

– I to cię boli najbardziej? Że popełniłaś błąd?

Milczała.

– Ach, ty i ten twój perfekcjonizm... Pewnego dnia cię zgubi. Dobrze, niech będzie. Jestem ci winien tę lekcję. A zatem odpowiedź na twoje pytanie brzmi: nigdzie. Ty nie popełniłaś żadnego błędu, Eleonoro – rzekł Ramzes, starannie akcentując pierwsze słowo. – Błąd popełniła Klara, przeprawiając się w pojedynkę i zmuszając was, byście podążyli za nią na głębokość, na której nie mieliście właściwie żadnych szans. Błąd popełniła Matylda, bo przeprawiła się z wami do czasów, w których niegdyś żyła, przez co jej dusza natychmiast znalazła się w ówczesnym ciele. I wreszcie błąd popełniłem ja, przyznaję. Nie przypuszczałem, że Matylda zabierze się z wami. Ale nie ty. Ty nie popełniłaś żadnego błędu – powtórzył. – Zabrakło ci jedynie solidniejszych podstaw, by odnaleźć drogę w chaosie, który one wam zgotowały.

– Jak?

– Przeprawianie się nie polega na zwykłym przenoszeniu z precyzyjnie wyznaczonej chwili A do chwili B. Przeszłość to rzeka, nie woda w szklance. Tym głębsza, dziksza, bardziej rwąca, im więcej na przestrzeni wieków powstanie w niej warstw. Przepraw się na sielskiej łące, gdzie poza pierdnięciem zająca i śmiercią trzech dzielnych junaków w tysiąc siedemset trzydziestym czwartym nie wydarzyło się nic innego, a zanurzysz się co najwyżej do kostek i już dotkniesz gładkiego, bezpiecznego dna, od którego bez trudu zdołasz się odbić. Za to w takim miejscu jak Wrocław – ach! Wojny, oblężenia, powodzie, plagi, pożogi!... Nie zliczysz nawet, ile tych warstw się uzbiera! Kiedy psychopomp się w nich zanurza, przeszłość, jak woda, z początku może mu się wydawać przejrzysta. Lecz im głębiej schodzi, im dłużej tam krąży, tym bardziej ją wzburza. Coraz więcej gęstego, grząskiego mułu wzbija się z dna i przeszłość zaczyna się mieszać. Rzeczywistość mętnieje. Wypływają fantasmagorie. Znikają żywi ludzie, a ich miejsce zajmują upiory. Koszmary. Dlatego najpierw brodzisz w czasie. Potem brniesz. Wreszcie tracisz orientację i grzęźniesz.

– I toniesz?

– Tak. Bezpowrotnie. Chyba że masz dwa serca i dwie dusze.

– Jak ty.

– Jak ja. Zanurzałem się głębiej i głębiej, aż w końcu dotknąłem samego dna. Utknąłem. Utonąłem. A potem powstałem, opity mułem najgęstszym z gęstych, jawą i widziadłami. – Nieoczekiwanie Ramzes nachylił się nad dziewczyną, kładąc dłonie na pościeli, zaledwie centymetry od jej zastygłego ciała. Spojrzał jej prosto w oczy. – Czy to również zdążyłaś zobaczyć, Eleonoro? Widziałaś, co kryje się na samym dnie?

Widziała.

Z każdym przebytym metrem ból, który tętnił nieprzerwanie w takt tykającego zegarka, coraz wyraźniej się rozszczepiał, by w końcu pęknąć wraz ze spiżowym dzwonem. To tu, wołał ją w jednym kierunku, prosto na południe. To tam, przyzywał w drugim, zbaczając na południowy zachód. Tu. Tam. Tu. Tam. Tu. Tam. Ruszyła więc tam. Bo tam bolało mocniej.

Zatrzymała się dopiero tuż przed fosą miejską. Cesarz Wilhelm, ustrojony w białą czapę, czuwał nad miastem z wyżyn swego marmurowego piedestału. Kawałek dalej z fasady domu towarowego Wertheima sterczały rzeźbione głowy o złotych obliczach i ślepymi oczami wpatrywały się w Cafe Vaterland po drugiej stronie ulicy. Zaraz za fosą ciągnęły się uśpione kamienice Podwala, a bulwar wzdłuż jej wewnętrznego brzegu zapraszał do spaceru pod koronami drzew. Od gmachu *Polizeipräsidium* dzieliło Eleonorę już tylko niespełna trzysta metrów, ale przeczucie jej podpowiadało, że dalej nie powinna iść sama, że lepiej będzie, jeśli zaczeka na Dżusi i Karolka.

Kiedy spomiędzy tumanów śniegu wyłoniła się pierwsza człowiecza postać, cała trójka zamarła w pół kroku.

Postacie jedna po drugiej roiły się z ciemności, zgarbione w poszukiwaniu ciepła, zakutane w zimowe okrycia. Kuliły się na furmankach albo brnęły pieszo przez zaspy, dźwigając dobytek lub ciągnąc go za sobą na małych wózkach czy sankach. Nieliczni starcy. Kobiety, tysiące kobiet, wiele z niemowlętami w objęciach, zawiniętymi w grube chusty na podobieństwo bezkształtnych tobołków, albo z kilkuletnimi dzieci, które ledwo dreptały u ich boku.

Stali we troje na środku ulicy, oniemiali ze zgrozy, jaką przejął ich ten widok. Kolumna rozstępowała się tuż przed nimi w całkowitym milczeniu, by zaraz ponownie się połączyć, jak gdyby byli skałą, która rozbijała na dwoje leniwy nurt rzeki, lecz poza tym nie zasługiwała swą obecnością na choćby okruch uwagi. Jak gdyby... jak gdyby byli duchami – duchami w umarłym mieście.

Nie tylko oni. Wreszcie to pojęli.

Chociaż styczniowy mróz ściął im krew w żyłach i zasnuł oczy szronem, one wciąż parły przed siebie – zamarznięte kobiety z zamarzniętymi dziećmi, na wieczność uwięzione w koszmarze wielkiego marszu sprzed lat.

Naraz jedna z nich zatrzymała się tuż przed Eleonorą. Rozpacz ściągała jej rysy silniej niż mróz, dodawała lat, w zamian odbierając człowieczeństwo. Z determinacją tuliła do piersi zawiniątko z ucichłym niemowlęciem o porcelanowej buzi. Takiej ślicznej. Takiej martwej. Patrząc gdzieś w przestrzeń i poruszając bezgłośnie ustami, wcisnęła dziewczynie jakiś przedmiot, zawinięty w gałganki, po czym dołączyła z powrotem do milczącego pochodu. Był to but. Prosty, skórzany, zwykły but z zelowaną podeszwą. Niewiele myśląc, Eleonora zajrzała do środka. Och, przemknęło jej przez myśl, ależ gładko musiało odejść od kości to odmrożone ciało, skoro wciąż zachowało kształt zgrabnej damskiej stopy.

Wtedy nie zauważyła nawet, że krzyczy.

– Wrotizla – usłyszała tuż przy uchu niski głos Ramzesa. – Wretslaw. Presslaw. Bresslau. Breslau. Wrocław. Miasto, które wyrosło na cmentarzach. Miasto, które skonało, pojąc własną krwią ziemię, na której stoi, oraz rzekę, która je zrodziła. Och, Eleonoro – westchnął z rozmarzeniem, wodząc wzrokiem po kruczoczarnych puklach, okalających bladą twarz dziewczyny. – Dzielna, mała Eleonoro, czy wyobrażasz sobie lepsze leże dla istoty takiej jak ja?

## Rozdział 15

Rodzinny dom Bolesnych mieścił się przy alei Lipowej pięć. Przedwojenna piętrowa willa, od strony ulicy przesłonięta rzędem strzelistych drzew, lata świetności miała już dawno za sobą, zachowała jednak tajemniczą aurę – trochę magiczną, trochę złowróżbną. Jak również nakryty daszkiem półokrągły narożnik, przypominający kuriozalną wieżyczkę rodem z taniego horroru.

– Tylko nie patrz na tamto drzewo przed nami – ciotka Klara szepnęła do Eleonory, kiedy wysiedli z samochodu i zmierzali wąską ścieżką od furtki w kierunku ganku.

– Dlaczego?

– Nie chcesz patrzeć. Uwierz mi na słowo.

Kilka dni po powrocie z przeprawy, która prawie kosztowała ją życie, Klara Stern odzyskała większość charakteru, chociaż fizycznie wciąż dochodziła do siebie. Była tak blada, że niemal przejrzysta. Ilekroć próbowali ją wybadać, co zaszło w Breslau tamtej styczniowej nocy tysiąc dziewięćset czterdziestego piątego roku, milczała uparcie. Aż do dzisiaj, kiedy obudziła wszystkich wczesnym rankiem i oznajmiła, że muszą natychmiast rozmówić się z panią Matyldą. Co więcej, nie naciskała, by ktokolwiek pozostał na straży mieszkania.

Tym sposobem zaledwie kilka minut po dziewiątej całą piątką – Klara, Eleonora, Dżusi, Karolek i Gerd – znaleźli się pod drzwiami dawnej nauczycielki łaciny. Otworzyła im wysoka starsza kobieta w barwnym turbanie.

– Dzień dobry, pani Jadwigo. – Ciotka Klara jako jedyna z ich grona na poczekaniu rozróżniała, z którą z sióstr Bolesnych mają tym razem do czynienia. Reszta wciąż potrzebowała chwili, acz coraz krótszej, by skontrolować szczegóły. Wzrostem, sylwetką czy rysami twarzy były identyczne, dzieliły nawet to samo przenikliwe spojrzenie żółtych oczu, jednak na tle starszej o trzy minuty Matyldy pani Jadwiga – emerytowana profesor medycyny, a także wielka miłośniczka malowanego jedwabiu, złota w dużych ilościach oraz drapowanych turbanów – jawiła się jako wulkan życzliwości i ciepła.

– Ach, nareszcie jesteście! – Rozpromieniła się wyraźnie, ujrzawszy ich w komplecie na ganku. – Widzę, Klaro, że powoli wracają ci rumieńce – dodała półżartem.

– Och, mam już nawet coś na kształt ciśnienia. Możliwe też, że krew znów dociera mi do mózgu.

– Nie omieszkam sprawdzić. No, chodźcie, chodźcie do środka. Ależ dzisiaj wieje!

Czy górę wzięła przekora, czy raczej czysta ciekawość, tak czy owak Eleonora, wchodząc za ciotką do wnętrza starego domu, zdążyła jeszcze zerknąć na zakazane drzewo. Zaledwie przelotem, ot, kątem oka – lecz to i tak wystarczyło, by gorzko pożałowała. Ogarnęły ją mdłości.

Rzeczywiście, wiało, jak gdyby się ktoś powiesił. Dosłownie.

– Matylda czuła, że dzisiaj przyjdziecie – mówiła pani Jadwiga, podczas gdy oni uwalniali się z jesiennych kurtek – bo skoro świt kazała mi piec ciasto. Właśnie wyciągnęłam je z pieca. Drożdżowe, z kruszonką! Do herbaty będzie jak znalazł. No, dalej, dzieci, dalej! Co tak stoicie?

Spojrzeli niepewnie, najpierw po sobie, potem zaś w głąb dość ciemnego korytarza. Dalszą drogę zagradzała im wielka, żółto-niebieska papuga. Siedziała na drewnianej balustradzie schodów i była bardzo wzburzona. Przestępowała z nogi na nogę i skrzeczała jak najęta, to unosząc, to opuszczając skrzydła, które miała rozpostarte na całą imponującą szerokość.

– Rrrany banaaany! Rrrany banaaany! – wydarła się naraz na cały regulator.

– Och, uspokójże się wreszcie, histeryku! Nie ugryzł cię do tej pory, to i teraz nie ugryzie. No już, już, masz. – Pani Jadwiga bezpardonowym gestem wetknęła papudze prosto do dzioba wafelek. – A teraz zmykaj stąd. Matylda czeka na was w salonie – rzekła do gości, wskazując im właściwe drzwi – ale ty, Klaro, najpierw pójdziesz ze mną. Niech no zobaczę, jak tam to twoje rzekome ciśnienie – dodała, po czym stanowczo pociągnęła ją za sobą do kuchni gdzieś na tyłach, zanim ciotka zdążyła zaprotestować.

Minąwszy papugę, która złożyła skrzydła i z wyraźnym upodobaniem chrupała swój wafelek, sypiąc wszędzie okruszkami o intensywnie śmietankowym zapachu, tknięta przeczuciem Eleonora zajrzała do salonu. Cóż. Nie pierwszy raz jej przeczucie się nie myliło.

Sądząc po układzie okien oraz kształcie samego pomieszczenia, znajdowało się ono ni mniej, ni więcej tylko w kiczowato-upiornej wieżyczce. Upchnięte w nim stare meble pachniały pastą polerską do drewna i pamiętały co najmniej okres międzywojenny, przez co salon przypominał trochę mieszkanie przy Lompy. Na szczęście atmosfera panowała tu znacznie przyjaźniejsza żywym, w czym spory udział miały wszędobylskie kolorowe makatki i haftowane poduchy, które tłoczyły się na szerokiej kanapie i trzech przepastnych fotelach. W jednym z nich, ustawionym tyłem do okien, spoczywała pani Matylda z nieodzowną filiżanką herbaty. Choć dało się jeszcze po niej poznać zmęczenie niedawnymi przejściami, to sprawiała wrażenie pełnej ikry i niezniszczalnej, mimo słusznego wieku.

Miała towarzystwo. Na podnóżku, u jej stóp, siedział Ramzes we własnej osobie.

– Ach, oto i są, tak jak mówiłam. – Pani Matylda skinęła na Eleonorę. – Śmiało, dziewczyno, śmiało.

– Zatem na mnie już czas – stwierdził Ramzes i wstał z podnóżka. – Tylko błagam, Matyldo – nachylił się nad starszą panią i z równie ujmującą, co zaskakującą pieszczotliwością ucałował ją w czoło, po czym spojrzał prosto w oczy – dość tych szaleństw, dobrze? Nie zapominaj, że masz już swoje lata.

– Przyganiał kocioł garnkowi – odparła, niby sucho, lecz kąciki jej ust drgnęły szelmowsko.

– Bądź tak miła i uduś ją w moim imieniu, gdyby znów próbowała szarżować – rzucił do Eleonory, kiedy mijał ją w drzwiach.

– Też cię kocham! – zawołała w ślad za nim pani Matylda.

Upewniwszy się najpierw, że przez żadne z okien nie dojrzy roztańczonego na wietrze wisielca, Eleonora przysiadła na skraju wolnego fotela. Po chwili dołączył do niej Gerd i zajął podnóżek.

– Co tam? – zapytał, bo zauważył, że dziewczyna jakoś dziwnie na niego spogląda.

– Nic takiego – odparła i uśmiechnęła się łagodnie. Nie mógł przecież wiedzieć, że tym sposobem mimowolnie odtworzyli konfigurację, w jakiej jeszcze przed momentem siedziała zupełnie inna... czyżby para?

– Dzieci, jestem wam winna przeprosiny – zaczęła pani Matylda, gdy Dżusi i Karolek również rozgościli się w salonie. – Nie przypuszczałam nawet, że mój udział w tej przeprawie przyjmie tak... nieoczekiwany obrót. Wybaczcie. Nie chciałam was niepotrzebnie narażać na niebezpieczeństwo.

– A co tak w ogóle się z panią działo przez cały ten czas? – zainteresował się Karolek. Siedział po turecku na podłodze i plecami opierał się o kanapę, na której usadowiła się Dżusi, wciśnięta między sterty poduszek.

Pani Matylda odetchnęła głęboko.

– Utknęłam.

– W czasie?

– Chciałabym, młody człowieku, uwierz mi, że naprawdę bym chciała. Utknęłam w koszmarze. Niestety, nie takim ze snu, a z odległej przeszłości. – Widząc ich zaciekawione spojrzenia, pociągnęła temat, acz bez szczególnego zapału. – W młodości zrobiłyśmy coś strasznego, moje siostry i ja... choć głównie ja, prawdę powiedziawszy. Wydawało nam się wtedy, że jesteśmy wszechmocne. Że możemy wszystko. – Odetchnęła ponownie, zapatrzona w dno pustej już filiżanki. – Cóż. Byłyśmy w błędzie.

Karolek uśmiechnął się współczująco.

– Bardzo narozrabiałyście?

– Zabiłyśmy naszego ojca.

Gerd ledwo zdusił paskudne przekleństwo. Karolek zbladł jak ściana.

– Aaa... aha – wydukał. – Znaczy... znaczy, bardzo. Okej. W porządku. Rozumiem. Tak. Ale to już koniec trupów i innych niespodzianek nie z tego świata, prawda? – zapytał narzeczoną rozpaczliwym szeptem. – Prawda, Dżusi?

– A widzisz, trzeba było wykupić rozszerzoną gwarancję, zanim poprosiłeś mnie o rękę, to może nie miałbyś teraz takich niespodzianek.

– Czy to... – Eleonora odkaszlnęła. – Czy to on?... – Nie, nie miała siły dokończyć. Mimo to pani Matylda domyśliła się, o co jej chodzi, bo zwróciła głowę w kierunku ogrodu.

– Tak. Powiesił się na tamtym drzewie. Widzisz go?

Eleonora przytaknęła. Nawet po tym, co przeżyła, czego doświadczyła, ratując ciotkę, widok wisielca przed domem sióstr Bolesnych wciąż był dla niej sporym wstrząsem. Zaraz potem coś zaświtało jej w głowie.

– Och, pani Matyldo, przepraszam! – zawołała z przejęciem. – Przepraszam, nie powinnam była pani o tym mówić. Teraz pani...

– Przestań, Eleonoro – starsza kobieta weszła jej w słowo. – Nie masz za co przepraszać. Ja go tam widzę dzień w dzień od siedemdziesięciu lat. Z tym widokiem zdążyłam się już oswoić, ale to, co spotkało mnie po drugiej stronie... – Zamrugała kilkakrotnie. – Cóż.

Wyrzuty sumienia odezwały się w Eleonorze gromkim głosem.

– Ja też jestem pani winna przeprosiny, pani Matyldo. I to wielkie. Nie sprowadziłam pani z powrotem na powierzchnię. Wiem, jak to brzmi, ale po prostu nie zdążyłam. Ramzes dotarł do pani pierwszy. Tylko czy... czy pani wie, kim on jest? – zapytała cicho. – Kim naprawdę jest Ramzes?

Jej siostra uniosła brew.

– Dupkiem? – palnęła.

– Titku!

– Parszywą gnidą? – podsunęła Klara, wkraczając do salonu z tacą zastawioną talerzykami, filiżankami i pękatym dzbankiem herbaty. Tuż przed nią szła pani Jadwiga z ciastem.

– Ha! A nie mówiłam?

– Ale mogłaś to ująć jakoś tak... ładniej.

– Ładniej, Karolku, to ja mogę wyglądać, jeśli się postaram. A wyrażać będę się dosadnie.

– Kim naprawdę jest Ramzes, tak? – powtórzyła pani Jadwiga, ignorując słowne przepychanki w tle. Chwyciła za nóż i zaczęła kroić ciepłe jeszcze ciasto na szczodre kawałki. – Jeśli mnie pamięć nie myli, to chyba strzygoniem, prawda?

Porcelanowa zastawa podskoczyła z hałaśliwym brzękiem, kiedy taca spoczęła na powierzchni stołu nieco dynamiczniej, niż Klara to planowała. Wszyscy jak jeden mąż wlepili gały w starszą panią w turbanie – wszyscy z wyjątkiem Eleonory, która wpatrywała się w Gerda. Nie sprawiał wrażenia zaskoczonego.

Tymczasem pani Matylda rzuciła młodszej siostrze ganiące spojrzenie.

– Jaguś!

– Och, przestań, Matyldo – machnęła lekceważąco ręką. – Przecież to żadna tajemnica.

– No może dla pani! – Dżusi, którą aż rozsadzały emocje, poderwała się z kanapy, ściągając na Karolka istną lawinę wielobarwnych poduszek. – Ramzes? Strzygoniem?!

– Znaczy... tym, no... wampirem?... – wydukał jej narzeczony spomiędzy haftów. – Takim z zębami? Pijącym tę... no... krew?!...

– Bez histerii, młody człowieku, w tym domu pija się wyłącznie herbatę. À propos herbaty – uniosła filiżankę – Jaguś, gdybyś była tak miła. A ty, Justyno, siadaj z łaski swojej, dość już wniosłaś chaosu do naszej przestrzeni życiowej.

Pani Jadwiga dolała siostrze herbaty, po czym zajęła ostatni wolny fotel i zapaliła papierosa. Dżusi ugryzła się w język i posłusznie wróciła na kanapę, a zszokowana Klara opadła ciężko obok niej.

– Pani Matyldo, pani o tym wiedziała? – zapytała dawną wychowawczynię.

– Oczywiście, że tak – starsza kobieta przyznała bez najmniejszego wahania. Najwyraźniej w przeciwieństwie do niej nie dostrzegała w tym nic zdrożnego. – Od samego początku. Och, nie patrz na mnie z takim wyrzutem, Klaro. Znamy się z Ramzesem dłużej, niż ty chodzisz po świecie. Czasem wręcz odnoszę wrażenie, że nawet dłużej, niż po tym świecie chodzę ja, a uzbierało się już osiemdziesiąt pięć lat.

– Sentyment to jednak trochę za mało – warknęła Klara. – Zawsze wiedziałam, że ten człowiek jest niebezpieczny. Pani uświadomiła mi tylko, jak bardzo. Strzygoń? Mściwy, żywiący się ludzką krwią strzygoń? Nie rozumiem, jak pani może mu ufać!?

– Dał mi ku temu powody. I to więcej niż raz.

– Zostawił mnie na śmierć.

– Ostrzegał cię wielokrotnie, żebyś dała sobie spokój – pani Matylda nie omieszkała jej wytknąć. – Próbował powstrzymać, ale ty nie słuchałaś. Jak zwykle, pozwolę sobie zauważyć.

– Czyli co? Sama jestem sobie winna?

– A nie?

– Masz rację, ciociu – wtrąciła pojednawczo Eleonora, widząc, że ciotka lada moment wybuchnie – ale z drugiej strony to Ramzes wyjaśnił mi, co mam robić. A potem...

– A ty cicho bądź! – Klara fuknęła na nią jak wściekła kotka. – Nawet nie próbuj go bronić!

– A potem sprowadził panią Jadwigę, żeby się nami fachowo zajęła – Dżusi dokończyła za siostrę. Jej dłoń odruchowo powędrowała do zgięcia łokcia, gdzie wciąż widniał niewielki siniec, pamiątka po naprędce podłączanej kroplówce.

– Jasne. I ty naprawdę w to wierzysz? I ty? – Ciotka naskoczyła z powrotem na starszą bratanicę. – Sprowadził ją, owszem, ale nie do nas, tylko do pani Matyldy! Gerd poświadczy, prawda? Prawda, Gerd?

– Myślę – zegarmistrz odezwał się z ociąganiem – że mimo wszystko byłoby prościej i szybciej, gdyby sprowadził panią Matyldę do pani Jadwigi. A nie na odwrót.

– No tak. Jasne. Jasne. Pieszczoszek swego pana.

– Gdyby nie ten pieszczoszek, panno Stern, tuptałaby pani po wsze czasy w marszu śmierci ze stycznia czterdziestego piątego. Więc proszę ze mnie zejść.

– Nie osądzaj go tak surowo, Klaro. Ramzes...

– KIEDY TO POTWÓR!!!

Pani Matylda w końcu straciła cierpliwość.

– Gdyby nie ten potwór, młoda damo – huknęła nieoczekiwanie, podnosząc się na podłokietnikach fotela, a jej filiżanka spadła na parkiet i rozprysnęła się z brzękiem – ty i twoje siostrzenice żywiłybyście się kartoflami i szczawiem!

Wszystkie Sternówny, czarnowłosa, platynowa i ruda, znieruchomiały zgodnie jak rzadko kiedy.

– O czym... o czym pani mówi?

– Mogłam i wciąż mogę zdziałać wiele, Klaro. Dobrze wiesz, kim jesteśmy. – Skinęła dłonią na panią Jadwigę, a ta jedynie ze stoicyzmem pokiwała głową, spowita chmurą sinego papierosowego dymu. – Robiłam, co w mojej mocy, żeby wam pomóc po zaginięciu twojego brata i bratowej, ale nawet ja nie umiałam wziąć pieniędzy z powietrza. Przez chorobę Mili nigdy się u nas nie przelewało. Nawet teraz musimy wynajmować pokoje lokatorom, żeby jakoś utrzymać ten dom. Miałyście za co żyć, ponieważ Ramzes przez lata dyskretnie wyprzedawał część łupów z szabrowniczej działalności Ludwika. A co ważniejsze, strzegł was.

– Strzegł? – Klara zmarszczyła brwi. – Przed czym?

– Przed branżą – w mig domyślił się Gerd. – No, no... Zawsze mnie zastanawiało, jak to możliwe, że po zaginięciu Sternów nie zleciały się hieny i nie rozszarpały tego, co po nich zostało. Nie byłby to wcale pierwszy raz. A tu proszę, minęło tyle lat, a mieszkanie wciąż pęka w szwach od fantów. Wszystko jasne.

– Zapewne znalazłby się też chętny na przygarnięcie nieszczęsnej sierotki, zupełnym przypadkiem będącej również młodym, biegłym psychopompem, o którego umiejętnościach już wtedy krążyły legendy – dokończyła pani Matylda, patrząc twardo w oczy swojej podopiecznej. – Poniekąd masz rację, Klaro, nie ufając Ramzesowi. Trudno zresztą nie reagować na niego inaczej niż podskórnym lękiem. Ot, atawizm.

– Jakoś wy tak nie reagujecie.

– Dobrze wiesz, kim jesteśmy – powiedziała raz jeszcze najstarsza z sióstr Bolesnych. – Nie mierz nas zwykłą miarą, Klaro. Wbrew pozorom bliżej nam do niego niż do ciebie. Ramzes pamięta jeszcze czasy Wyspowego Grodu, zanim

Ślężanie wyparli stąd jego plemię i utworzyli twierdzę, z której potem wyrósł Wrocław.

– Co to było za plemię?

– Scytowie.

– Rany boskie... – Oczy Dżusi niemalże wyszły z orbit. – Przecież... przecież to musiało być w ciu...

– TITKU!

– ...w cholerę dawno temu!

– Przypuszczalnie na przełomie piątego i szóstego wieku. Więc owszem, w cholerę dawno, jak raczyła to z wdziękiem ująć Justyna. A Ramzes już wtedy zdążył zatracić część swego człowieczeństwa. To prawieczna, nieprzewidywalna istota, zdolna do wielkiego okrucieństwa. Ale też do wielkiej lojalności – pani Matylda zwróciła się z powagą do Klary.

Lecz ta jedynie wzruszyła ramionami.

– Względem pani, nie nas. A na pewno nie mnie. Nie kiwnąłby nawet jednym scytyjskim palcem, gdyby go pani o to nie poprosiła. Nie mam co do tego wątpliwości. Kim pani dla niego jest, pani Matyldo? I kim on jest dla pani?

– Starym przyjacielem.

Pani Jadwiga, która właśnie odpalała kolejnego papierosa, skwitowała odpowiedź siostry pogardliwym parsknięciem.

– Tak, Jaguś?

– Och, Matyldo. Kogo ty chcesz nabrać? Chyba tylko siebie.

– To nieistotne.

– Oczywiście, Matyldo. Oczywiście.

– To nieistotne! – powtórzyła pani Matylda lodowatym tonem, po czym przesunęła wzrok z powrotem na swą podopieczną. – Istotne natomiast jest to, dziecko drogie, po co ryzykowałaś życiem, przeprawiając się samotnie do tysiąc dziewięćset czterdziestego piątego.

Zapadła cisza.

– Co też się porobiło... – Klara Stern pokręciła głową, uśmiechając się blado do własnych myśli. – Jeszcze niedawno nie przyszłoby mi nawet do głowy, żeby się pani sprzeciwić, a dziś kolejny raz się z panią nie zgodzę, pani Matyldo. Ryzykowałam czymś więcej niż życiem. Czymś znacznie gorszym. A o wiele bardziej istotne od tego, po co się przeprawiłam, jest to, co tam odkryłam.

# Rozdział 16

Notatnik? – powtórzył Gerd z niedowierzaniem. – Notatnik Ludwika Sterna?

Ciotka Klara skinęła głową.

– Ramzes odnalazł zegarek Ludwika, ale nie chciał mi zdradzić gdzie. Ani jak. Ten notatnik to moja ostatnia szansa, choć i tak nikła, żeby dojść, co takiego stało się szesnaście lat temu. Dlaczego nie wrócili. Ludwik wszystko w nim zapisywał. Daty, miejsca, współrzędne geograficzne, wskazówki, kwerendy, plotki. Wszelkie szczegóły, jakie mogłyby być przydatne przy planowaniu kolejnej przeprawy.

– Liczysz, że znajdziesz w nim nazwisko psychopompa, który cię zastąpił tamtego dnia – domyśliła się pani Matylda.

– Tak. Może nazwisko. Może chociaż imię. Albo, kto wie, ówczesny numer telefonu. Cokolwiek. Muszę wiedzieć, kto ich tam porzucił i czy któregoś dnia nie przyjdzie też po mnie. To mnie zżera, pani Matyldo. Od środka. Jak rak.

– Panno Stern, naprawdę nie chcę odbierać pani resztek nadziei, ale jeśli Ludwik miał wtedy notatnik przy sobie...

– Właśnie w tym sęk, że nie miał – weszła Gerdowi w słowo. – Ludwik nigdy nie zabierał go ze sobą na przeprawę. Pod żadnym pozorem.

– Jest pani pewna?

– Zasada trzech nigdy, panie Falk. Po pierwsze, nigdy nie wpuszczać nikogo za próg. Po drugie, nigdy nikomu nie mówić, czym się zajmujemy. Po trzecie, nigdy nie zabierać notatnika na przeprawy. Wbrew pozorom moja paranoja nie wzięła się znikąd – dodała prawie szeptem i z drżeniem wypuściwszy powietrze, spuściła głowę.

Eleonora zerknęła na siostrę. Nawet z tej odległości dostrzegła, jak mocno Dżusi zacisnęła teraz zęby.

– Nie. Znikąd na pewno nie.

* * *

Gdy wyrwali się z upiornej kawalkady i pobiegli w kierunku *Polizeipräsidium*, które majaczyło przed nimi w ciemności, była święcie przekonana, że już ich nic nie zaskoczy, że już nic nimi nie wstrząśnie, nie po tym wszystkim, czego tu doświadczyli. Brnęli przez gęstniejący czas i śnieżycę, aż wreszcie, wreszcie dotarli do celu – i tuż przed gmachem o dziwnej, jakby sinawej ceglanej fasadzie ujrzeli ciotkę Klarę.

Stała przed wejściem, tak krucha i bezradna wobec tego złowieszczego ogromu. Głowę miała nisko pochyloną, aż włosy opadały na jej woskową twarz, plecy zgarbione, ręce przyciskała kurczowo do piersi. Bransolety na jej nadgarstkach milczały, znieruchomiałe. Zdawało się, że za wszelką cenę usiłuje skulić się w sobie. Zapaść.

Zniknąć.

– Ciociu! Ciociu! – zawołała Eleonora i przyspieszyła kroku, byle jak najprędzej znaleźć się przy niej i wyrwać ją z tego przerażającego stuporu.

– Pani Klaro! – wtórował jej Karolek na całe gardło, ciągnąc za sobą Dżusi, która ledwo nadążała przebierać nogami.

Przed ciotką, w mroku rozlewającym się spod kolumnady przed wejściem do gmachu, majaczyły na schodach trzy widmowe postacie. Jedna z nich w milczeniu trzymała się z tyłu, podczas gdy dwie pozostałe nachylały się nad zmartwiałą Klarą.

– Tata? – zapytała cicho Eleonora, zatrzymując się nagle niespełna metr za ciotką. – Mama?...

I szeptały.

– Szukają nas, Klarciu. Źli, chciwi ludzie. Chcą nam wszystko odebrać. Wszystko. Musimy być bardzo, bardzo ostrożni.

– Gdzie popełniłem błąd? Powiedz mi, Klaro, no gdzie? Przygarnąłem cię, przyjąłem do własnej rodziny, do własnego domu, a ty mi się tak odwdzięczasz za moją dobroć?

– Dziewczynkom nie może się stać żadna krzywda. One są jeszcze takie malutkie. Nie przeżyłabym tego, Klarciu, przecież wiesz, jakie mam słabe serce.

– Patrz mi w oczy, kiedy do ciebie mówię, Klaro Stern. Nie chcesz się już więcej przeprawiać, czy tak? Bo się boisz? A czego się boisz, Klaro? No? Czego się boi nasza mała Klarcia? Duchów zza szafy? Potworów spod łóżka?

– Musisz być bardzo, bardzo ostrożna. Musisz uważać. Musisz milczeć. Musisz słuchać.

– Tu nie ma żadnych potworów. Tylko ty. TY! To ty jesteś potworem, bo trzeba nim być, żeby tak nie mieć serca.

– Słuchaj Ludwika, Klarciu. On jeden wie, jak nas uratować przed tymi ludźmi. Dobrze, Klarciu? Dobrze? Będziesz słuchała?

– Ale dobrze, w porządku. Nie przeprawiaj się, skoro się boisz. Najwyżej zabraknie na to czy tamto. Odłączą nam prąd, gaz i wodę. Zresztą, co komu po prądzie, kiedy i tak nie ma co do lodówki włożyć. Najważniejsze, że nasza mała Klarcia nie będzie się już bała, prawda?

– Obiecaj, że nie pozwolisz, żeby moim dziewczynkom się coś stało, Klarciu.

– Tego chcesz, Klaro? Tego właśnie chcesz? Żeby moje córeczki umarły z głodu?

– Oni nas szukają. Musisz uważać. Musisz słuchać.

– Patrz mi w oczy, Klaro.

– Słuchaj Ludwika, Klarciu, Ludwik nas uratuje.

– Czy ty wiesz, jak to jest umierać z głodu? Wiesz?

– Oni nas szukają. Znajdą nas.

– Tego właśnie chcesz? Żeby Elutka i Justysia umarły z głodu? Moje córeczki?

– Już nas znaleźli.

– Chcesz tego, Klaro?

– Oni nas zabiją.

– Tego właśnie chcesz?

– Zabiją.

Szeptali tak i szeptali, a Klara Stern, mała Klarcia, taka potworna, taka niewdzięczna, taka przerażona, kuliła się pod gradem ich słów, niezdolna uciec przed nimi inaczej niż prosto we własną śmierć. Eleonora stała zaraz za nią, na wyciągnięcie ręki, i czuła, jak spowijająca ciotkę aura lęku, nienawiści i okrucieństwa gęstnieje, sięga i po nią, a potem zaczyna wciągać – coraz głębiej, aż na samo dno, z którego nie było już powrotu. Dla niej. Dla nich.

I wtedy Dżusi zrobiła to, co zawsze wychodziło jej najlepiej.

Wpadła w szał.

Ten sam impuls, który dwukrotnie wypędził ją z mieszkania przy Lompy, który kazał jej zerwać kontakty z siostrą i ciotką, który tamtego dnia, w morderczych koturnach i z Kotem w objęciach, pchnął ją tropem Ramzesa i który tyle razy pakował ją w kłopoty, teraz sprawił, że bez chwili namysłu rzuciła się między widma a ciotkę.

– TY SKURWYSYNU!!! – wydarła się jak opętana na rodzonego ojca. Frenetyczne szepty przeszły w rozwścieczony syk. – Stul pysk! Dobroć?! Słabe serce?! Jedno wielkie gówno, a nie serce!!! Wyście koło dobroci nawet nie przechodzili! Zostawiliście ją! ZOSTAWILIŚCIE NAS!!! Dla jakiegoś pieprzonego złota! Własne dzieci! Własną siostrę! Ona nas ratowała jak mogła, tyle że przed wami! Bo to wy byliście potworami, wy byliście źli i chciwi! Precz od niej! Precz! PRECZ!!!

Eleonora krzyknęła, odzyskując władzę nad sobą. Nagle nie czuła już ani lęku, ani bólu. Żadnego. Nie czuła pani Matyldy. Jedną ręką pociągnęła siostrę, drugą złapała dłoń ciotki. Pod jej dotykiem Klara Stern rozwarła szeroko oczy i drgnąwszy, opadła prosto w objęcia Karolka.

Tak.

Tik.

Tak.

Tik.

Tak-tik.

Tak-tik.

TAK-TIK.

Mknąc ku powierzchni czasu, usłyszeli jeszcze, jak widma Ludwika i Ireny Sternów zawyły jednym głosem. Nie żałościwie, z rozpaczą, tęsknotą za utraconymi córkami, o które dopiero co tak się dopominały, lecz zimną nienawiścią drapieżnika, któremu wyrwano ofiarę.

* * *

– Koniec końców, gdyby nie Dżusi i wybuch jej charakteru, poszłabym na dno razem z ciotką, a reszta dołączyłaby do nas wkrótce potem – zakończyła swą powieść Eleonora.

Palce Gerda na jej dłoni aż pobielały, tak mocno je zacisnął. W salonie sióstr Bolesnych przez długie minuty panowała głucha cisza. Nawet papuga, która przycupnęła w progu, uporawszy się z wafelkiem, trzymała dziób na kłódkę i tylko popatrywała na nich z zaciekawieniem.

– Powiedziałaś kiedyś, że w tym wszystkim nie chodzi o mnie – odezwała się wreszcie ciotka Klara, podnosząc przygaszony wzrok na starszą bratanicę. – Szesnaście lat temu też nie chodziło o mnie. Ani wcześniej. Nikomu nigdy nie chodziło o mnie.

– Dziecko – rzekła pani Matylda i wyciągnęła rękę. – Dziecko, co ty mówisz?

Tyle wystarczyło, żeby Klara Stern wtuliła się w dawną wychowawczynię i rozszlochała, a ta gładziła ją po głowie z niezdarną czułością i powtarzała:

– Już. No już. Płacz, dziecko. Płacz.

Pozostali czekali w cierpliwym milczeniu, jednocześnie mierząc się z własnymi myślami.

– Nie podziękowałam wam jeszcze – podjęła Klara, gdy już skończyły jej się łzy, a przez gardło znów dało się przecisnąć coś więcej niż niekontrolowane zawodzenie. – Eleonoro. Justy... Dżusi. Myślałam, że nikt po mnie nie przyjdzie.

– Jak to w ogóle możliwe, że nas nie znienawidziłaś? – zapytała Eleonora, sama na granicy płaczu. – Po tym wszystkim, co nasi… co oni… co ci wygadywali? Do czego cię zmuszali, zasłaniając się nami, chociaż tak bardzo się bałaś?

– I dobrze wiedzieli, że to nie są twoje wymysły, że ty naprawdę masz się czego bać – dodała jej siostra. Na samo wspomnienie tamtych słów krew znowu się w niej burzyła. Najchętniej strzeliłaby te widma w pysk, gdyby choć na mgnienie oka raczyły się trochę ucieleśnić.

– No… Nie obraźcie się, dziewczyny, ale wasz ojciec chyba nie był zbyt sympatycznym człowiekiem – Karolek ostrożnie zdobył się na szczerość.

– Zawsze powtarzam, że nie wolno ufać niskim ludziom, bo im się serce w gównie macza.

– Titku, przecież ty wzrostem wdałaś się w ojca...

– I właśnie dlatego noszę szpilki.

– Ale…

– Karolku, cichaj już – przerwał mu Gerd, starając się nie roześmiać.

– Ale…

– Cichaj.

– Okej…

– Oboje w gruncie rzeczy byli toksyczni – skwitowała Klara cierpko. – I Ludwik, i Irena. Pod tym względem nieźle się dobrali. Wygrywali na wyrzutach sumienia każdą możliwą melodię, od łzawej po wściekłą. A ja, zamiast to ukrócić, posłusznie wywijałam hołubce. No i mam za swoje.

– Nie tylko twoje bratanice były wtedy dziećmi, Klaro – wtrąciła pani Jadwiga, niczym tajemniczy głos rozsądku zza dymnej kotary. – I nie tylko one zostały porzucone przez Sternów na pastwę losu. Ty również, uświadom to sobie wreszcie. Walczyłaś o przetrwanie. Fizycznie – z powodzeniem, przeżyłaś, twoje bratanice też, macie wszystkie kończyny, komplet uzębienia, ogólnie funkcjonujecie bez szwanku. Za to psychicznie... Klasyczna trauma.

– No. Pani Jadwiga ma rację. Tylko że traumę to się leczy, a nie przekazuje dalej, cioteczko – zauważyła kąśliwie Dżusi.

– Tymczasem wyszła wam z tego sztafeta pokoleń – podsumował Gerd, spoglądając na Eleonorę. – W poszukiwaniu utraconej stabilizacji. Tom pierwszy: *control freak*, tom drugi: chorobliwy perfekcjonizm, tom trzeci: wesz na grzebieniu.

– Ach, dziękuję za to urocze porównanie.

– Hej, podobno wolisz dosadnie, no to masz.

Zaśmiali się wszyscy, może i niezbyt głośno, za to szczerze.

Naraz Karolek o czymś sobie przypomniał.

– A kim było to trzecie widmo? – zwrócił się do Klary. – Pamięta pani? Starszy facet, taki z brodą, trzymał się z tyłu, za waszymi rodzicami. Kto to był?

Ciotka ściągnęła brwi i odchrząknęła.

– Największe odkrycie tej przeprawy. W moim prywatnym odczuciu przebija nawet Ramzesa. To, moi drodzy, był ich wspólnik.

Tych sześć krótkich słów wystarczyło, by w salonie na chwilę zapanowało wielkie poruszenie. Udzieliło się nie tylko ludziom.

– Wspólnik?!

– Drugi?!

– Rrrany banaaany!

– Ale jak to?

– Rrraaany…!

– A poszedł mi stąd! Już! Już!

– Tak, zgadza się, drugi – Klara podniosła głos, żeby wzburzone towarzystwo przestało się nawzajem przekrzykiwać i skupiło znów na słuchaniu. – Drugi wspólnik. I utonął razem z nimi, więc raczej to nie on był psychopompem, który mnie zastąpił.

– Czyli z dwóch jego ofiar robią nam się trzy?

– Obawiam się, że tak. Niestety, ten… człowiek nie był zbyt rozmowny. Udało mi się z niego wydobyć tylko tyle, że nazywał się Hartman. Chyba. Cóż, tak przynajmniej zakładam, że to rzeczywiście jego nazwisko, że to dlatego wciąż mi je powtarzał. – Przygryzła wargę, po czym zebrała się w sobie i odpaliła ostatnią petardę: – Ale ja go skądś znam.

– Skąd?!

– Bywał na Lompy?

– To ktoś z rodziny?

– A może z uczelni? Jakiś znajomy Ludwika czy Ireny?

– Prędzej z branży.

– Och, właśnie! Współpracował z wami?

– Nie potrafię powiedzieć – ciotka Klara zaczęła ostrożnie. – Nie po tylu latach. Możliwe, że tak, Ludwik miał mnóstwo kontaktów, tu i w całym kraju. Ale na pewno już gdzieś widziałam tego człowieka, a nie sądzę, żeby znalazł się tam i zginął razem z nimi przez przypadek.

– No a co z notatnikiem?

– Nic. Kiedy próbowałam do niego dotrzeć, Ludwik… Ludwik od razu…

– Włączył starą melodię – domyśliła się Dżusi i znów zacisnęła zęby.

– Tak. A ja ugrzęzłam.

– Czyli wciąż nie mamy notatnika, wciąż nie znamy tożsamości psychopompa, za to znaleźliśmy trzecią ofiarę – wyliczył Gerd, po czym westchnął ciężko. – Niezły *body count*.

– Jest jeszcze czwarta ofiara, o której już chyba wszyscy zapomnieliście – wtrąciła Eleonora. – A co za tym idzie, jeszcze jeden morderca.

Olśniona Dżusi klasnęła w dłonie.

– No tak! Facet z Oculusa!

– Tak, właśnie. Kto go zabił? I czy ma to jakiś związek z Dżusi? Z nami? Z ciotką?

– No, nie wiem, jak ty, El, ale ja tam niezmiennie obstawiam Ramzesa.

– Nie wiem – przyznała ciotka. – Ale to całkiem pewny kandydat.

– Nie, nie powiedziałabym, że to był on – rzekła pani Jadwiga po długim namyśle.

– To nie był on – odparł Gerd, choć on również, pomny najświeższych odkryć, zastanowił się przez chwilę.

Pani Matylda nie wahała się ani sekundy.

– Na pewno nie.

Klara kolejny raz zmarszczyła brwi.

– Sama pani mówiła, że Ramzes jest zdolny do wielkiego okrucieństwa – przypomniała z łagodnym wyrzutem.

– Nawet sobie nie wyobrażasz, Klaro. Nawet sobie nie wyobrażasz. Ale nie tym razem.

– Skąd pani…? Ach. No tak.

– Wiedziałabym o tym, owszem. W każdej chwili mogłabym to sprawdzić. Co więcej, Ramzes jest tego w pełni świadom. Jak również tego, że nie wszystko mu wybaczę. Więc nie, to na pewno nie był on.

– Ciekawe. Czyli strzygoń też ma swoją nić?

– Oczywiście. Lecz tym krótszą, im mniej zostało w nim człowieka.

– A jak długa jest teraz nić Ramzesa?

Starsza pani pokręciła głową. W jej żółtych oczach zalśniła głęboka czułość, podszyta jeszcze głębszym smutkiem.

– Och, dziecko, dziecko. Jesteś pewna, że chcesz wiedzieć?

# Rozdział 17

Eleonora Stern z marsową miną stała przed lustrem, raz stawiając, raz kładąc kołnierz płaszcza, gdy tuż za nią wyrosła ciotka z Kotem w objęciach. Dziewczyna uśmiechnęła się do wspólnego odbicia ciepło, acz niepewnie. Bez rezultatu. Miała wrażenie, że chociaż Klara Stern wpatruje się w nią intensywnie, to wcale jej nie widzi.

– O tak… – wyrwało się ciotce wraz z oddechem.

– Naprawdę? – Eleonora odwróciła się do niej przodem. – Podoba ci się, ciociu?

– Tak? Co proszę?

– Nie wyglądam w nim… no wiesz. Dziwnie?

Płaszczyk z wełny, o klasycznym kroju, wdzięcznie podkreślającym wąską talię i kształtne nogi, leżał na niej doskonale. Ciotka Klara szybko się jednak domyśliła, że to nie fason budzi tu wątpliwości.

– Dziwnie? Nie, skądże. Raczej… – przez chwilę szukała właściwego słowa – …zaskakująco. Niecodziennie.

Nie pamiętam już, kiedy ostatnio widziałam cię w czymś tak kolorowym.

– Pomyślałam... – Przesunęła dłonią po materiale o żywej turkusowej barwie. – No wiesz. Pomyślałam sobie, że może czas coś zmienić.

– Dobry początek – przyznała ciotka. – Naprawdę dobry.

Krótkie, pojedyncze brzęknięcie domofonu wyrwało je z zamyślenia. Eleonora złapała pospiesznie torebkę i rękawiczki.

– Wybierasz się gdzieś?

– Gerd zaprosił mnie do kina. Uznaliśmy, że po tak... dynamicznym początku naszej znajomości spróbujemy dla odmiany czegoś normalniejszego.

– Co proszę? Eleonora Stern idzie do kina? I to jeszcze z mężczyzną? – wykrzyknęła Klara z udawanym zdumieniem. – Świat się kończy!

– Wprost przeciwnie, ciociu. On się chyba dopiero zaczyna – rzekła Eleonora i wyszła, zamykając za sobą drzwi.

Klara Stern została sama.

Ku własnemu zaskoczeniu, mimo introwertycznej natury i licznych fobii, tęskniła za tamtym okresem tuż po powrocie, kiedy tłoczyli się w piątkę w zagraconym mieszkaniu, odzyskując siły pod czujnym okiem pani Jadwigi, która przyjeżdżała dwa razy dziennie z baterią kroplówek i zastrzyków. Dżusi z Karolkiem zaanektowali zieloną wersalkę w salonie. Gerd, choć w sumie mieszkał niedaleko, odmówił nocowania u siebie i z nielicznymi przerwami na szybki wypad do pobliskiego sklepu prawie nie odstępował Eleonory. Jak przez mgłę słyszała ze swojego pokoju rozmowy całej czwórki, raz wspólne, raz w podgrupach, coraz częściej przeplatane śmiechem. Ten śmiech przynosił jej ukojenie, pozwalał zapaść w sen bez koszmarów. Czuła się bezpieczna.

Nie pozwoliły jej utonąć. Przyszły po nią.

Później też przychodziły, podczas gdy ona leżała z nieodłącznym Kotem u boku, zapatrzona we wzorzysty baldachim, i stopniowo odzyskiwała panowanie nad ciałem i myślami. Z początku żadna z nich nie umiała zdobyć się na swobodę, dlatego zasłaniały się pretekstami – ot, przyszły ze świeżą herbatą. Albo z miseczką pożywnego rosołu z makaronem. Żeby zabrać brudne naczynia. Zapytać, jak się czuje. Czy niczego jej nie trzeba? Żeby otworzyć okno, a potem, rzecz jasna, zamknąć je z powrotem. Wreszcie zaczęły mówić, początkowo jedynie szeptem na granicy ciszy. Zaczęły słuchać. Aż wreszcie monologi przeszły w dialog.

Rzecz jasna, fobie, traumy i wzajemne żale, przez szesnaście lat hodowane w cieplarnianych warunkach, nie zniknęły jak za dotykiem czarodziejskiej różdżki, lecz pojawił się cień zrozumienia. Zwłaszcza u Eleonory, choć nie tylko. Tuż przed powrotem do Opola Dżusi, żegnając się z nimi, podeszła i przytuliła ciotkę. Może z wahaniem, które raczej nikomu nie umknęło. Może niezbyt mocno. Ale jednak.

A przede wszystkim uczyły się ze sobą przebywać i nie kłócić o byle pierdołę. Tu okazji raz po raz dostarczał im Karolek. Odzyskawszy siły, wpadł w amok i godzinami miotał się po kuchni, produkując kolejne potrawy i stanowczo domagając się ich natychmiastowej konsumpcji w celu zwolnienia garnków.

– On tak ma – wyjaśniła Dżusi przepraszająco, kiedy kolejny raz zagonił je do stołu. Kopiaste porcje makaronu ledwo mieściły się na talerzach. – W ten sposób odreagowuje stres.

– Całkiem nieźle odreagowuje…

– Nieźle? – Eleonora wciągnęła oblepioną sosem nitkę do ust. – Ta carbonara jest boska! Czy przewidziano może dokładkę?

– Uważaj, ten sos idzie w biodra – ostrzegła ją ciotka.

– Chętnie go tam nawet podwiozę.

– No mówiłam przecież, co nie? Pod niektórymi względami Karolek jest trochę domorosłym Bearem Gryllsem, a trochę sierotą batalionową, ale ma też pewne zalety.

– Dość, żeby...? – Eleonora wskazała widelcem pierścionek zaręczynowy.

– Nie wiem, El. Może – odparła wymijająco.

– Wiesz, Dżusi nie chcę się wtrącać...

– Ale?

– ...ale chyba nie tak łatwo znaleźć faceta, który bez drgnięcia powieki przyjmie podróże w czasie...

– Oj tam, Karolek na samo hasło „wyprawa" dostaje małpiego rozumu. Polezie wszędzie.

– ...tyle trupów, że już się nie mieszczą w rodzinnej szafie – ciągnęła Eleonora – marsze upiorów, scytyjskiego strzygonia, mojry oraz naszą ciotkę.

– I do tego robi świetną carbonarę – dodała Klara Stern znad pustoszejącego talerza, skwitowawszy ostatnie słowa starszej bratanicy jedynie wymownym uniesieniem brwi.

Teraz w kuchni znów panowała głucha cisza, podobnie jak w całym mieszkaniu. Stół pod oknem świecił pustkami. Garnki wróciły do szafek, żeby zarastać nowymi warstwami kurzu. Dżusi z Karolkiem byli u siebie, w Opolu. A Eleonora kupiła sobie turkusowy płaszcz i poszła na swoją pierwszą randkę z Gerdem. Tak po prostu, jak gdyby w jej życiu nie zaszło nic osobliwego. Nic, co wracałoby do niej w snach.

Ignorując oburzone fuknięcia, Klara Stern odstawiła Kota na podłogę i podeszła bliżej lustra.

Ona wciąż pamiętała swoją pierwszą przeprawę i każdą następną. Pamiętała strach i poczucie osamotnienia. Zwidy. Zbłąkane fantasmagorie, upiory przeszłości, które wracały za nią i nie odstępowały często przez całe miesiące. Nikt poza nią ich nie widział ani nie słyszał, nie tu, nie na powierzchni czasu. I nikt poza nią nie dostrzegał zmiany, jaka w niej zachodziła.

Otworzyła oczy szeroko, jak najszerzej, wpatrując się intensywnie w swoje odbicie w lustrze.

Był tam. Złoty poblask, który dostrzegła któregoś dnia, dawno, dawno temu, a który z przeprawy na przeprawę stawał się coraz wyraźniejszy, aż wreszcie przybrał postać bursztynowej obwódki wokół każdej ze źrenic. Znała ją. Wiedziała, co oznacza.

Odetchnęła głęboko i zacisnęła powieki. Zazdrość walczyła w niej z bezbrzeżną ulgą. Oczy Eleonory wyglądały zupełnie normalnie. Eleonorze nic nie groziło, ani z tej strony, ani z żadnej innej. Radziła sobie lepiej, nawet z upiorami, które i ją nękały, bo po prostu była starsza niż Klara wtedy. Była dorosła. Nikt jej do niczego nie zmuszał. To ona zdecydowała, że się przeprawi – a co najważniejsze, nie przeprawiła się sama. Zebrała wierną drużynę, która podjęła się z pozoru niewykonalnego zadania.

Aż ją skręciło w żołądku.

Wracając tamtego dnia od pań Bolesnych, wszyscy mieli o czym myśleć. Podróże w czasie. Trupy. Upiory. Mojry. A teraz jeszcze strzygoń do kompletu. Jednak Karolek, który siedział z przodu, dumał nad czymś wyjątkowo intensywnie, jak gdyby od tego, co wyduma, zależały losy całego wszechświata.

– Ale tak właściwie… to dlaczego Ramzes?! – odezwał się nagle i szarpnął na siedzeniu pasażera z takim ożywieniem, że niewiele brakowało, by zaskoczona Dżusi wdepnęła hamulec.

– Rany boskie, człowieku, ostrzegaj!!! Mam nas wkomponować w latarnię?!

– Co Ramzes? – Klara Stern w pierwszej chwili nie zrozumiała, o co mu chodzi.

– Dlaczego Ramzes? Facet ma skromne półtora tysiaka na karku, a to trochę za mało na egipską mumię, prawda? Z kolei pani Matylda twierdzi, że facet jest z pochodzenia Scytą. Nie wiem, jak wy, ale ja bym jej tam wierzył, sprawia wrażenie zorientowanej w... tych sprawach. Więc dlaczego Ramzes? Ramzes Scyta? Serio? Przecież to nie może być jego prawdziwe imię.

– Prawdziwego to on już pewnie nawet nie pamięta – zauważył Gerd, który siedział z tyłu między najstarszymi Sternównami. – Obstawiałbym raczej fikuśną branżową ksywkę. Pasuje jak ulał. Mógłby grać faraona bez charakteryzacji, z tymi rysami, ciemną skórą, łysą głową...

– I wewnętrzną pustką, jakby go wypatroszyli przez nos szydełkiem – burknęła Dżusi zza kierownicy. – Zresztą, co to w ogóle za pytanie? Mało to ludzi ponosi wyobraźnia, kiedy zastanawiają się nad imieniem? O, proszę, żeby daleko nie szukać. – Skinęła brodą na wsteczne lusterko. – Gerd. W zasadzie dlaczego właśnie Gerd? Twój stary to fanatyk Andersena? Pół mieszkania zajebane baśniami?

– Titku!

Oburzenie narzeczonego jak zwykle po niej spłynęło.

– Och, tak się tylko mówi.

– No to brzydko się mówi.

– Brzydko to się mówi „wziąść". Albo „włanczać".

– Gerd to zdrobnienie od Gerard – wyjaśnił zegarmistrz, przerywając ich przepychanki. – Rodzina ze strony ojca ma niemieckie korzenie, dlatego wszyscy nosimy niemieckie czy tam niemieckobrzmiące imiona. Jest Hugo, czyli nasz ojciec, no i nasza czwórka, Oskar, Adela, Konrad i Gerard. Taka tradycja. Nie narzekam, chociaż w szkole zdarzało mi się tego i owego solidnie trzepnąć za podśmiechujki. To teraz może poszukajmy jeszcze bliżej – skąd w ogóle ten Titek?

Nieoczekiwanie Karolek spurpurowiał i nadął się lekko.

– To są sprawy intymne i wolałbym ich nie roztrząsać!

Gerd uniósł dłonie w geście poddania.

– Dobra, dobra, nie było tematu. Więc dlaczego Dżusi?

– A pamiętasz z dzieciństwa gumę Juicy Fruit?

– Jasne! W takim żółtym opakowaniu z czerwonym napisem, co nie? Woniała owocami na kilometr.

– Właśnie ta. Dzisiaj już tak nie pachnie…

– Czekaj, mówisz poważnie? – Gerd nachylił się w stronę dziewczyny za kierownicą. – Twoja ksywka wzięła się od gumy balonowej?

Dżusi wzruszyła ramionami.

– Miałam ponure dzieciństwo w ponurej rodzinie, w ponurym mieszkaniu w szaroburym budynku w szaroburej dzielnicy. Kiedy pierwszy raz ktoś mnie poczęstował tą gumą… jakbym zakosztowała zupełnie innego świata. Marzyłam, że kiedyś tam ucieknę i nigdy nie wrócę. Zaczęłam od zmiany imienia, bo zawsze mnie wkurzało, że jest takie… zwyczajne. Klara, Eleonora – trącą lekkim retro, ale mają swój wdzięk, prawda? A ja co? Justyna. No szał. Na dodatek wszyscy mówili do mnie Justynka. Albo, co gorsza, Justysia! Słyszysz to? Justyśśśśśśśśśa! Śśśśśśśśś! I nawet nie mogłam nikogo za to trzepnąć, jak ty, bo nie doskoczyłam. Tyle mojego, że droga od byle jakiej Justyny z krainy ponurości do wspaniałej Juicy ze świata cudów była już krótka.

Wtedy Gerd przypomniał sobie absurdalną rozmowę, jaką odbył na klatce schodowej z gadatliwą sąsiadką Sternówien.

– A skoro już o dziwnych imionach mowa, to od czego w zasadzie wzięła się Bimbowa?

– No jak to? Przecież, że od Bimba!

– Od tego psa?

– Tak, od psa – potwierdziła ciotka Klara. – Na przestrzeni ostatnich trzydziestu lat w naszej klatce sporo się zmieniło, tylko ten pies jest ciągle ten sam. Znaczy, wiadomo, to już któryś tam kolejny egzemplarz, chyba czwarty czy piąty. Ale to zawsze jest jamnik i zawsze ma na imię Bimbo.

– Wasza sąsiadka jest konsekwentna – skwitował Karolek, któremu poziom tolerancji na dziwactwa ostatnimi czasy podniósł się mocno i poniekąd samoistnie. – Albo ma naprawdę kiepską pamięć.

– No dobra, Bimbowa, bo Bimbo, logiczne, kupuję to, ale jak Bimbowa nazywa się naprawdę?

– Zastrzel mnie – odparła krótko Dżusi, kolejny raz zerkając we wstecznym lusterku na Gerda, a potem na siostrę. – El?

– Nie wiem. Nawet nasz listonosz mówi o niej zawsze per pani Krysia.

Samochód zatrzymał się na skrzyżowaniu w oczekiwaniu na zielone światło. Dżusi wrzuciła szybko luz i odwróciła się na tyle, na ile pozwalał jej zapięty pas, by wspólnie z resztą wwiercić spojrzenie w ciotkę Klarę.

– Ciociu? Ty znasz Bimbową najlepiej, na pewno wiesz.

Zamyśliła się.

– Pojęcia nie mam, prawdę mówiąc – przyznała wreszcie. – Dla mnie to zawsze była Bimbowa. Zawsze, odkąd sięgam pamięcią.

* * *

Otworzyła oczy i spojrzała w lustro. Zazdrość ustąpiła wyrzutom sumienia. Chowając się przed własnymi demonami, tak bardzo zamknęła się w sobie, że nie wiedziała nawet, dlaczego jej mała Justyna nagle stała się zadziorną, pstrokatą Dżusi, chociaż mieszkały pod tym samym dachem.

Nagły pisk psa na klatce schodowej oderwał ciotkę Klarę od przykrych myśli. Sądząc, że to może Eleonora czegoś zapomniała, wyjrzała na zewnątrz. Zamiast bratanicy zobaczyła jednak eksplozję szczęścia w postaci Bimba, szczerze zachwyconego spotkaniem z listonoszem, oraz tego burkliwego młodego człowieka, którego imienia też nie mogła skojarzyć. Dziewczyny miały podobny problem, dlatego mówiły o nim Junior czy jakoś tak. Łypnął przelotem w jej stronę, szarpnął za smycz i powlókł popiskującego psa na spacer.

– Dzień dobry, panie Mądrzywołku – przywitała się serdecznie. Lubiła go, choć z listonosza był taki sam plotkarz jak z pani Krysi. Nic się przed nim nie uchowało.

– Dzień dobry, panno Klaro – odparł listonosz Mądrzywołek, uchylając czapki, i zaczął wrzucać przesyłki do odpowiednich przegródek. – Jak tam zdrowie szanownych pań?

– A dziękuję, już w porządku, stanęłyśmy na nogi. Pan to jak zwykle doskonale poinformowany.

– Cóż począć, fach zobowiązuje.

– Niech zgadnę. Pani Krysia wiernie trwała na posterunku i puściła wieść w obieg.

– Pudło, panno Klaro, pu-dło! Tym razem autopsja, co napawa mnie szczególną dumą. Otóż nie było dnia, żebym się nie minął w bramie z pewną starszą panią z lekarskim kuferkiem.

– Ach, no tak. Pani profesor nas ratowała w potrzebie.

– Energiczna kobieta, nie ma co. Hasała po tych stopniach jak sarenka. Teraz to już takich ludzi nie robią, panno Klaro. Zupełnie jak pan starszy, ten z pierwszego piętra, pani go pewnie nie pamięta – głowa siwa, a grzbiet prosty, człowiek jak dąb, nie do zdarcia. Ale to jeszcze przedwojenna produkcja, panno Klaro, na porządnych częściach.

– Przecież, że go pamiętam. Zawsze się dziwiłam, jak ktoś tak cichy wytrzymuje z taką gadułą jak pani Krysia. On zmarł na serce, prawda?

– Nie, nie, panno Klaro, pani myśli o panu Rudolu – poprawił listonosz. Wrzucił ostatni list do przegródki i zamknął skrzynkę. – Waldemar Rudol to był świętej pamięci mąż pani Krysi. Dobry człowiek i tak, bardzo cichy, to prawda. Jemu rzeczywiście zmarło się na zawał, kiedy ten ich syn był jeszcze w liceum. A ja mówię o panu starszym, czyli jej ojcu. Pamiętam, że bardzo się lubili z panem Ludwikiem – ciągnął Mądrzywołek, bez udziału woli wypinając brzuch i kołysząc się na piętach, jak zawsze, ilekroć pogawędka zaczynała się przedłużać – i to mimo sporej przecież różnicy wieku. Często go u nich zastawałem, tam, na górze. – Naraz znieruchomiał i westchnął ciężko. – No i proszę, jakiego im los potem spłatał figla...

Przerwał, bo nagle między jego nogami zakłębiło się od psiego pisku i szczęścia. Klnąc pod nosem, wnuk sąsiadek wpadł do bramy zaraz za Bimbem. Po krótkiej, acz intensywnej walce zdołał wreszcie unieruchomić jamnika i uwolnić listonosza ze splątanej smyczy.

– Obawiam się, że nie rozumiem – powiedziała Klara, kiedy obaj sprawcy zamieszania wspinali się już na półpiętro. – Jaki los? Jakiego figla?

– Nie pamięta pani? Pan starszy zaginął przecież, tak samo jak pani brat i bratowa. Wyobraża pani sobie? Jedna klatka i aż dwa zaginięcia na przestrzeni paru lat, z czego jedno podwójne. To się nazywa pech!

Zmartwiała. Poza nią i panią Matyldą nikt nie wiedział, że ze strachu przed domem dziecka czekała z oficjalnym zgłoszeniem zaginięcia Sternów do czasu, aż najmłodsza z nich Dżusi osiągnęła pełnoletność. Czyli dekadę.

Czy to był tylko figiel losu? Zwykły zbieg okoliczności? Czy może jednak coś więcej?

Ile lat dokładnie minęło od zaginięcia sąsiada?

– Dawno temu to było?

– Czy dawno… – Mądrzywołek wypuścił powietrze przez rozchylone usta. – Z dziesięć lat będzie na pewno, jeśli nie więcej… Piętnaście? Tak, chyba jakoś tak. Ech, szmat czasu, a pani starsza wciąż...

Ciąg dalszy całkowicie umknął Klarze Stern. Na chwilę pociemniało jej przed oczyma. Gdzieś w tle usłyszała trzaśnięcie ciężkiej bramy, poszczekiwanie oraz prędkie kroki na schodach, zmierzające wyżej, na piętro.

– Panie Mądrzywołku, a pamięta pan może, jak się nazywał pan starszy? Ojciec pani Krysi?

– Proszę, panno Klaro, o co pani mnie pyta? Ja, stary listonosz, miałbym nie pamiętać?

– Nie aż tak stary, panie Mądrzywołku – grzecznie wyrecytowała formułkę, jaką wszyscy spodziewają się usłyszeć w podobnych okolicznościach.

– Żeby to była prawda, panno Klaro! – Listonosz zaśmiał się z zadowoleniem, po czym zmarszczył czoło. – Niech no tylko pomyślę… Józef? Tak, Józef. Józef Hartman.

## Rozdział 18

Powietrze za progiem było aż ciężkie od zaduchu i mieszanki woni – suszonej lawendy, stęchlizny, ludzkiego potu i psiej sierści. Po pierwszej chwili zawahania Klara Stern zamknęła za sobą drzwi i zaczęła się przeciskać w głąb mieszkania na pierwszym piętrze.

Rozmiarami i rozkładem pomieszczeń stanowiło lustrzane odbicie ich mieszkania, trzy pokoje, łazienka i kuchnia. Sądząc po tym, w którym oknie objawiała się zazwyczaj, drugi od prawej pokój od ulicy zajmowała Starsza Bimbowa. Pani Hartman.

Starsza z sąsiadek spod czwórki dobiegała setki i może i była nieco zdziwaczała, ale Klara nigdy nie posądzałaby ani jej samej, ani jej córki o pociąg do kompulsywnego zbieractwa. Tymczasem już w przedpokoju tłoczyły się regały, komody i szafki o różnym stopniu zdezelowania, zapchane pudłami, aktówkami, książkami i innymi szpargałami, które czyjaś niedbała ręka powciskała byle jak, byle gdzie. To tu, to tam jakiś świstek zwisał smętnie na podobieństwo utrąconego skrzydła. Również na podłodze po kątach piętrzyły się chybotliwe sterty, dla których zabrakło już wolnych półek. Klarze wystarczył rzut oka przez kolejne uchylone drzwi, by stwierdzić, że pozostałe pomieszczenia, z łazienką włącznie, wcale nie wyglądały lepiej.

Naraz zakręciło ją w nosie od kurzu. Kichnęła raz i drugi, od serca, aż oczy zaszły jej łzami. Z braku chusteczki otarła je rękawem i wtedy jej wzrok przypadkiem spoczął na rzędzie książek w obwolutach z brązowego papieru. Na jednym z grzbietów naklejony był kawałek gęsiej skórki, poszarzałej od kurzu i starości, z wypisanym odręcznie autorem i tytułem. Bezbłędnie rozpoznała pismo Ludwika. Przebiegła jeszcze spojrzeniem po kolejnych półkach, raz po raz wyławiając znajome litery.

A więc listonosz mówił prawdę. Jej brat rzeczywiście tu bywał, i to często.

Nie wspominając bratanicy o swoim odkryciu, przez cały dzień i sporą część nocy zastanawiała się, co począć z tym fantem. W jaki sposób – po tylu latach wymówek i wykrętów, by nie odwiedzać nazbyt rozmownej pani Krysi ani tym bardziej nie zapraszać jej do siebie – dostać się teraz do mieszkania sąsiadek i na spokojnie rozmówić ze staruszką, najlepiej w cztery oczy? Jak ją wypytać, dlaczego tak się ożywia, ilekroć widzi którąś z nich, i aż do zachrypnięcia krzyczy, że pamięta?…

Tym razem los wyjątkowo jej sprzyjał, choć zapewne biedny Bimbo ująłby to inaczej. Eleonora była już dawno na dyżurze w bibliotece, gdy wczesnym przedpołudniem do ich drzwi załomotała roztrzęsiona Młoda Bimbowa – czy też raczej Krystyna Rudol, choć ciotka wciąż nie mogła się przestawić – z półżywym jamnikiem w czułych, matczynych objęciach.

– Ach, Klarciu, ty wiesz co, że on znowu zeżarł jakieś świństwo na podwórku i ledwo zipie, biedaczysko, a przecież tyle razy już tak było, że zeżarł, mówiłam mu, żeby więcej nie żarł, czy on się nigdy nie nauczy, żeby nie żreć, och, i co ja teraz pocznę, Klarciu, jemu trzeba lekarza, lekarza, a wnuk chyba w pracy, bo nawet telefonu nie odbiera, chociaż ja dzwonię i dzwonię, czemu on nie odbiera, co ja mam robić, Klarciu, co ja mam robić, moja matka, mój wnuk, dlaczego on znowu coś zeżarł?!

Nie namyślając się długo, Klara ściągnęła taksówkę i wysłała panią Krysię, która w nerwach paplała jeszcze więcej i szybciej niż zwykle, prosto do weterynarza razem z targanym torsjami Bimbem. Sama zaś, zostawiwszy własne mieszkanie pod opieką Kota, czym prędzej wspięła się na pierwsze piętro, żeby doglądać staruszki pod nieobecność jej córki.

Tak jak przypuszczała, znalazła Starą Bimbową w drugim pokoju po prawej. Zewsząd otaczały ją zwały staroci, rupieci i szpargałów. Bezcenne antyki, za które znawca dałby się pokroić, mieszały się ze zwykłym barachłem. Nawet wysoko, pod samym sufitem, na szczytach mebli piętrzył się fajans. Na tym tle zwisająca z karnisza nakrochmalona firanka aż biła po oczach bielą, podobnie jak pościel na łóżku, które ktoś wcisnął między komody i komódki. Zapach kwiatowego płynu do płukania nie miał jednak większych szans z wonią butwiejącego papieru, starego kurzu i moczu.

Ostrożnie, by przypadkiem nie ściągnąć sobie na głowę lawiny gratów, Klara przecisnęła się wąskim przesmykiem między meblami i nie bez obaw zajęła chybotliwe krzesło po drugiej stronie stolika, przy którym siedziała wdowa po Hartmanie. Garbiąc się w niskim foteliku pod oknem, myślami gdzieś daleko stąd, zaciskała powykręcane artretyzmem palce na kapie, która okrywała jej nogi. Ktoś, zapewne córka, zostawił jej na stoliku kubek z arcorocu, pełen wody, pudełko ptasiego mleczka, szeroko otwarte i już napoczęte, paczkę chusteczek higienicznych i krzyżówkę. Spomiędzy kolorowych kartek wystawał długopis o ubrudzonym tuszem koniuszku.

Klara nachyliła się w kierunku staruszki i omiotła wzrokiem jej twarz o skórze pomarszczonej i cieniutkiej jak bibuła. Od czego powinna zacząć? Nie wiedziała nic o tej kobiecie. O jej mężu, jej życiu, jej chorobie. Nic a nic. Nie pamiętała nawet, by się kiedykolwiek spotkały. Miała wrażenie, że widywała ją wyłącznie w oknie od ulicy – czyżby staruszka chorowała już wcześniej, przed zaginięciem męża? A może to raczej zapatrzona w czubek własnego nosa młodość i nadmiar ówczesnych problemów sprawiały, że Klara po prostu jej nie dostrzegała? Teraz miała jedynie nazwisko oraz cień nadziei, że to coś więcej niż zwykły zbieg okoliczności, że Hartman, który przeprawił się razem ze Sternami i utonął z nimi w styczniu tysiąc dziewięćset czterdziestego piątego roku, rzeczywiście był tym samym Hartmanem, który swego czasu mieszkał piętro wyżej. Nawet nie umiała go sobie dobrze przypomnieć, choć w ciągu szesnastu lat zdarzało im się przecież mijać na klatce schodowej czy na chodniku przed bramą. Jej pamięć zredukowała wszystkie wspomnienia do ciężkich kroków na schodach, wody kolońskiej i szarej marynarki w jodełkę. Jeden dźwięk, jeden zapach, jeden kolor – tylko tyle zostało z człowieka.

Tyle i zbłąkany upiór po tamtej stronie czasu.

– Pani Hartman? – zagaiła cicho. – Słyszy mnie pani? Pani Hartman?

Stara kobieta, żywe widmo o potarganych siwych włosach, przez chwilę wpatrywała się w nią pustymi, wodnistymi oczami. Aż naraz ożyły.

– Ja pamiętam, pamiętam! Nie zapomniałam! Pamiętam! Pamiętam!!! – pokrzykiwała coraz głośniej, nie puszczając kapy, tylko szarpiąc ją gwałtownie. – Wszystko pamiętam! Wszystko! Nikt mnie nie słucha, ale ja pamiętam, pamiętam!

– Ja pani słucham! – Klara zapewniła ją natychmiast. – Ja słucham, pani Hartman. Teraz już tak.

Lecz ta wciąż się szarpała, wciąż krzyczała, choć już nie tak donośnie, za to bardziej zgrzytliwie:

– Ja pamiętam. Pamiętam!

– Wiem. Wiem. Już. Spokojnie. – Delikatnie, by jej nie wystraszyć, Klara pogładziła staruszkę po dłoni. – Wiem. Dlatego tu przyszłam. Pani pamięta. Ale co? Kogo?

– Pamiętam, pamiętam, pamiętam... – mruczała pod nosem przez chwilę. W końcu sięgnęła do otwartego pudełka po kawałek ptasiego mleczka i zaczęła go cmokać. Rozpuszczająca się polewa brudziła jej sękate palce, ale cukier jakby na nowo puścił w ruch zardzewiałe już trybiki w głowie. – On. On tu do nas przychodził, proszę ja ciebie. Ten chłopiec, w okularach. Biedny taki, bez ojca. Biedny.

– Ludwik?

– Tak, Ludwiś! Ludwiś. Ty znałaś Ludwisia? Mój Józek go tak hołubił. On bez ojca, my bez syna, bo mu się zmarło na tyfus. Ot, Bóg dał, Bóg wziął, było dziecko i nie ma, nie ma dziecka… nie ma… Ty znałaś Ludwisia?

– Tak, pani Hartman. To był mój starszy brat – wyjaśniła łagodnie. – A ja jestem Klara, pamięta mnie pani? Zna?... Klara Stern.

Zdawało się, że w ogóle nie usłyszała odpowiedzi, bo jej wodniste oczy, jakby do cna wypłakane, zapatrzyły się gdzieś w przestrzeń.

– On tu do nas przychodził, proszę ja ciebie – mówiła dalej. – Codziennie przychodził, kanapki mu nawet robiłam. Najbardziej lubił z serkiem topionym i ogórkiem, ale kiszonym, nie świeżym. Świeżego to nie. Grubo mu smarowałam, chyba że serek to był ten z szynką, to wtedy cieniej, bo wiesz, ten z szynką to nie zawsze się dostało. Jego się kupowało w takich jakby serdelkach, proszę ja ciebie. Śmiesznych takich. Tak. Ludwiś czasem to i ze trzy takie kanapki zjadał, jak długo siedzieli. Lubili się z moim Józkiem, bardzo. Bardzo. Biedny taki. Mój Józek mu pomagał, wiesz? W pracy mu pomagał, proszę ja ciebie. Nauczył go wszystkiego, co sam umiał. Bo Ludwiś to był mądry chłopiec, proszę ja ciebie, studiował!

*Słuchaj Ludwika, Klarciu.*

Wystarczyło echo tamtych słów, by zawartość żołądka dźwignęła jej się do gardła. Klara kilkakrotnie przełknęła ślinę, ni to gorzkawą, ni to kwaśną.

– A czym zajmował się pani mąż? – podjęła, gdy mdłości minęły.

– Mój Józek? No jak to? To ty nie wiesz? W muzeum pracował. Tym tutaj, naszym. Tutaj – powtórzyła z naciskiem. – Mój Józek to i może żadnych ważnych szkół nie pokończył, proszę ja ciebie, ale swoje wiedział. Wiedział, tak. Sami profesorowie mu się kłaniali za to, co on wiedział. A to wszystko jego, wszystko! O! – Staruszka zadarła głowę i drżącą ręką wskazała nagromadzone wokół hałdy. – Cuda. Źródła. Dokumenty, ważne dokumenty, bardzo ważne! Ja tu pilnuję, proszę ja ciebie, żeby nikt niczego nie zabrał. Józek kazał, to pilnuję. Trzeba pilnować. Źli ludzie robią złe rzeczy. Węszą! Trzeba pilnować. Józek kazał, tak. I Ludwiś.

*Oni nas szukają. Znajdą nas.*

– Co Ludwiś? – zapytała szybko, starając się nie słyszeć płaczliwego głosu bratowej.

– Kazał. Kazał. Kazał – powtarzała staruszka.

– Ale co takiego kazał? Kazał pilnować?

– Tak, tak! Pilnować. Tak. Ludwiś kazał pilnować. Ja pamiętam. Pamiętam, ja nie zapomniałam! – zakrzyknęła raz jeszcze, aż naraz gdzieś w jej siwej, nieszczęsnej głowie na chwilę zabrakło chyba styku, bo spojrzała na Klarę ze szczerym zdumieniem, jak gdyby dopiero teraz się zorientowała, że wcale nie mówi do siebie. – Ach! Ty znałaś Ludwisia?

– Tak, pani Hartman. Znałam Ludwisia – powtórzyła cierpliwie. Odruchowo, jak zawsze, ilekroć dopadał ją stres, sięgnęła do kieszeni po papierosy, ale bała się zapalić, żeby nie puścić z dymem tej całej rupieciarni. Nagle uzmysłowiła sobie, że ich mieszkanie wyglądałoby pewnie tak samo, gdyby nie zmysł organizacyjny i pedanteria Eleonory. Tonęłyby w reliktach przeszłości, kurzu i smrodzie. – Znałam jak mało kto. Niech mi pani jeszcze opowie o Ludwisiu.

– Oni się bardzo lubili, z moim Józkiem, wiesz? Pracowali razem. Mój Józek to nie był byle kto, proszę ja ciebie. Ludwiś przyszedł i poprosił, żeby znowu tam poszli. Bo najpierw chodzili tam często, a potem to wcale. Mój Józek nie chciał. Mówił, że jest już za stary. Że ma dość. Że teraz Ludwiś poradzi sobie sam. Ale Ludwiś tak prosił, to poszli znowu, bo oni się bardzo lubili z moim Józkiem, proszę ja ciebie.

I jak już mieli iść, wtedy, co tam poszli, to Ludwiś przyniósł i schował, i kazał pilnować. Niech pani pilnuje, tak mówił. Niech pani pilnuje i nikomu, nikomu! Nic. Słowem. Ona przyjdzie. Ja pamiętam, nie zapomniałam. Tak właśnie mówił Ludwiś. Jeśli ja nie wrócę, powiedział, to wtedy ona przyjdzie.

Klara pospiesznie wysupływała z chaosu pojedyncze skrawki informacji – czy dobrze zrozumiała? To Hartman wciągnął Ludwika w przeprawy? Tak, chyba tak... Najpierw pracowali razem, dopóki Hartman nie zrezygnował. To musiało się wydarzyć, jeszcze zanim odkryła swój dar. Aż pewnego dnia z jakiegoś powodu Ludwik raz jeszcze poprosił sąsiada o pomoc. Dlaczego? Czyżby coś przeczuwał?

– Ona przyjdzie? – powtórzyła w zamyśleniu. – Ale jaka ona, kto? Irena?

– Co za Irena?

– Żona Ludwika.

– Ach, a skąd, jaka żona? – oburzyła się staruszka. – Pierwsze słyszę, żeby Ludwiś miał jakąś żonę, biedny chłopiec. Biedny.

– To może któraś z córek? Eleonora? Justyna?

– Nie, nie, nie... Córki, jakie... jakie córki?... Ach. Klara. Klara! Tak. Klara. Ona przyjdzie. Przyjdzie po to. Tak właśnie mówił Ludwiś. To był mądry chłopiec, proszę ja ciebie. Mądry. Oni się bardzo lubili. Tak. Ja pamiętam, pilnuję. Nie zapomniałam. Nigdy.

– Pani Hartman... – Wstała z krzesła i przyklękła przy staruszce, spojrzała prosto w jej zamglone oczy w nadziei, że dostrzeże w nich jeszcze tę jedną, ostatnią iskrę zrozumienia. – Pani Hartman, Klara to ja. JA. Rozumie pani? Ja jestem Klara. Przyszłam.

– Przyszłaś?… No to czemu nic nie mówisz, że przyszłaś? – oburzyła się nagle. – Przecież ja to tu mam! Dla ciebie. Ja pamiętam, ja nie zapomniałam.

Staruszka puściła wreszcie kapę i wcisnąwszy dłoń pod siebie, między wysłużone poduszki fotela, przez chwilę mocowała się z ciężarem i słabością własnego ciała. W końcu jednak zdołała wydobyć spomiędzy nich jakiś przedmiot, z wielką pieczołowitością zawinięty w reklamówkę, i wręczyła go Klarze.

Reklamówka była żółta, z ciemnoniebieskim logo Pewexu.

W środku znajdował się gruby zeszyt w skóropodobnej oprawie.

Zaginiony notatnik Ludwika Sterna.

## Rozdział 19

Był późny wieczór, już dawno zdążyły się wykąpać i leżały każda w swoim łóżku, kiedy Gerd zadzwonił do drzwi. Przez kilka minut czekał cierpliwie na wycieraczce, aż ciotka skończy gromić bratanicę za podanie mu kodu do domofonu, po czym ubiegł ciąg dalszy, od progu oznajmiając rudowłosej furii, że przynosi wieści, które mogą ją zainteresować.

Dostał kwadrans i krzesło pod kuchennym oknem. Od razu przeszedł do rzeczy.

– No więc Józef Hartman pracował jako konserwator w Muzeum Śląskim – zaczął, siadając przy stole, na wprost Eleonory. Wyciągnął z plecaka notes i otworzył na pierwszej z kilkunastu gęsto zapisanych stron. – W tysiąc dziewięćset siedemdziesiątym roku oficjalnie przemianowanym na Muzeum Narodowe. We Wrocławiu.

Klara Stern, która stała oparta o zlew, zmarszczyła czoło i sięgnęła do kieszeni szlafroka po paczkę papierosów.

– We Wrocławiu... – powtórzyła do siebie, zapalając papierosa. Pokiwała głową. – No tak. „Tutaj." – Otaksowała zegarmistrza niechętnym spojrzeniem. – No? I co? – zapytała ostro. – To wszystko, panie Falk? Zawraca mi pan głowę o dwudziestej trzeciej, bo rozgryzł pan jeden majak wiekowej starowinki?

– O, ciocia znów w formie, jak widzę.

– Pomału się rozgrzewam – odwarknęła. – Mogę panu pogratulować wiekopomnego odkrycia, tylko co nam ono niby daje?

– Jeszcze nic konkretnego, panno Stern. Ale zacznie nam dawać trochę więcej, kiedy dodamy do tego faktu drugi fakt, że od... marca tysiąc dziewięćset pięćdziesiątego trzeciego dyrektorem był tam niejaki Gębczak. Też Józef.

Ciotka wzruszyła ramionami.

– Nic mi to nie mówi – stwierdziła oschle.

– A takie nazwisko jak Grundmann? Günther Grundmann? – Uśmiechnął się kpiarsko, widząc błysk w jej oczach. – No proszę. Widzę, że dzwoni.

– Owszem, dzwoni, choć może nie jakoś szczególnie donośnie.

– Ja też je już gdzieś słyszałam – wtrąciła Eleonora. Niestety, tym razem bibliotekarska pamięć nie chciała podsunąć żadnych szczegółów.

Gerd przewrócił kartkę w notesie.

– Najogólniej rzecz biorąc, Günther Grundmann był historykiem sztuki i konserwatorem zabytków. Wykładał tu, we Wrocławiu, na uniwersytecie. A tak mniej więcej od początku lat trzydziestych aż po koniec drugiej wojny światowej był... jak to szło... – zerknął do notatek – ...prowincjonalnym konserwatorem zabytków Dolnego Śląska. I właśnie ten szczegół jego biografii interesuje nas najbardziej.

– Ach, interesuje nas? – prychnęła ciotka. – Człowiek to się jednak uczy przez całe życie…

– Właśnie tak, panno Stern. Tytułem obszernego wstępu… okej, nawet bardzo obszernego, ale uwierzcie – powiódł po nich spojrzeniem – bez tego ani rusz. Zlituję się i będę mniej więcej streszczał, sam słuchałem tego przez bite dwie godziny… Więc tak. Kiedy alianci zaczęli bombardować Trzecią Rzeszę, ruszyła cała wielka akcja zabezpieczania tak zwanych ruchomych dóbr kultury. Z początku najprościej – chowano wszystko w piwnicach muzeów czy tam innych instytucji. Co większe i cenniejsze pomniki po prostu zakopywano w ziemi. Na przykład taki pomnik Fryderyka Wielkiego. Do czterdziestego czwartego roku stał na wrocławskim Rynku, dokładnie tam, gdzie obecnie zasiada Aleksander jaśnie wielmożny hrabia Fredro, dopóki esesmani nie zakopali jego królewskiej mości w Lesie Osobowickim. Wybaczcie lokalny wtręt. Tyle że bomb spadało coraz więcej i piwnice przestały wystarczać. No to zaczęto pakować co się tylko dało i wywozić hurtem na prowincję, gdzie ci przebrzydli alianci nie docierali. Jak najdalej od dużych miast i szlaków komunikacyjnych. Tą prowincją był nasz drogi Śląsk. I teraz uważajcie, drogie panie. Przygotowania ruszyły w maju czterdziestego trzeciego roku, miesiąc później akcja już hulała w najlepsze. Ostatni udokumentowany, podkreślam, udokumentowany transport dotarł do celu dziesiątego października czterdziestego czwartego. Co daje nam grubo ponad rok. Tyle trwała cała ta ewakuacja.

– Co było w tych transportach? – zapytała Eleonora, wstając na chwilę od stołu, żeby wyciągnąć trzy kubki z kredensu i nastawić wodę na herbatę. Ciotka, skupiona na opowieści Gerda, nie zaprotestowała.

– Obrazy, szkice, porcelana, numizmaty, dokumenty, inkunabuły, książki, rękopisy, nuty, gobeliny, militaria, meble, srebro, złoto, drogocenne kamienie, medale, rzeźby – odczytał Gerd, po czym podniósł głowę znad notesu. – Jednym słowem, wszystko. Mówimy o niewyobrażalnej liczbie absolutnie bezcennych dzieł sztuki i archiwaliów ze zbiorów państwowych i prywatnych kolekcji. Zabytki ewakuowane z Berlina, to raz, z innych regionów Rzeszy, to dwa, oraz z samego Wrocławia i innych miast Dolnego Śląska. To trzy. Ale też i cztery, czyli dobra zrabowane przez Niemców już tu, w Polsce. Chociażby zabytki z Biblioteki Narodowej i Jagiellońskiej, Biblioteki Uniwersytetu Warszawskiego, Biblioteki Krasińskich – wyliczał ponurym głosem. – Ogołocony Wilanów. Belweder. Muzeum Narodowe w Warszawie i w Krakowie. Między innymi obrazy Matejki, rękopisy Sienkiewicza, Słowackiego, Mickiewicza, z *Panem Tadeuszem* włącznie, nuty i listy Chopina, bulle papieskie z dwunastego czy trzynastego wieku... Unikaty. Cholernie dużo unikatów. I to wszystko trzeba było najpierw ewakuować tutaj, na Śląsk, a potem fachowo zewidencjonować i zabezpieczyć. Przed nalotami, żeby tyle dobra nie poszło z dymem, ale też przed niszczeniem i rabunkiem. Roboty tyle, że głowa mała. Tym właśnie zajmował się szanowny pan Grundmann.

– Wszystko pięknie – Klara zgasiła niedopałek pod kranem i odwróciła się z powrotem do Gerda – ale jaki to ma związek z Hartmanem i moim bratem?

– Zaraz do tego dojdę, panno Stern. Cierpliwości. Zaczynam się czuć jak Pan Samochodzik, chociaż nawet nie mam prawa jazdy... – mruknął pod nosem, przewracając kolejną kartkę w notesie. – Okej, lećmy dalej. Więc nasz drogi Günther podszedł do sprawy systemowo. Wynalazł na Dolnym Śląsku jakieś osiemdziesiąt pałaców, klasztorów, plebanii i prywatnych majątków i fachowo zorganizował w nich składnice czy też skrytki. A ponieważ znamy stosunek szanownych Niemców do ordnungu, to każdą z nich zapisał sobie na zaszyfrowanej liście, którą dziś, bardzo odkrywczo, nazywa się od jego nazwiska listą Grundmanna. Tych składnic mogło być jednak więcej, bo po zakończeniu ewakuacji Grundmann został na Dolnym Śląsku. Był tu aż do lutego tysiąc dziewięćset czterdziestego piątego. Październik, listopad, grudzień, styczeń, luty – prawie pół roku, żeby zdziałać coś jeszcze. Zorganizować. Ukryć. – Odetchnął i upił łyk herbaty z kubka, który postawiła przed nim Eleonora. – I teraz pewnie się zastanawiacie, czemu wam o tym wszystkim opowiadam.

– Ależ skąd...

– Widzicie, drogie panie, człowiekiem, który odnalazł, a potem odszyfrował zakodowaną listę Grundmanna, był Józef Gębczak.

Eleonora wyprostowała się gwałtownie i spojrzała na ciotkę, która zmartwiała z kubkiem herbaty tuż przy ustach.

– Dyrektor muzeum? Tego, w którym pracował Hartman?

– We własnej osobie, gwiazdeczko. I tym sposobem wracamy na sam początek naszego długiego równania, czyli do waszego świętej pamięci sąsiada, ojca pani Krysi. Człowieka, który najprawdopodobniej wprowadził Ludwika Sterna w cały ten proceder nadprzyrodzonego szabru, po czym utonął razem z nim podczas ostatniej przeprawy szesnaście lat temu i teraz snuje się w charakterze upiora po wciąż niemieckim Podwalu w styczniu tysiąc dziewięćset czterdziestego piątego.

– Skąd ty to wszystko wiesz? – zapytała Eleonora.

– Mój ojciec jest historykiem z tytułami, gwiazdeczko – wyjaśnił spokojnie. – Bardzo wieloma tytułami. Specjalizuje się w historii kultury materialnej. A mój najstarszy brat jest równie poważnym historykiem sztuki i co więcej, pracuje w tym samym przybytku co niegdyś nasi drodzy Józefowie. Skojarzyłem, o co może chodzić z tym „naszym muzeum", o którym wspominała pani starsza. Uznałem, że warto spróbować szczęścia. Zadzwoniłem do brata, pociągnąłem go za język. Z wyników już się wam wyspowiadałem. Tam wciąż doskonale kojarzą nazwiska Gębczak i Grundmann. Hartman, jak się okazuje, również nie zostało tak całkiem zapomniane.

Ciotka Klara odstawiła kubek, wcisnęła papierosy z powrotem do kieszeni i splotła ręce na piersi.

– Całkiem składnie pan to wszystko streszcza – przyznała.

Uśmiechnął się do niej półgębkiem.

– Jak na prostego zegarmistrza?

– Nie to...

– Tak, to – przerwał jej bez emocji. – Właśnie to miała pani na myśli. Darowałem sobie szkoły zaraz po maturze, a i tak zaliczam rok w rok więcej wykładów niż przeciętny student, panno Stern. Pochodzę z cholernie wykształconej rodziny, w której panuje niepojęty dla mnie kult tytułu naukowego. Serio, jak ich czasem słucham przy świątecznym obiedzie czy innej okazji, to się nie mogę nadziwić, że jeszcze nie złożyli ofiary z dziewicy w imię czyjejś habilitacji. Nieważna dziedzina, niechby to było nawet i struganie patyczków w duchu ludowym, byle przed nazwiskiem stało coś więcej niż zwykły szary magister.

– Czyli pasuje pan tam jak kwiatek do kożucha.

– Och, jejku, jej, ależ to było kąśliwe.

– Cóż, ja również nie pokończyłam szkół, ale nie przeszkodziło mi to w zostaniu wybitną specjalistką do spraw życia rodzinnego.

– Czy muszę dodawać, że nie zrobiło to na mnie większego wrażenia?

– Ależ skąd – odparła Klara Stern. Wymiana złośliwości z tym bezczelnym zegarmistrzem, który nie czuł przed nią żadnego respektu, pomału zaczynała ją bawić. – Rzeczywiście, długie to równanie... na dodatek z trzema niewiadomymi. Ale chyba się zgadza.

– Sprawdźmy zatem. Ja to widzę tak. Z racji miejsca pracy Hartman miał dostęp do informacji o liście Grundmanna. Może swobodny, może niekoniecznie, ale na pewno większy niż byle Bolek z ulicy. Zwłaszcza w czasach grubo sprzed wynalezienia internetu. Kiedy Ludwik z powrotem zamieszkał na Lompy, już jako dorosły facet z rodziną na głowie, Hartman postanowił wprowadzić go do branży. Przekonał młodego, sfrustrowanego faceta, pewnie bez większego trudu, żeby rzucił chałtury i wykorzystał swoją wiedzę do poszukiwania prawdziwych skarbów, które mogli potem opchnąć za brzęczącą monetę czy dwie. Muzealny konserwator i historyk, świetny duet. Początkowo pracowali razem, dla bezpieczeństwa za każdym razem zatrudniali innego psychopompa, żeby ich przeprawił, aż Hartman uznał, że jest już stary i ma dość, i zrezygnował.

– Potem ujawnił się dar ciotki i przez kilka lat przeprawiali się we trójkę. Siostra, brat i bratowa – dopowiedziała Eleonora.

– Do czasu, aż jeden z nich, Ludwik albo Hartman, tego nie wiemy, coś odkrył. Coś wielkiego. – Ciotka Klara zamyśliła się na parę sekund, lecz to wystarczyło, by jej dłoń kolejny raz powędrowała do kieszeni szlafroka i zacisnęła się na paczce. – Zbyt wielkiego, żeby poradzić sobie z tym w pojedynkę...

– A dzięki waszej przeprawie na rympał wiemy już, co to dokładnie było. Złoto Breslau. – Gerd pokiwał głową. – Fakt, srogi łup.

– Dlatego Hartman i Ludwik znów połączyli siły i postanowili, jak to ująłeś, spróbować szczęścia. Ale beze mnie. Dlaczego? Dlaczego tym razem Ludwik mnie nie zabrał? Chciał to przede mną ukryć?

– Obstawiałbym raczej rękę Hartmana, panno Stern. Może w przeciwieństwie do pani brata miał wyrzuty sumienia? Może nie chciał ryzykować życiem dziecka?

– Tak czy siak, potrzebowali innego psychopompa. Znaleźli go.

– A on ich zostawił. – Ze zmarszczonymi brwiami Gerd zapatrzył się w kratki zapisane jego własnym pismem. Naraz coś mu przyszło na myśl. Nie on jeden miał brata z głową pełną dat i faktów. – Panno Stern, wyczytała pani coś w notatniku Ludwika?

– Jeden wielki chaos. Wszystko i nic. Mnóstwo skrótów, skreśleń, znaczków, których nie rozumiem... Przydałby się nam taki Gąbczak.

– Gębczak, ciociu.

– Jeden pies.

– Ciociu, a może... – Zawahała się. – Skoro Gerd tyle wie, to może zerknąłby i coś nam...

– Ty chyba na głowę upadłaś! Miałabym udostępnić notatnik mojego brata temu...

– Tak, tak, pieszczoszkowi Ramzesa, pamiętam – Gerd bezpardonowo wszedł w jej słowo. – Tak jest, to właśnie ja. Długo jeszcze będzie się pani o to pluć czy może już sobie darujemy? Eleonora postanowiła mi zaufać, kiedy byłyście w ciemnej dupie, i chyba jej nie zawiodłem, co? Ani potem.

Teraz też nie przesiaduję tu tylko dlatego, żeby nabijać punkty u panny, bo może wtedy w końcu da się pocałować.

– Gerd!!! – W mgnieniu oka blade zazwyczaj policzki Eleonory nabrały barw.

– A co, jeszcze nie dała? – zdziwiła się ciotka.

– No jakoś nie chce. Uwierzy pani?

Próbowała i nijak nie mogła. Postawny, ciemnowłosy, bystry, pewny siebie, choć pozbawiony samczej buty – właśnie takich facetów lubiła. Tylko ta kpina w tych jego wiecznie przymrużonych oczach, w tym uśmiechu, z którym na nią patrzył, ilekroć wychodziła z siebie... Doskonale wiedział, że nie ma nad nim żadnej realnej władzy, nic sobie nie robił z jej docinków, furii i tajemnic, czym regularnie wyprowadzał ją z równowagi. Gdyby nie to, w sprzyjających warunkach poleciałaby na niego, o mało nie gubiąc po drodze majtek, dlatego teraz spojrzała na bratanicę ze szczerym zdumieniem i zgrozą.

– Durna czy jak?...

– CIOCIU!!!

– Pani szkoła, panno Stern, tylko czemu ja muszę ponosić konsekwencje?...

– Ja sobie wypraszam takie uwagi! – szczodrze oblana rumieńcem Eleonora prychnęła prawie jak ciotka. – Jak będę chciała, to się dam pocałować, a może nawet i sama pocałuję!

– Obiecujesz, gwiazdeczko? – zapytał Gerd, robiąc do niej maślane oczy. Prawie uwierzyła, że szczerze. – Obiecujesz, że będziesz całować?...

– Tak, psa w nos! – odparowała, nie do końca ze złością. – A ciocia przestanie stroić fochy i przyniesie w końcu ten przeklęty notatnik. Sama ciocia mówiła, że przydałby się nam taki Gębczak. Proszę bardzo, siedzi tu, przy tym stole i wygaduje głupoty, zamiast zająć się czymś pożytecznym. Do dzieła!

Na te słowa tym razem to ciotka prychnęła po swojemu, maskując zaskoczenie.

– Od kiedy ty jesteś taka stanowcza, co?

– Odkąd moje życie stanęło na głowie i zaklaskało uszami.

Wzięta z zaskoczenia Klara Stern w końcu poszła do swojego pokoju. Po paru minutach wróciła, przyciskając do piersi notatnik brata – i udając, że wcale nie widzi Eleonory o ustach obrzmiałych po kontakcie z szorstkim męskim zarostem, lekko skołowaciałej, lecz radosnej jak szczygieł na wiosnę. Za to mina Gerda, upojona niczym u kota, który zdążył zakosztować słodkiej śmietanki, zanim dostał ścierką w tyłek, sprawiła, że na nowo opadły ją wątpliwości.

– Dam panu notatnik do ręki, pan go sobie przeczyta, a potem co? Poleci z tym do Ramzesa?

– Nie, nie polecę z tym do Ramzesa – odparł z całkowitą powagą. – Ani z tym, ani z niczym innym, czego się dowiem pod pani dachem. Słowo zegarmistrza, honorowego krwiodawcy i w gruncie rzeczy porządnego człowieka.

– Porządnego, tak?...

– Tak, porządnego. Mimo wszystko. – Westchnął. – Może wyjaśnijmy sobie coś, panno Stern, bo odnoszę wrażenie, że się mocno rozmijamy. Pani może nie przepadać za talentem, jakim obdarzyła panią natura, i ja to naprawdę rozumiem, zważywszy na okoliczności. Ale to nie jest obowiązkowy, za przeproszeniem, stosunek. Ja osobiście nie mam z tym problemu.

– Właśnie widzę.

– Robię to, w czym jestem dobry – ciągnął niezrażony – i co mnie fascynuje. Serio. Do tego naprawdę nieźle mi za to płacą. I w przeciwieństwie do pani brata nikogo tym nie krzywdzę.

– Daje pan tym ludziom narzędzia, których nie da się w żaden sposób zastąpić.

– Nie każdy, kto dostaje do ręki nóż, bez wahania wbije go komuś w serce, panno Stern. To samo jest z przeprawami i chronometrami. Proszę mnie nie winić za to, co spotkało panią ze strony skrzywionego człowieka. Owszem, takich jak Ludwik znalazłoby się pewnie wielu. Ale znaleźliby się też inni. Bo źródłem tych skrzywień nie jest wcale ani sam dar, ani przeprawy.

Nagle popatrzyła na niego dziwnie, tak dziwnie, że przebiegł go zimny dreszcz. Znał skądś to spojrzenie.

– Szczerze mówiąc... – zaczął, po czym urwał, żeby odchrząknąć. – Szczerze mówiąc, to mimo tych waszych historii rodzinnych... a może nawet wprost przeciwnie, przez nie chyba chciałbym się kiedyś przeprawić. Przekonać na własnej skórze, jak to działa od tej drugiej strony. Jakie to uczucie.

– Straszne – odparła Klara.

– Niesamowite – Eleonora niemal weszła jej w słowo.

– Och, no to się porobiło... Chyba mamy małą rozbieżność w zeznaniach. Czyżby to wcale nie było takie proste?... – Gerd umilknął na chwilę, widząc zasępioną minę ciotki, i po krótkim namyśle uznał, że chyba czas odpuścić trochę kpiny i spróbować z innej strony. – Panno Stern, rozumiem, że nie jest wcale tak łatwo wypuścić wodze, kiedy się przez pół życia obsesyjnie kontrolowało każdy aspekt życia. Ze strachu, wdrukowanego tak głęboko, jakby miała go pani w DNA. Ale przez ten strach drepcze pani teraz w miejscu i nigdy nie dojdzie prawdy. Warto? Po tym, ile pani ryzykowała? Ile dla pani zaryzykowała ona? – Skinął na Eleonorę.

Ciotka przygryzła mocno wargę na dźwięk znajomych nut.

– Granie na wyrzutach sumienia zawsze się sprawdza, co? – rzuciła, znów najeżona. Mimo to usiadła między nimi przy stole, na wprost okna, i położyła przed sobą notatnik Ludwika Sterna. – Jedyne pełne nazwiska, jakie tu znalazłam, to nazwiska historyczne. Sprawdzałam. Miejscowi arystokraci jeszcze sprzed wojny, trochę wojskowych, niemieckich, radzieckich, polskich. Ze dwaj czy trzej milicjanci. Wszyscy nie żyją. Pozostałe nazwiska Ludwik zapisywał wyłącznie za pomocą inicjałów. „I&K" to Irena i Klara. – Otworzyła notatnik na pierwszej lepszej stronie i pokazała im palcem. – Przewijamy się najczęściej. „JH" zapewne oznacza Józefa Hartmana. To by się zgadzało, pojawia się dość często na początku, potem znika i wraca dopiero w ostatnich notatkach. A razem z nim... bo ja wiem? Chyba pseudonim. Spójrzcie, o, tutaj.

– *Pe-re-gri-nus* – odczytał Gerd, przekrzywiając głowę.

– To po łacinie cudzoziemiec, obcy, nieznajomy, wędrowiec – wyjaśniła ciotka – Albo pielgrzym.

– Zgrabna ksywka. Pielgrzym. W sam raz dla psychopompa – dodał i popatrzył na nią znacząco.

– Tak, to prawda. W sam raz...

– Mogę? – zapytał i dopiero gdy ciotka skinęła głową, sięgnął po notatnik Ludwika Sterna i zaczął go przeglądać bez pośpiechu. Po chwili coś wpadło mu w oko. – Kamenz.

– To chyba nazwa miejscowości. W Niemczech?

– Nie, panno Stern, niekoniecznie... Chwila. – Znalazł w swoim notesie właściwą stronę i wyciągnął z plecaka długopis. – Kamenz, Kamenz... jest. Bad Warmbrunn... Grüssau. Liebenthal. Jest i Liebenthal, proszę bardzo. Königsberg, to znam... Bublitz. Zobten am Berge, Zobten? No tak, przecież... Silbitz. Rückers. Adelsdorf... – Jedna po drugiej

Gerd podkreślał kolejne nazwy z notatnika na kartce swojego notesu, po czym spojrzał na Klarę z powagą. – To są wszystko niemieckie nazwy miejscowości z listy Grundmanna. Przedwojenne. Kamieniec Ząbkowicki, Cieplice Śląskie-Zdrój, Krzeszów, Lubomierz, Zagórze Śląskie, Bobolice, Sobótka, Żelowice, Szczytna, Zagrodno. – Odłożył długopis i jednym haustem dopił swoją herbatę, żałując, że nie składa się w połowie z prądu. – Czyli dobrze kombinowałem. Wy naprawdę buszowaliście po składnicach Grundmanna, panno Stern.

Ciotka bez słowa zapaliła ostatniego papierosa i zaciągnęła się mocno, aż do granicy mdłości.

– Części tych nazw nie ma na liście Grundmanna – stwierdził po chwili.

Eleonora podniosła się ze swojego krzesła i stanęła za Gerdem, żeby lepiej widzieć.

– Dodatkowe składnice? – domyśliła się.

– Możliwe. Pamięta pani choć trochę, co stamtąd wynosiliście?

– Nic – wychrypiała ciotka. – Myślcie sobie, co chcecie, nie wiem. Ja tylko ich przeprowadzałam, a tu, już na powierzchni, Ludwik i Irena zawsze działali sami. Nigdy mi nawet nie wspominali, co udało im się zdobyć. Ani co z tym potem robili. Zresztą Ludwik mówił, że to wszystko poniemieckie, że tego już nikt nie szuka...

– Szukają do tej pory – rzucił cicho Gerd, ciągle z nosem w zapiskach, na przemian własnych i Sterna. – Żadna ze znanych składnic, tych z listy Grundmanna, nie zachowała się nietknięta. Żadna. Z osiemdziesięciu! Wszystkie zostały naruszone, w mniejszym lub większym stopniu. Wszystkie.

– Naruszone… czy raczej splądrowane?

– Z tego, co mówił mój brat, zdarzało się, że sami opiekunowie danej składnicy ukrywali zbiory tuż przed nadejściem frontu. Na własną rękę. Ale tak, w głównej mierze zostały splądrowane. Przez szabrowników, dezerterów, niemieckich i radzieckich, ale też systematycznie rozgrabione przez Armię Czerwoną... oraz ludzi takich jak twoi rodzice, gwiazdeczko. Wiele zabytków zaginęło bez śladu.

– Prawie bez śladu – poprawiła go Eleonora, zapatrzona w niedbałe pismo ojca.

– Tak. Tak, masz rację. W tym notatniku znajduje się konkretna lista miejsc i łupów. Lista Sterna, pies trącał jego mać, z całym szacunkiem dla waszej matki i babci. Trzeba by na to sporo czasu, ale te zapiski pewnie są do rozszyfrowania... Chociażby to, „K.wen.XV". Wydaje się proste. Co to może być to „wen"? Wen, wen, wen... nie weneryczny przecież... wenusjański?... Nie, gdzie, jaki wenusjański...

– Wenecki? – podsunęła Eleonora w przypływie olśnienia.

– Ha. Jasne. Słynne weneckie szkło. Czyli... kielich wenecki? Może kielichy. A „XV" pewnie oznacza piętnasty wiek.

– A to? – Pochyliła się ponad jego ramieniem i wskazała jeden wers, wzięty w niechlujne kółeczko. Ktoś, zapewne Ludwik Stern, przyciskał długopis tak mocno, że jego ślad odbił się na kilku kolejnych stronach. – „M.m.d.K.&E.XV." „XV" to pewnie też piętnasty wiek, ale reszta?

Gerd zastanawiał się przez chwilę, przepatrując gęstwinę notatek, które sporządził podczas rozmowy z bratem, w poszukiwaniu podobnych inicjałów.

Wreszcie znalazł.

– Jeżeli dobrze pamiętam, co mówił mój brat... – przemówił cicho, niespiesznie, myślami nadal nie do końca z nimi – a tak właśnie twierdzą moje notatki, o tutaj, w tym miejscu...

to mogłaby być… *Maria mit dem Kind und Engeln*. Po polsku *Madonna z Dzieciątkiem i aniołami*, czyli…

Cóż. To akurat Eleonora pamiętała.

– Zaginiony obraz Sandra Botticellego.

Klara Stern nawet nie zauważyła, że wypuściła papierosa z rąk. Deszcz czerwonego żaru, który się z niego posypał, wypalił kilka drobnych dziur w jej szlafroku. Gerd pochylił się nad stołem i schował na moment twarz w dłoniach, a gdy znów się wyprostował, uszła z niego cała kpina.

– Złoto Breslau i Botticelli do kompletu. Nie wiem, jak wy, ale ja znam ludzi, którzy potrafiliby za to zabić. I to dosłownie.

## Rozdział 20

Ciało Mądrzywołka wypłynęło o świcie.

Wyłoniwszy się nieopodal wierzby płaczącej, której witki muskały staw, unosiło się na powierzchni, jak gdyby czekało, aż promienie jesiennego słońca na powrót tchną w nie odrobinę ciepła. Już nigdzie się nie spieszyło. Już nikt nie zawracał mu głowy, teraz bardziej niż kiedykolwiek otwartej na świat. Płynęły minuty i kwadranse, woda stała, rzęsa gęstniała, a słońce robiło, co w jego mocy. Niestety, bez powodzenia. Pochłonięte zawiłościami stężenia pośmiertnego ciało pozostawało nieczułe na pieszczoty.

Nieodłączni gapie zatrzymywali się kawałek od brzegu i z bezpiecznej odległości, chronieni mocą taśmy ostrzegawczej, sycili się cudzym przeminięciem i własną trwałością. Po czym wracali do swych spraw ze wspomnieniem trupa pod powiekami, dopóki nie wypalił go stamtąd blask słońca i feeria ciepłych barw, w których o tej porze roku tonęły gwarne ulice miasta.

Jedynie Gerd wciąż stał w milczeniu, myśląc o ni to żółtym, ni to zielonym napisie na tle granatowej kamizelki, ciemnej i grubej. Przyglądał się cichej krzątaninie policjantów nad stawem, gdy naraz poczuł za plecami znajomą, intensywną obecność.

– Musimy je ostrzec – wychrypiał w końcu, nie odwracając głowy. – Zanim będzie za późno.

Minęła długa chwila, zanim usłyszał odpowiedź.

– Nie. Nie musimy.

Nie tego się spodziewał. Naprawdę. Mimo wszystko liczył na coś więcej ze strony człowieka... kogoś, z kim współpracował od tylu lat. Chyba mógł liczyć na choćby krztynę lojalności?

– Ty mówisz poważnie? – Oderwał wreszcie wzrok od stawu, nad którego brzegiem policyjni technicy rozpościerali biały namiot, żeby przesłonić widok ostatnim gapiom, i spojrzał na Ramzesa. Z dłońmi w kieszeniach wełnianego płaszcza antykwariusz bez wyraźnego zaangażowania obserwował poczynania policji. – Trzy trupy na dnie, w czterdziestym piątym. Sternowie i Hartman. A tam – kiwnął za siebie – właśnie wypłynął kolejny. Już drugi w ciągu... jakiego czasu? Miesiąca? Chyba mi nie powiesz, że to zwykły zbieg okoliczności, co? Przypadek? Według ciebie one nie powinny wiedzieć, że coś im może grozić?

– Owszem, powinny – odparł antykwariusz, niewzruszony jak zawsze. – Co niekoniecznie znaczy, że musimy je ostrzegać.

Gerd zaklął przez zaciśnięte zęby.

– Błagam, tylko nie zaczynaj znowu tych swoich...

– Zrozum wreszcie – Ramzes warknął nieoczekiwanie. – Skup się i zrozum. Mordercy wcale nie chodzi o twoje Sternówny.

– Więc o kogo? O co? Możesz mnie łaskawie oświecić?

– Gdyby chodziło mu o nie – marszcząc nieco brwi, zaczął po chwili namysłu – już dawno by do nich dotarł. Nie dostrzegasz tego? On krąży po obwodzie, tuż za granicą cienia, gdzie nie sięga światło. Gdzie nikt go nie może zobaczyć. Jak pies na podwórzu. Wściekły, gotów do ataku, gdy ktoś naruszy jego terytorium. Ale tylko pies. – Sam wydął lekko nozdrza i zadarł nieco brodę, jak gdyby wywęszył w powietrzu wilgotną woń dźwiganego z wody trupa. – I jak pies pilnuje.

– Ładna metafora, ale niby czego ten pies pilnuje? Bo chyba nie ich.

– Poniekąd... tak. Właśnie ich. Pilnuje, żeby nikt się do nich nie dostał. Nikt, kto wiedziałby coś więcej, niż wiedzą one. Kto mógłby im zdradzić coś więcej, coś dopowiedzieć... I w rezultacie naprowadzić je na trop.

– Ale na jaki trop, do cholery?! Złota Breslau? Botticellego? Innych fantów ze składnic Grundmanna? – Gerd nie przestawał dociekać, klnąc paskudnie w duchu na małomówną naturę antykwariusza.

– No proszę. Widzę, że nie próżnowaliście.

Coraz bardziej rozeźlony zegarmistrz już miał odparować, że owszem, dopiero przed godziną wstał od kuchennego stołu, przy którym spędził całą noc, usiłując razem z Eleonorą i jej ciotką rozgryźć zapiski Ludwika. Z mozołem przedzierali się przez kolejne skróty, szyfry i gryzmoły w poszukiwaniu jakichkolwiek konkretów. Zanim głowy ostatecznie odmówiły im posłuszeństwa i zażądały snu, wyłuskali jeszcze informacje o kilku malowidłach, gobelinach – raczej flandryjskich niż flanelowych, jak uznali po krótkim momencie zwątpienia – oraz szklanicy świętej Jadwigi. Więc nie, z pewnością nie próżnowali i Gerd miał wielką ochotę splunąć tym Ramzesowi prosto w tę jego kamienną twarz. Zaraz jednak przypomniał sobie, co obiecał Klarze Stern, i zdążył ugryźć się w język. Dosłownie, co uzmysłowił sobie, gdy poczuł w ustach posmak krwi. Cóż, należało mu się jak nigdy. Już i tak za dużo zdradził, wspominając o Botticellim...

Zamiast tego postanowił zapytać o coś innego. Zdawał sobie sprawę, co usłyszy w odpowiedzi, mimo to chwycił się tej brzytwy:

– Słuchaj... Klara Stern gadała z tym człowiekiem przed dwoma czy trzema dniami. Bardzo sympatycznym człowiekiem. Rzeczywiście naprowadził ją na trop, i to ważny, a teraz pływa tam, w stawie, twarzą w dół i bije rekordy we wstrzymywaniu oddechu. Proszę o wiele, jasne, ale czy nie mógłbyś się przeprawić i...

– Przecież wiesz – Ramzes nie dał mu dokończyć.

– Tak, tak, wiem. – Nawet nie próbował się kłócić z antykwariuszem. – Pamiętam. Tłumaczyłeś mi to już kiedyś. Poniżej roku jest za wcześnie czy tam za płytko, żebyś mógł się przeprawić.

– Nawet ja nie zanurzę się w kałuży.

Przygnane wiatrem chmury zasnuły niebo nad miastem i zaczął z nich siąpić drobny, zimny deszcz. Jak gdyby pogoda postanowiła wesprzeć wysiłki policji i przekonać ostatnich gapiów, żeby sobie poszli, dali zmarłemu zasłużony wieczny spokój. Ramzes postawił kołnierz płaszcza.

– Przed dwoma lub trzeba dniami, powiadasz? – odezwał się, nie spuszczając wzroku z kręcących się przy stawie ludzi w uniformach. – Czyli pies dobrze ich pilnuje. I bardzo nie lubi, gdy ktoś im za dużo zdradza. Dlatego zabił tego młodego antykwariusza, kiedy Dżusi pociągnęła go za język.

– Więc to naprawdę nie byłeś ty.

– Oczywiście, że nie. Ja nie zostawiłbym zwłok.

– Ach. Dobrze wiedzieć.

– A teraz nasz pies stróżujący pozbył się nazbyt rozmownego listonosza. Z tego samego powodu... – Ramzes spojrzał na Gerda ze szczerym zainteresowaniem. – Jak ci idzie wstrzymywanie powietrza?

– Nie wiem, nigdy nie sprawdzałem. Czemu pytasz?

– Bo obawiam się, że teraz twoja kolej.

Zaskoczony Gerd najpierw oniemiał. Dotąd nawet nie przyszło mu do głowy, by martwić się o własną skórę. A przecież Ramzes miał rację – on też mówił. On też wszedł na podwórko, którego pilnował pies...

Gdy znów był w stanie wydobyć z siebie głos, wypowiedział cztery słowa. Nawet nie zdążył ich przemyśleć, nie mówiąc już o rozważeniu konsekwencji, tymczasem one już tam były, na samym końcu języka, już spływały gładko z jego ust:

– A potem pani Matyldy.

Nawet nie poczuł szczególnego zaskoczenia, gdy ni stąd, ni zowąd ugięły się pod nim nogi. Atawizm, jak to zwięźle ujęła emerytowana wychowawczyni Klary Stern. Rzeczywiście, pomyślał Gerd, na Ramzesa trudno było nie reagować inaczej niż lękiem – niby podskórnym, lecz sięgającym głęboko, aż do samych trzewi.

Już raz tego doświadczył. Przekonał się, jak to jest stanąć twarzą w twarz z Ramzesem. Prawdziwym Ramzesem. Na samym początku współpracy z niecodziennym antykwariuszem, we własnym zakładzie. Właśnie domykał wypukłe szkło, chroniące tarczę zegara, który dopiero co skończył naprawiać, i zupełnym przypadkiem dostrzegł w pełgającym po nim odbiciu, jak metr czy dwa za nim Ramzes wyłania się wprost z czeluści czasu. W pełnej krasie – drapieżny, groźny.

Przerażający. Lecz nawet tamtego dnia Gerd, choć całkowicie struchlał, nie bał się aż tak bardzo, jak teraz, gdy na dźwięk tego jednego niepozornego imienia oczy strzygonia nagle rozgorzały złotem i krwią.

– Och. Ależ to cię rusza… – szepnął zegarmistrz ni to do niego, ni to do siebie. Mrugnął – i już było po wszystkim. Przed nim znów stał przystojny, smagły facet w płaszczu i kaszkiecie. Może trochę zbyt szczupły, trochę zbyt wymuskany, jak na jego osobisty gust, ale całkiem zwyczajny. Przynajmniej z pozoru.

– Idź – rzekł niskim głosem, od którego Gerdowi zjeżyły się włosy na karku. – Ostrzeż je. I miej oczy dookoła głowy, bo jedno z was będzie następne, a ja się nie rozdwoję.

– Skąd pewność, że najpierw nie przyjdzie po ciebie? – zawołał za nim, gdy Ramzes odwrócił się na pięcie i zaczął szybko oddalać od stawu, trupa i gapiów.

– Niech przychodzi – dobiegło razem z wiatrem. – Śmiało.

Zanim Ramzes zniknął mu z oczu pośród parkowych zarośli, wyraźnie przyspieszył kroku. Przez tę krótką chwilę Gerd widział, jak poły ciemnego płaszcza powiewają za antykwariuszem niczym krótki ptasi ogon w locie, upodabniając go do postaci, którą zdarzało mu się przyjmować po tamtej stronie czasu – do puszczyka. *Strix aluco.* Ciekawe. Czy to łacińska nazwa tego ptaka wzięła się od strzygonia, czy też raczej stało się na odwrót? Kto komu był winien wdzięczność? Muszę go kiedyś o to zapytać, myślał Gerd, ruszając w przeciwną stronę, z powrotem do mieszkania Sternów. Tak, koniecznie. Spodobała mu się ta gra słów. Zresztą nie pierwsza, z jaką miał ostatnio do czynienia. Może poza samym darem wszystkich psychopompów łączyło też zamiłowanie do łaciny i wieloznaczności?

Opuściwszy po paru minutach marszu park Tołpy, zamyślony Gerd skierował się na najbliższe skrzyżowanie, żeby przedostać się na drugą stronę ulicy Nowowiejskiej. Do pasów został mu zaledwie kawałek, kiedy zielone światło dla pieszych zaczęło migać. Zamiast rzucić się biegiem jak parę innych osób, byle tylko zdążyć rzutem na taśmę, zanim ruszą samochody, sięgnął do kieszeni po komórkę, uruchomił przeglądarkę i wpisał do niej jedno słowo.

Chwilę później już wiedział.

Światła zmieniały się raz po raz, czerwone, żółte, zielone, żółte, czerwone, a wraz z nimi sznury samochodów na dziurawej jezdni i kotłowanina pieszych na chodnikach i przejściach, wabionych głosem sygnalizatorów dźwiękowych. Czas nadal płynął, świat wciąż się kręcił i tylko w umyśle Gerda, który wciąż stał jak wryty z komórką w dłoni, wszystko bezpowrotnie się skończyło.

A potem ją dostrzegł. Sunęła wzdłuż krawężnika na rowerze, wyprostowana, z wysoko uniesioną głową, taka krucha i śliczna w turkusowym płaszczu. Szarości współgrały z jej delikatną urodą, lecz dopiero mocna barwa wydobyła pełnię charakteru. Przypomniał sobie tamtą chwilę w kuchni, nie tak daleko stąd, nie tak dawno, kiedy zostali sami. Nie potrafił powiedzieć, kto kogo tak właściwie pocałował – on ją? Czy ona jego? Zresztą, czy to ważne? Stało się. W końcu się stało.

I już nigdy się nie powtórzy.

Z wysiłkiem, jak gdyby ciało ledwo było w stanie udźwignąć duszący go ciężar, Gerd odwrócił się plecami do skrzyżowania, jednocześnie pisząc zdawkowego SMS-a – *wasz listonosz wyplynal dzis w stawie uwazajcie*. To musiało wystarczyć. Ostatni raz spojrzał za siebie, po czym zablokował numer.

Zanim wsunął komórkę do kieszeni kurtki, zerknął jeszcze na godzinę. Dwadzieścia po dziewiątej. Na miejsce dotarłby pewnie przed jedenastą. Trochę za wcześnie na obiad, choć znając matkę, bez względu na porę dnia czy nocy potrzebowałaby kwadransa, góra dwóch, żeby postawić przed nim kopiasty talerz. Ten pretekst miał więc szanse się sprawdzić w praktyce. Po krótkim namyśle Gerd wstąpił jeszcze do spożywczego i cukierni, po czym wskoczył do pierwszego tramwaju na Biskupin.

Koniec końców nie musiał nawet nic mówić. Matka już od progu zapytała, czy coś zje, i nie czekając na odpowiedź, skierowała się do kuchni. Przyszedł, więc zje, logiczne. Gerd ściągnął buty i poszedł za nią. Nie lubiła, kiedy ktoś zaglądał jej do garów, dlatego podrzucił szybko pudło z ciastem do lodówki, zgodził się, że osiem pierogów ruskich będzie jak znalazł, więc chętnie zje dziesięć, czemu nie, tak, rzeczywiście, wielka szkoda, że bez skwarków, ze skwarkami są najlepsze, ale z cebulką i pieprzem też dobre, a gdy matka przystąpiła do siekania wspomnianej cebulki, wycofał się cicho i poszedł szukać ojca.

Rodzice mieszkali w domu jednorodzinnym na obrzeżach parku Biskupińskiego. Cóż, jednorodzinnym przynajmniej z nazwy, gdyż odkąd w latach pięćdziesiątych dziadkom dokwaterowano sublokatorów, piętro zajmowały kolejne pokolenia sąsiadów i spanieli, a raz mniejsza, raz większa rodzina Falków cisnęła się na parterze. W miarę jak jego starsze rodzeństwo wynosiło się na swoje, robiło się jednak coraz przestronniej i w rezultacie Gerd, najmłodszy z całej czwórki, wcale nie musiał się nigdzie wyprowadzać. Wybrał jednak klitkę na tyłach zakładu zegarmistrzowskiego, mimo że zdaniem braci i siostry powinien zostać przy Noakowskiego, zająć się starymi rodzicami i jeszcze starszym domem z zapuszczonym ogrodem. Nie miał przecież ani żony, ani stałej dziewczyny, nie mówiąc już o dzieciach, ani nawet psa czy papużki – czyli żadnych zobowiązań, a przynajmniej nie takich, jak to ujmowali, prawdziwych. Takich dorosłych, jak kariera naukowa, kredyt we franku szwajcarskim albo lodówka na raty zero procent. Trochę go to bawiło. Skończył trzydzieści dwa lata i siwiał, a oni wciąż widzieli w nim smarkacza pętającego się pod nogami, krępujący rezultat klasycznej wpadki tuż przed menopauzą. Nie traktowali poważnie ani jego zdania, ani życiowych wyborów. Mimo to Gerd poniekąd się z nimi zgadzał. Zarabiał przyzwoicie, do wyżywienia miał wyłącznie własną gębę, która zwykle dawała się zapchać byle czym. I choć nie istniała taka siła, która by go tu zatrzymała, co miesiąc dawał matce pieniądze do ręki. Po kryjomu, żeby ojciec nie widział. Żeby się za żadne skarby nie zorientował, że jego profesorska emerytura już od dawna nie wystarcza na wszystko.

Zatrzymał się w korytarzu i przez otwarte drzwi bawialni spojrzał na ojca, zgorzkniałego, złamanego chorobą, która miała dla niego choć tyle litości, że odbierała mu wyłącznie władzę nad ciałem, ledwie tykając umysł. Siedział teraz w swoim ulubionym fotelu, pokraczny jak siwowłosy gargulec, pod wielkim oknem z widokiem na zarośla i czytał nieśmiertelnego Gołubiewa. Na stoliku przed nim piętrzyły się pozostałe tomy. Świat na zewnątrz zmieniał się nieustannie, ale w tym domu zawsze obowiązywały te same priorytety – ważniejsze od nowych kafli w łazience, modnych butów czy sprawnego telewizora było wciśnięcie gdzieś kolejnego regału z książkami. Gerd uśmiechnął się pod nosem, przypominając sobie sterty, jakie zalegały pod jego własnym łóżkiem.

Przynajmniej pod tym względem wdał się w ojca. Pod tym i jeszcze jednym. Tak samo jak on w sprawach ważnych nie uznawał kompromisów.

Dlatego ojciec dorobił się tytułów, ale nie majątku. Dlatego na ścianach wciąż leżała boazeria, którą własnoręcznie kładł jeszcze dziadek. Dlatego matka, choć sama wykształcona i oczytana, jak na dobrą, profesorską żonę przystało, zrezygnowała z własnej kariery i od dziesięcioleci trwała na posterunku, zawsze wierna, zawsze milcząca, po cichu umęczona opieką nad chorym mężem.

I dlatego Gerd, gdy już zjadł tych dwanaście pierogów z cebulką i pieprzem, gdy już odpowiedział na trwożne pytania matki o pracę i wysłuchał znów tych samych utyskiwań ojca, wyciągnął z plecaka butelkę koniaku i postawił przed sobą na stole.

– Nie za wcześnie aby? – skrzywiła się matka i spojrzała na zegar. – Dopiero minęło południe, kto to widział...

– Jest okazja, ojciec nie odmówi.

– Alkohol? Przy lekach? Gerardzie, nie sądzę, żeby...

– Raz się żyje, droga mamo. Tylko raz.

Sięgnął do barku po dwie lampki. Pamiętał, że pochodziły z pamiątkowego kompletu, przywiezionego przez ojca z jakiejś zagranicznej konferencji. Z jednej strony na szkle widniał złoty napis po niemiecku, który starł się z biegiem czasu niemal do cna. Ostało się jedynie słowo „Oder", mniej więcej w połowie wysokości naczynia.

– Bo widzisz, mamo, poznałem dziewczynę – wyjaśnił Gerd, otwierając butelkę, i nachylił ją nad pierwszą lampką. – Do Oder, tato?

– Do Oder, do Oder – przytaknął ojciec. – A cóż to za dziewczyna? Znamy ją?

– Miód-malina. Śliczna. Zgrabna. Bystra, poukładana jak mało kto. Trochę sztywna w obejściu, za to z sercem po właściwej stronie. Jedyna w swoim rodzaju, proszę ja was.

– Brzmi jak panna na dłuższe poznanie.

– Co prawda, to prawda. Ale dzieci raczej z tego nie będzie.

– A czemuż to? – z miejsca zaniepokoiła się matka.

– Bo ma wyjątkowo paskudne nazwisko – odparł Gerd, napełniając teraz swoją lampkę, aż złocisty płyn musnął brzeg Oder. – Zdrowie tu obecnych! – wzniósł toast i ku zgrozie matki jednym haustem wychylił całą lampkę.

Ojciec poprzestał na jednym łyku, lecz i to wystarczyło, żeby odzwyczajone od alkoholu gardło go zawiodło. Zaniósł się duszącym kaszlem.

– Wyjątkowo paskudne – powtórzył Gerd. Złociste ciepło spływało coraz niżej, rozlewało się po całym ciele, zrywając po drodze ostatnie tamy. – Dlatego mówię o niej per „gwiazdeczka". Żadne tam „skarbie", „słoneczko" czy „pimpusiu". Przez gardło by mi nie przeszło. Wolę coś, co ma jeszcze jakiś sens. Znaczy, poza samym spieszczeniem dla spieszczenia. – Znów sięgnął po butelkę i nalał sobie do Oder. – Widzisz, tato, tak się ostatnio śmiesznie złożyło, że sporo rozmyślałem o imionach i przydomkach. I nie zgadniesz, do czego doszedłem. Otóż, wyobraź sobie, szukając nowego imienia czy przezwiska dla siebie albo kogoś bliskiego, ludzie zwykle nie sięgają daleko, po jakieś tam abstrakcyjne koncepcje z dupy wzięte. Trzymają się tego, co im bliskie, choćby to była zwykła guma do żucia. Uwierzysz? Guma. Do. Żucia!

– Bo ludzie są durni – wychrypiał ojciec. – Trwonią czas na bzdury, na gadżety, które zastępują im życie bez krztyny głębszej treści. Stracą tydzień, żeby wymyślić sobie pseudonim na tych pięć minut kariery w internecie, ale nie poświęcą pół godziny dziennie na lekturę wartościowej książki, która zostanie z nimi na zawsze. No, to z jakiejż to konstelacji wzięła się ta twoja gwiazdeczka?

– Gdybym zdążył wypić tego więcej – Gerd zamachał kieliszkiem – a raczej dużo, dużo więcej, to pewnie poleciałbym teraz pseudopoetyckim bełkotem, że wzięła się od tych ócz gwiaździstych, co to przy pierwszym spotkaniu wejrzały wprost do mego serca i wzięły je w niepodzielne władanie, bla, bla, bla. Ale nie. Od nazwiska. Po prostu.

– A jak ono brzmi?

– Stern. Eleonora Stern. – Uśmiechnął się smutno, kiedy lampka z koniakiem rozbiła się z brzękiem o poczerniały ze starości parkiet. – Mówiłem, że paskudne.

Wstał jak gdyby nigdy nic, sięgnął do barku po kolejną lampkę i postawił przed ojcem, między drugim a czwartym tomem Gołubiewa, a potem napełnił po sam brzeg.

– No, co tam, tatku? Z synem się nie napijesz? – zapytał, patrząc z góry na starca. – Zdrowie.

Tym razem obaj dotarli do samego dna.

– Mamo, może ukroisz nam tego ciasta, które przywiozłem, bo jeszcze się nam ojciec spije na pusty żołądek. Kupiłem sernik krakowski, z rodzynkami i lukrem. Ojca ulubiony.

– Ukrój mi kawałek, Helenko – poprosił ojciec. Zamrugał, próbując powstrzymać kaszel, z kącików oczu spłynęły mu łzy. – Nie żałuj. Nie żałuj.

– Tak. Sporo ostatnio nad tym rozmyślałem – podjął Gerd, kiedy zostali sami. – Dlaczego Dżusi? Dlaczego Gerd? Dlaczego Ramzes? A przede wszystkim – dlaczego Peregrinus? Jak sądzisz, tato? Pewnie wiesz albo chociaż kojarzysz, że po łacinie znaczy to tyle co „wędrowiec”, „pielgrzym”. Owszem, do psychopompa pasuje doskonale, ale na mój gust to albo celowa zmyłka, albo zwykły zbieg okoliczności. Tak czy owak, błędny trop, bo w rzeczywistości wcale nie chodzi o żadnego wydumanego pielgrzyma. A może nawet i chodzi, ale zaczęło się od czegoś bliskiego. Od jakiegoś prostego, banalnego skojarzenia. I wiesz co? Znalazłem. Wpadłem na to, pędząc dziś do mojej gwiazdeczki i dumając o strzygoniach, puszczykach i innych ptaszętach. Wystarczyło wpisać w Google słowo „peregrinus" i proszę. Oto jest – zwykły, niepozorny sokół wędrowny. *Falco peregrinus*. – Wychylił kolejną lampkę koniaku i goryczy, od której zawartość żołądka na moment podźwignęła mu się do gardła. – Hugo Falk. Mój rodzony ojciec.

## Rozdział 21

Teraz się pewnie zastanawiasz, skąd twój wyrodny synalek zna takie brzydkie słowa jak „psychopomp" – podjął Gerd po długich minutach obustronnego milczenia. Wciąż stał nad ojcem niczym wyrzut sumienia i zaciskał palce na pustej lampce, wystawiając na próbę wytrzymałość szkła. Koniak i gniew coraz mocniej rozgrzewały go od środka, dlatego nie czuł już chłodu, jaki panował w całym domu. Ojciec zawsze był zdania, że nadmiar ciepła służy wyłącznie zarazkom oraz zgnuśniałym umysłom, dlatego traktował lekkie wyziębienie jako najlepszą broń przeciwko pladze ignorancji. – Chociaż… może nie. Bo niby po co się nad tym zastanawiać, co nie? Nigdy się przecież nie zastanawiałeś, jakim cudem utrzymuję swój zakład, raz na ruski miesiąc wymieniając komuś baterię w zegarku. Przecież to nieistotne. Cóż. Ale spokojnie, wyjaśnię ci obie te kwestie za jednym zamachem. – Wyciągnął z plecaka aksamitny woreczek, z niego zaś chronometr, nad którym od kilku dni pracował, i zaprezentował ojcu. – Poznajesz, co to takiego, prawda? Kiedyś też taki miałeś. Miałeś swój chronometr i zaufanego zegarmistrza, który ci go kalibrował. Kogoś takiego jak ja. – Odczekał moment, chociaż ojciec z uporem udawał, że niczego nie widzi, i dopiero potem schował woreczek wraz z cenną zawartością z powrotem na dno plecaka. – Zabawne. Zawsze podejrzewałem, że swój talent odziedziczyłem po stryju, tak jak cały zakład i smykałkę do dłubania w sprężynach i zębatkach, a tu proszę. Rzeczywiście, jaki ojciec, taki syn.

– Nie wiesz, o czym mówisz – sarknął Hugo Falk. – Jak każdy niedouk, któremu się wydaje, że zjadł wszystkie rozumy, a ledwie je liznął po wierzchu.

– Wiem więcej, niż pewnie byś chciał.

– A to wciąż tyle, co nic!

– W takim razie śmiało, prześwietny profesorze Falk. Proszę mnie oświecić blaskiem swej erudycji i wiedzy. – Splótł ręce na piersi i zmierzył starca kpiącym spojrzeniem. – Co, nic? Milczysz? Nic a nic ci się nie ciśnie na usta? Więc może mała rozgrzewka. Szesnaście lat temu przeprowadziłeś Ludwika i Irenę Sternów oraz Józefa Hartmana do stycznia tysiąc dziewięćset czterdziestego piątego roku. Podążaliście tropem złota Breslau. Wróciłeś sam. No. To teraz dajesz, tatku. Ile fabryka dała.

Lecz Hugo Falk na powrót zaciął się w milczeniu.

Patrząc na zgorzkniałego starca w fotelu, Gerd szukał w sobie ostatnich ludzkich odruchów. Były tam. Jeszcze się tliły, choć z ledwością, ale wciąż dałoby się je podsycić.

– Wiesz, tato, że z początku podejrzewałem Oskara? – powiedział przez zaciśnięte żalem gardło. – No bo przecież on już wtedy pracował w Muzeum Narodowym. Na pewno słyszał o Gębczaku i liście Grundmanna. Musiał słyszeć, jak każdy historyk sztuki w tym kraju, zwłaszcza jeśli pochodził stąd, z Wrocławia. Pewnie nieraz ślęczał nad nudnymi kwitkami i marzył, że natknie się na trop, który wszystkim dotąd umykał, że rozwikła jedną z tajemnic drugiej wojny i odnajdzie wielki, zaginiony skarb Trzeciej Rzeszy. Pomyślałem sobie, że mógł też słyszeć o Hartmanie. Kto wie, czy go nawet nie poznał przy jakiejś okazji, czy nie słyszał o branży, o ludziach takich jak ty czy ja. Tak, to wszystko miało sens… Przez krótką chwilę podejrzewałem własnego brata... i już od samej tej myśli chciało mi się rzygać. – Nalał sobie kolejną lampkę koniaku i upił łyk, żeby spłukać z gardła posmak żółci. – Aż nagle przypomniałem sobie, co mówił Ramzes. Psychopomp, który porzucił kogoś na dnie, nigdy nie zdoła o tym zapomnieć. Coś takiego pozostawia ślad. Psychiczny, tak, psychiczny też. Ale przede wszystkim fizyczny. Tymczasem Oskar od czasu studiów rok w rok biega w maratonach. A mój ojciec… cóż. Tak jakby nie.

– Bzdura – sapnął Hugo Falk. – Wierutna bzdura! Jestem chory, ciężko chory. Spójrz! Spójrz tylko! – Uniósł dłonie o stawach powykręcanych jak stare gałęzie, by zaraz opuścić je ciężko na wykoślawione nogi, które nie miały już sił go dźwigać. – Cierpię, ty nawet nie wiesz, jak bardzo cierpię... Dzień, noc… Bez chwili wytchnienia, bo na ten ból nic nie działa, nic! Nic! Tyle lat cierpienia… bezsilności… Twoja matka, twoi bracia, siostra, oni wszyscy mnie żałują, a ty? Ty mnie zostawiłeś na łasce bożej, a teraz wierzysz temu… temu… czemuś?! Nie własnemu ojcu?…

Gerd patrzył z podziwem na ten żałościwy teatrzyk, czując, jak pomału kamienieje od środka, i naraz uśmiechnął się do własnych myśli. No proszę. Klara Stern miała rację – jakże sprawdzoną metodą były wyrzuty sumienia.

– Czemuś, powiadasz? – powtórzył spokojnie. – No proszę. Ramzes nigdy nie wspominał, że się znacie. A co dopiero tak dobrze.

Widząc, że się zdradził tym jednym słowem i już nie zdoła się wyprzeć, starzec w okamgnieniu zmienił ton.

– Miałem cię za mądrzejszego – wycedził. – A ty się dajesz wodzić za nos jak ostatni dureń.

– Pewnie masz rację, tato – Gerd przyznał w zamyśleniu. – No, coś w tym jest. Daję się wodzić za nos. Aż dotąd robiłeś to po mistrzowsku. Cholera, nadal próbujesz. I wiesz co? Pewnie bym ci teraz uwierzył, gdyby nie fakt, że moja gwiazdeczka też jest psychopompem. Tak samo jak jej ciotka. Klara Stern, na pewno o niej słyszałeś. Nie tylko po naszej rodzinie krąży ten czy inny dar. Ich zdrowie! – Opróżnił następną lampkę. Nie czuł już palącego gorąca, jedynie coraz wyraźniejsze, przyjemne otępienie. – Otóż, drogi tatku, byłem przy nich, kiedy dochodziły do siebie po dość trudnej przeprawie. Przekonałem się na własne oczy, ile je to kosztowało. A przecież żadna z nich nikogo nie zostawiła na dnie... Nie, tato, nie mam żadnego powodu, żeby wątpić w słowa Ramzesa. Nie tym razem. – Postąpił krok bliżej i przykucnął przed ojcem. – Ludwik Stern był historykiem, tak jak ty, robił doktorat na twoim wydziale – rzekł cicho. – Znałeś go. Nie wiem, kto kogo zagadnął, kto kogo wciągnął, ale stało się. Szesnaście lat temu zostawiłeś Sternów i Hartmana na pewną śmierć – mówił, patrząc mu prosto w oczy. – I również szesnaście lat temu zaczęła się twoja tajemnicza choroba. Nagle, z dnia na dzień. Nie wiadomo skąd, nie wiadomo dlaczego...

Spuścił głowę i zacisnął powieki. Mocno. Przecież to mój ojciec, mój ojciec, powtarzał w myślach z narastającą rozpaczą. Tak, wiecznie ze mnie niezadowolony, wiecznie skwaszony, że znów nie spełniłem jego oczekiwań, wiecznie na nie, ale przecież to mój ojciec. Jedyny, jakiego mam.

– Tato… proszę – odezwał się wreszcie, nie podnosząc głowy, bliski padnięcia na kolana przed tym gniewnym starcem i jego miłością własną. – Znam cię przecież. Jesteś dumny, bardzo dumny, i za nic nie umiesz przyznać się do błędu. Nawet gdy spieprzysz nabożeństwo tak, że matka potem przez tydzień płacze po kątach. Ale proszę, proszę, tato, zrób to ten jeden raz. Dla mnie. Powiedz, że to był zwykły błąd. Fatalny w skutkach, ale tylko błąd, za który wciąż płacisz. Słono. Nie musisz mi niczego tłumaczyć, serio. Powiedz po prostu, że nie zdążyłeś, że się przeliczyłeś, że coś poszło nie tak, jak to zaplanowałeś. Powiedz, że żałujesz, to może… może wtedy znajdę w sobie jakieś resztki współczucia. Proszę. Tato.

Bał się otworzyć oczy. Bał się spojrzeć na ojca. Bał się tego, co mógł zaraz usłyszeć.

– Żałuję? A czegoż to niby miałbym żałować?

Tak. Właśnie tego bał się najbardziej.

– Ludwik Stern był chciwy. Nienażarty, jak pies, który póty będzie tłukł się o miskę, póki nie wyliże z niej ostatniego ziarenka ryżu, choćby się zeschło do cna. Taki właśnie był, on i ta jego pusta żoneczka… Zależało im tylko na tym, żeby nabić sobie kabzę. Bez względu na ryzyko. Tylko po to się przeprawiali, żeby kraść. Kraść! Polacy! Naukowcy! – zakrzyknął ze złością. – Tak, znałem tego twojego Sterna. Przyszedł do mnie raz czy dwa z prośbą o konsultację. Ujęła mnie pasja, z jaką szukał. Wiedzy, jak sądziłem z początku. Ale nie. Jemu zależało na czymś więcej niż sama wiedza. Patrzyłem potem, jak węszył po archiwach za kolejnym skarbem, którego miejsce było w muzeum, a nie na czarnym rynku, i serce mi pękało z żalu. Przeprawialiśmy się obaj, lecz on kradł i się bogacił, a ja wszystko, co znalazłem, oddawałem państwu, tak jak nakazuje prawo i przyzwoitość. Do dziś patrzę z dumą na muzealne gabloty z moimi znaleziskami. Z dumą, Gerardzie! A Sternowie by to wszystko sprzedali na czarnym rynku! Latami wyciągali łapska po kolejne zabytki, plądrowali składnice z listy Grundmanna, ale to wciąż było mało. Mało! Aż zachciało im się największego skarbu – złota Breslau... No to je dostali. – Nachylił się z trudem i splunął jadem wprost do ucha syna: – Błąd? Ja nie popełniam błędów, Gerardzie. Nigdy. Nawet ty jesteś wyłącznie błędem twojej matki. Ja, ja posługiwałem się swym darem dla wspólnego dobra i zostałem za to należycie doceniony. Spójrz! No, odwróć się i spójrz na te ściany za tobą! Na te wszystkie dyplomy! Listy dziękczynne! Ile bezcennych dóbr zwróciłem narodowi! Profesor Hugo Falk, wybitny historyk, Zasłużony dla Kultury Polskiej, dla Dolnego Śląska, dla Wrocławia! Zasłużony! Sam wybrałem tę drogę i nigdy z niej nie zboczyłem. Ludwik Stern wolał wybrać szabrownictwo. A karą dla szabrowników w Trzeciej Rzeszy była śmierć.

Gerd w końcu otworzył oczy. Nie było w nich ani jednej łzy.

– W jednym masz rację, tato. Sternowie nie byli dobrymi ludźmi. Ale mieli dwoje dzieci – cedził powoli, czując, jak z każdym słowem wzbiera w nim obrzydzenie. – Nie, przepraszam, nie dwoje. Troje. Troje dzieci, które zostały całkiem same i aż do tej pory nawet nie wiedziały, co się stało.

– Może przynajmniej nie zdążyły przesiąknąć tym moralnym bagnem!

– Wieloma rzeczami nie zdążyły przesiąknąć. Miłością. Ciepłem. Poczuciem bezpieczeństwa. Takimi tam. Ale co ty możesz o tym wiedzieć... ty głupi, podły człowieku...

– Jak śmiesz tak do mnie mówić! – huknął w odpowiedzi, lecz na Gerdzie nie zrobiło to żadnego wrażenia. Nigdy nie bał się gniewu, ani ojca, ani nikogo innego. Bał się jedynie podszytej pogardą ludzkiej niegodziwości. A teraz przyszło mu stanąć z nią twarzą w twarz. Dobrze znajomą twarz.

– Nie rozumiesz, tato? – zapytał ze śmiechem. – Nie dociera do twojej siwej, pustej, profesorskiej łepetyny, że jesteś równie chciwy jak oni? Jedyna różnica między tobą a Sternami polega na tym, że oni za te papierki, którymi zawsze tak gardziłeś, kupowali, co im się zamarzyło, od zwykłej srajtaśmy po buty dla dzieci, a ty je sobie oprawiałeś i wieszałeś na ścianie!

– Bez... bezczelny! – wydusił wzburzony starzec. – Jak śmiesz! Bezczelny gówniarzu!

Wyklinał syna, plując przy tym obficie, lecz Gerd już go nie słuchał. Teraz myślał tylko o jednym.

– Nie, nie rozumiesz – stwierdził bezsilnie, z uśmiechem zastygłym jak upiorna maska. – Nic nie rozumiesz. Zabiłeś ludzi. Zabiłeś rodziców dziewczyny, którą kocham. Jak ja jej teraz mam spojrzeć w oczy? Jak?

– Nie ta, to inna! – Hugo Falk machnął pogardliwie sękatą ręką. – Tego kwiatu pół światu. Zresztą, z takimi genami...

– KIEDY JA NIE CHCĘ INNEJ! – wrzasnął Gerd na całe gardło i rozwścieczony cisnął lampką w ścianę chwały swego ojca. Resztki koniaku rozprysnęły się po boazerii, dyplomach i listach, spływając po wyrazach wdzięczności. – Rozumiesz?! Chciałem tylko ją, nic więcej! A ty mi ją odebrałeś.

– Gerardzie! – Zwabiona krzykiem, który poniósł się echem po domu, matka natychmiast stanęła w drzwiach, gotowa zapłonąć świętym oburzeniem. – Jak możesz tak podnosić głos na biednego ojca!?

Biedny ojciec. Zły, zły Gerd. Jak zawsze. Świat w oczach matki miał tylko dwa kolory – siwej głowy męża i czarnej najmłodszego syna. Ojciec znów się uniósł? Widać dałeś mu powód. Ojciec znów z ciebie szydził? Widać się nie starałeś. Ojciec znów ci czegoś zabronił? Widać nie zasłużyłeś. Ciekawe, co by powiedziała na wieść, że ojciec ma na sumieniu troje ludzi? Cóż. Widać im się należało.

– Zabierz go stąd! – wycharczał starzec, tłukąc pięścią o udo. – Heleno, zabierz stąd tego pętaka! Tego... tego... nic nie wartego chłystka! Nie chcę go znać! Precz! Tak mnie znieważyć, mnie! Mnie!!!

Ledwo trzymając resztki nerwów na wodzy, Gerd złapał plecak i na wpół opróżnioną butelkę koniaku i wypadł jak burza z pokoju. Dwa kroki za progiem ostatni raz obejrzał się na rodziców.

– Wolałbym już, żebyś został tam razem z nimi – powiedział cicho do ojca.

Zasłużony dla Kultury Polskiej profesor Hugo Falk spurpurowiał.

– Wolałbyś, żebym umarł?... Słyszałaś, Heleno? Słyszałaś, co on do mnie powiedział?!

– Tak, tato. Wolałbym, żebyś umarł. Bo to przynajmniej umiałbym jakoś zrozumieć.

Opróżnił butelkę, jeszcze zanim doszedł na przystanek i wsiadł do tramwaju, na wpół otumaniony alkoholem i rozgoryczeniem. Godzinę później, kiedy wcisnął się wreszcie do mieszkanka na tyłach zakładu zegarmistrzowskiego, w jego plecaku pobrzękiwały dwie następne, w słuchawkach dudnił kolejny kawałek Queenów. Nie rozpiął nawet kurtki ani nie zrzucił butów, tylko tak, jak stał, usiadł na łóżku i zaczął pić. Byle już nic nie czuć, o niczym nie myśleć, zapomnieć o tym, co właśnie stracił – chociaż niedawno, jeszcze tego ranka, wydawało mu się, że ma wszystko.

Nawet nie zauważył, kiedy odpłynął.

Obudził się pośród wieczornych ciemności, ociężały, z watą w głowie i twarzą wciśniętą w pościel, która cuchnęła potem, żółcią i przetrawionym alkoholem – cuchnęła nim. Z trudem podźwignął się do pozycji siedzącej. Może to przez alkohol, a może też przez ostry riff, który naraz wbił mu się w bębenki, ale miał wrażenie, że jego mózg nie nadąża za ciałem, gubiąc się na te kluczowe ułamki nanosekund, potrzebne do przyswojenia bodźców i wysłania informacji zwrotnych do odpowiednich zmysłów i kończyn. Siedział więc przez chwilę, mniej więcej nieruchomo.

*Get your party gown*
*Get your pigtail down*
*Get your heart beatin' baby*

Wstał więc. Podłoga pod podeszwami lepiła się od niemal już zaschniętego koniaku albo może czegoś jeszcze innego. Zahaczył stopą o przewróconą butelkę, która utknęła gdzieś pod łóżkiem. Chlupnęło niepokojąco, jednak schylenie się i sprawdzenie, czy zalegające tam książki nie są teraz równie zalane jak on, przekraczało chwilowo jego możliwości. Obijając się o meble, przy akompaniamencie Queenów Gerd poczłapał do łazienki, zanim oprócz mózgu zawiedzie go też i pęcherz.

*Got my timin' right*
*Got my act all tight*

*It's gotta be tonight*
*My little schoolbabe*

Wyrwał słuchawki z uszu, zmęczony jazgotem gitary, przy okazji obijając sobie łokieć o ścianę. Łazienka była mikroskopijna, a on już w przedszkolu przewyższał o głowę większość rówieśników. Odkąd mniej więcej w połowie podstawówki zaczął wyrastać z niezbornego cherlactwa, typowego dla wielu młodych samców, i zamiast tego nabierać stopniowo muskulatury, zrobił się z niego tak zwany kawał chłopa. Dzięki temu nikt go nigdy szczególnie nie zaczepiał, co miało, rzecz jasna, swoje dobre strony, takie jak komplet własnego uzębienia.

Miało też i złe – na przykład takie, że w wieku trzydziestu dwóch lat Gerd Falk nie za bardzo potrafił się bić. I chyba pierwszy raz w życiu tego pożałował.

Nie wiedział nawet, co się stało. W jednej chwili wytaczał się z łazienki, szarpiąc się z zamkiem kurtki i walcząc z kolejną falą mdłości, by w drugiej lecieć na podłogę, zbity z nóg czyimś ciężarem. Upadł na plecy w wąskiej przestrzeni między meblami – zabrakło centymetrów, żeby uderzył głową o kant szafki – i poczuł, że ten ktoś, kto wypadł z przylegającego do łazienki korytarzyka, gramoli się na niego, siada okrakiem, a obce ręce jak szalone szukają jego gardła.

Jak ci idzie wstrzymywanie powietrza?

Ułamek sekundy. Panika.

Nie, nie potrafił się bić. Przynajmniej nie tak naprawdę. Nie potrafił wyprowadzić precyzyjnego ciosu, założyć dźwigni ani tym bardziej zabić człowieka wkładem do długopisu, a na domiar złego wciąż był pijany.

Pijany i wściekły, a ze słuchawek, które upadły mu tuż przy głowie, wciąż dobiegał jazgot. *And I'm boilin' up inside,* wtórował mu Freddie, *ain't no way I'm gonna lose out this time.*

Przyszedłeś, skurwysynu, zdążył jeszcze pomyśleć Gerd, gdy wciąż buzujące w nim emocje wybuchły z siłą, jakiej się nie spodziewał.

Wierzgnął i odruchowo przycisnął brodę do klatki piersiowej, chowając szyję w wysokim kołnierzu wielofunkcyjnej kurtki. Usłyszał w ciemnościach siarczyste przekleństwo – palce napastnika ślizgały się po grubym, wodoodpornym materiale, nie mogły się zacisnąć na tyle, żeby odciąć dopływ powietrza na wystarczająco długą chwilę. Wierzgnął znowu. Rozległ się rumor, kiedy z półek nad ich głowami posypały się pierwsze przedmioty. Trafiony czymś w głowę napastnik zaklął ponownie i dźwignął się z siadu na kolana, przenosząc ciężar ciała z nóg na ręce.

Przygwożdżony za szyję do podłogi Gerd zacisnął pięść. Nie, nie potrafił uderzyć czysto, za to mocno już tak. Zaczął walić na oślep. Raz – poczuł pod kłykciami upartą twardość żeber. Dwa – tym razem trafił niżej. W miękkie. Zabolało, musiało zaboleć, bo usłyszał nad sobą zdziwione sapnięcie. Nie czekając, uderzał znowu i znowu, i znowu, z prawej, z lewej, jak cepem, byle jak najmocniej. Aż naraz poczuł, że napastnik dźwiga się ponownie, zapierając się stopami i odrywając kolana od podłogi, i już całym swoim ciężarem napiera na jego krtań.

Gerd wierzgnął. Poczuł nad sobą pustkę.

Uderzył jeszcze raz, tym razem od dołu, trafiając prosto w krocze. Zaskoczony napastnik mimowolnie zwolnił chwyt i naraz sam runął na bok, zrzucony przez Gerda. Uderzył plecami o szafkę, z której posypały się kolejne przedmioty. Szarpali się przez chwilę na wąskim kawałku podłogi w kotłowaninie rąk, nóg, urywanych oddechów i przekleństw. Przeciwnik nie odpuszczał, ale nie miał już przewagi, jaką początkowo dawało mu zaskoczenie i trzeźwość. Teraz to zegarmistrz, mimo upojenia, górował nad nim masą i wściekłością. Młócił pięściami raz za razem, oczy zaszły mu krwią, aż naraz poczuł pod ręką chłód zagubionej butelki. Zacisnął palce, szarpnął i odwinął się z całej siły. Chlusnął koniak, brzęknęło rozbite szkło.

Nie trafił. Nie tam, gdzie chciał, i z pewnością nie tak mocno. A chciał jak najmocniej. Żeby zabolało. Żeby zabić.

Napastnik wyrwał przez mieszkanko, z okropnym łoskotem obijając się po ciemku o meble i ściany. Huknęły zewnętrzne drzwi na podwórko od tyłu i w końcu zapadła cisza, przerywana jedynie dobiegającym gdzieś ze słuchawek nieustępliwym wokalem Freddie'ego:

*Your momma and your Daddy gonna*
*Plague me till I die*
*Why can't they understand I'm just a*
*Peace lovin' guy*

Wycieńczony szarpaniną Gerd osunął się bezwładnie na kolana. Krew z rozbitego łuku brwiowego zalewała mu oko i policzek, kapała na kurtkę. Przez minutę czy dwie dyszał spazmatycznie, czując coraz wyraźniej tępy, dojmujący ból w posiniaczonym gardle i prawym boku. Przed oczami miał ciemność – i tamten napis na granatowej kurtce listonosza, ni to żółty, ni to zielony.

Rzeczywiście, teraz była moja kolej, pomyślał jeszcze, zanim dwanaście zapitych koniakiem pierogów z cebulką i pieprzem z powrotem podeszło mu do gardła.

## Rozdział 22

Kiedy zegar wybił dwudziestą pierwszą, Klara Stern dotarła na skraj paniki.

Mimo nieprzespanej, bo pracowitej nocy rano wcale nie czuła zmęczenia. Zaraz po wyjściu bratanicy wzięła szybki, chłodny prysznic, nastawiła kawiarkę i usiadła przy kuchennym stole, żeby w spokoju wypalić ostatniego papierosa. Wciąż miała w uszach głos wzburzonego Gerda:

– Panno Stern, przecież... kurwa. Przepraszam, ale... no kurwa! Przecież to musiały być rzeczy warte kosmiczny majątek! Wystarczyłby nawet sam Sandro cholerny Botticelli! Czy wy macie w ogóle pojęcie, o jakich pieniądzach mówimy? W dwa tysiące... – wzburzony zegarmistrz rzucił się z powrotem do swoich notatek – ...trzecim roku w sejfach londyńskiej National Gallery odnaleziono jeden z jego obrazów. Eksperci oszacowali, że na aukcji może pójść nawet za dziesięć milionów. Funtów, panno Stern. Funtów szterlingów.

– Sandro cholerny Botticelli – powtórzyła cicho, zapatrzona w znajomy widok po drugiej stronie szyby. Na blacie przed nią, w powodzi luźnych zabazgranych kartek, leżał notatnik Ludwika. Szukała go przez ostatnich szesnaście lat, tymczasem on spoczywał sobie bezpiecznie między poduszkami fotela, zaledwie piętro wyżej. Pod samym nosem... Gdzie się podziały opisane w nim przedmioty? Ten Botticelli i inne obrazy, portrety, pejzaże i martwe natury, te kielichy, puchary i szklanice, gobeliny i ryngrafy, wszystkie te bezcenne cuda uratowane przez Günthera Grundmanna z przedwojennych muzeów, niemieckich i polskich? A przede wszystkim – co się stało z pieniędzmi, z tym rzekomym kosmicznym majątkiem? Tego już Ludwik nie notował.

Z gorącą kawą w filiżance i Kotem pod pachą weszła do salonu i zapaliwszy światło, przesunęła wzrokiem po zapchanych regałach. Sporą część swych zdobyczy Ludwik prawdopodobnie spieniężył osobiście na antykwarycznym czarnym rynku. Część, tego, co po nim zostało, jak wyjawiła im pani Matylda, po zaginięciu Sternów wyprzedał Ramzes, na jej wyraźną prośbę, żeby osierocone dziewczyny miały za co żyć. Reszta być może wciąż spoczywała tu, w tych niezliczonych pudłach, pudełkach i teczkach.

Klara nigdy nie zaglądała do środka. Nie interesowała się ich zawartością, chociaż z formalnego punktu widzenia co najmniej w jednej trzeciej należała do niej. Zamiast tego wolała się odciąć, i od samych pudeł, i od tego, co w jej oczach symbolizowały – koszmarów, strachu, wyrzutów sumienia. Przeszłości. O wiele łatwiej było jej zamknąć drzwi salonu i udawać, że za nimi niczego nie ma. Cóż. Teraz to już nie wchodziło w grę.

Przez cały dzień ściągała kolejne kartony z pierwszego regału i przetrząsała skrupulatnie. Żaden świstek nie uszedł jej uwadze, choćby koniec końców okazał się być do szczętu wyblakłym paragonem. Większość stanowiły materiały źródłowe – zarówno oryginały, jak i kserokopie, głównie mapy z różnych okresów, historyczne, lotnicze i administracyjne, ale też wycinki z pożółkłych już gazet, pisma urzędowe, spisy inwentarza, sprawozdania i protokoły, wszystko to starannie posortowane i poskładane. Znalazła też piętnaście kartonów po butach, wypełnionych fiszkami bibliograficznymi. Pamiętała, jak wieczorami Irena sporządzała je na maszynie do pisania, a następnie uzupełniała ręcznie, zielonym i czerwonym atramentem, o uwagi, które dyktował jej Ludwik. Nie zliczyłaby nawet, ile razy zasypiała przy jednostajnym terkocie klawiszy za ścianą.

Wśród adnotacji na marginesach wielu dokumentów Klara rozpoznawała niektóre symbole i skróty, które znała już z notatnika brata. Zdołali rozszyfrować zaledwie ułamek z nich, większość wciąż pozostawała zagadką, dlatego, niewiele myśląc, przyniosła notes pozostawiony im przez Gerda i zaczęła je spisywać.

Zamknięta w zaciemnionym pokoju, grzebała w kolejnych pudłach i nawet nie spostrzegła, kiedy na zewnątrz minął dzień, aż wreszcie zapadł wieczór. Dopiero dojmujące burczenie w brzuchu uświadomiło jej, że siedzi tak już od dawna. Kot spał w najlepsze w rogu wersalki i bez skrępowania puszczał bąki. No tak, westchnęła, z krzywą miną zerkając na śmierdziela. Nocą, kiedy zagadkowe notatki Ludwika całkowicie ich pochłonęły, Kot bezczelnie wychłeptał całe mleko z dzbanuszka, który zapomniała schować z powrotem do lodówki. Teraz miała za swoje.

Skoczyła na chwilę do kuchni, znów nastawiła kawiarkę i zjadła kilka kanapek z grubą warstwą dżemu truskawkowego.

Po tylu godzinach bez snu rozpaczliwie potrzebowała cukru, żeby jakoś wytrwać i nie odpłynąć zbyt wcześnie. Kiedy wracała z filiżanką do salonu, zerknęła przelotem na zegar. Przystanęła tak gwałtownie, że aż kawa chlusnęła jej na podłogę.

Dziewiętnasta szesnaście.

Czy Eleonora nie powinna już być w domu?

Klara zawróciła do kuchni po papierowe ręczniki, jednocześnie usiłując sobie na szybko przypomnieć, czy bratanica wspominała może o kolejnej randce z tym swoim zegarmistrzem. Dałaby głowę, że nie, co by oznaczało, że powinna zjawić się w domu o normalnej porze. Pojechała do biblioteki na rowerze, czyli nie stała w popołudniowych korkach... Dlaczego więc się spóźniała?

Starając się nie rozniecać tej iskry niepokoju, która pomału zaczynała ją parzyć, Klara schowała dokumenty do kartonu i wsunęła go na miejsce, po czym rozejrzała się po salonie. Dwie półki. W niespełna pół doby. Westchnęła. Miała wrażenie, że walczy z wiatrakami. Tylko gdzie się podział jej Sancho Pansa na swym dzielnym osiołku?... W tym tempie samo przejrzenie tego wszystkiego zajmie jej miesiąc, jeśli nie więcej, a co dopiero mówić o rozgryzieniu czy dokładniejszym przeanalizowaniu treści każdego z dokumentów i zapisków. Sięgnęła w zamyśleniu po pierwszą stertę pudeł z następnej półki. Były mniejsze niż poprzednie, jak się okazało, za to długie i wąskie. Ustawiono je dłuższym brzegiem wzdłuż krawędzi półki. Za nimi, w głębi regału, jedna na drugiej ujrzała trzy metalowe tuby.

Wyłuskanie ich spomiędzy drewnianych ścianek szło opornie i kosztowało ją złamany paznokieć, za to pozwoliło na chwilę zapomnieć o niepokoju. Tuby były wykonane chyba ze stali nierdzewnej i wodoszczelne, a przy tym dość ciężkie, nie umiała jednak ocenić, czy to przez zawartość, czy też sam materiał, z jakiego zostały wykonane. Potrząsnęła każdą z nich po kolei – nic, żadnego dźwięku, żadnego poruszenia – po czym spróbowała otworzyć pierwszą z nich. Zakrętka zdążyła się zastać i długo stawiała opór, ale w końcu ustąpiła i Klara zajrzała do środka. Gdy już ochłonęła z początkowego oszołomienia, drżącymi coraz mocniej rękami odkręciła pozostałe dwie tuby.

Wewnątrz każdej z nich spoczywało zwinięte w rulon płótno.

Odłożyła tuby na stolik i usiadła obok Kota na wersalce. Myślała, zapatrzona w otaczające ją zewsząd regały. Nigdy wcześniej się nad tym nie zastanawiała, nie widziała powodu – w końcu Ludwik i Irena nie przejawiali rozterek, a przynajmniej się z nimi nie zdradzali. Z początku roztaczali przed nią fantastyczne wizje przygód nie z tego świata, tajemnic i cudów przeszłości, która nagle stanęła przed nią otworem, kwestii zdobyczy materialnych nie poświęcając zbyt wiele uwagi. „To", wówczas przemilczane, działo się poniekąd przy okazji, ot, gdzieś na marginesie. Ale wkrótce potem w ślad za Klarą na powierzchnię przyszły upiory, a za upiorami strach, któremu po piętach deptał już opór. Zaczęły się połajanki i pretensje, stopniowo coraz bardziej bezduszne, nieomal bezwzględne, gdy zaś i one przestały działać, w ruch poszły groźby i wyrzuty sumienia. Dopiero wtedy usłyszała wprost o pieniądzach. Z czasem stały się motywem przewodnim każdej rozmowy dyscyplinującej z krnąbrnym psychopompem.

Pani Matylda nie miała żadnych wątpliwości, kiedy krótko i dosadnie nazywała Sternów hienami. Podobnie Gerd, podsumowując ich działalność słowem „szaber". Eleganckie określenie na w gruncie rzeczy pospolitą kradzież. Bo przecież właśnie tym się zajmowali. Nie szabrowali, nie plądrowali. Kradli.

Klara Stern nawet nie przypuszczała, że może się jeszcze bardziej brzydzić rodzonym bratem. A jednak. Dotarło to do niej minionej nocy. Zrobili sobie chwilę przerwy, żeby dać odpocząć szarym komórkom i oczom. Eleonora właśnie zaparzała trzeci czy czwarty dzbanek herbaty, kiedy nagle nasunęło jej się pytanie, którego chyba nikt dotąd nie zadał:

– Ciociu, a kim byli tamci „oni", o których mówiła Stara Bim... znaczy, Hartmanowa? Ci „źli ludzie", którymi mama cię straszyła? Chodziło o kogoś z branży? O jakąś konkurencję? Albo może o tych ludzi, przed którymi chronił nas Ramzes?

– Byłoby o wiele łatwiej, gdyby istnieli jacyś „oni", prawda, gwiazdeczko? – powiedział wtedy Gerd, niechętnie, ze wzrokiem utkwionym w świetle latarni na podwórku za kuchennym oknem. – „Oni", przez których Ludwik Stern zachowywał się jak dupek. Dla waszego dobra, rzecz jasna. Wcale nie dlatego, że po prostu był dupkiem.

Tak, z ciężkim sercem uzmysłowiła sobie Klara, i wtedy, i teraz. Rzeczywiście byłoby jej o wiele łatwiej z myślą, że Ludwik robił to, co robił, bo musiał. Bo życie nie dało mu innego wyboru.

Kocie miauknięcie przywołało ją z powrotem do teraźniejszości. Raz jeszcze zerknęła na zwinięte w rulon płótna. Nie znała się ani na malarstwie, ani na zabytkach, również tych uważanych za zaginione w trakcie drugiej wojny światowej, więc mogła jedynie porządnie zakręcić tuby i odłożyć tam, skąd je wzięła. Usiądą nad tym potem, razem z Gerdem i...

Och! Eleonora!

Z iskry niepokoju buchnął pierwszy płomień, gdy Klara zobaczyła, że wskazówki zegara minęły właśnie dwudziestą.

Złapała za telefon i wybrała numer bratanicy, lecz w słuchawce rozległ się jedynie suchy komunikat poczty głosowej. No tak. Eleonora wychodziła z założenia, że życie prywatne nie powinno przeszkadzać w obowiązkach, dlatego zawsze przed rozpoczęciem dyżuru wyłączała komórkę. Klara wahała się przez chwilę, aż wreszcie zadzwoniła do biblioteki. Co prawda szanse, że o tej porze ktoś tam wciąż będzie i na dodatek zechce odebrać, wynosiły...

– Biblioteka, słucham?

– Och! Dobry wieczór, mówi Klara Stern – rzuciła szybko, słysząc w nieco zdartym kobiecym głosie po drugiej stronie nieskrywane poirytowanie. – Czy zastałam może Eleonorę?

– A, dobry wieczór pani. Nie, Eleonora już dawno wyszła. – Kobieta zaśmiała się krótko. – Wie pani, jak to ona. Punkt siedemnasta i ani sekundy wcześniej, choćby się waliło i...

– Tak, paliło, wiem. Dziękuję. Do widzenia. – Rozłączyła się, zanim padło jakiekolwiek pytanie, na które wolałaby nie odpowiadać. Trzy godziny... Aż trzy godziny i zaledwie pięć kilometrów trasy, której przejechanie na rowerze zwykle zajmowało Eleonorze – zawsze punktualnej, zawsze poukładanej Eleonorze Stern – co najwyżej trzydzieści minut. Czterdzieści, jeśli padał ulewny deszcz. Cóż, dziś nie padał.

Coś się stało. Musiało się stać. Coś się stało i to coś złego, przecież ona by nigdy...

Wtem telefon w jej dłoni ożył.

– Eleonora?! – odebrała szybko, nie patrząc nawet na wyświetlacz, z sercem walącym od strachu i nadziei.

– Eee... nie?...

– Dżusi?

– Tak, ciociu, to ja. Dżusi. Wiesz, ta druga – dodała bratanica z przekąsem. I zaraz odchrząknęła, żeby ukryć zmieszanie.

Wciąż nie za bardzo umiała swobodnie rozmawiać z ciotką. Z jednej strony po ostatnich przejściach starała się uważać na każde słowo, żeby znowu czegoś nie schrzanić, z drugiej zaś ciągle odzywała się w niej choleryczna natura narwańca kąpanego nie tyle w gorącej wodzie, ile wręcz we wrzątku. W rezultacie miotała się jak... no tak. Racja. Jak wesz na grzebieniu. Ech, przeklęty Gerd... – Znaczy, cześć. Słuchaj, dzwoniłam kilka razy do Eleonory, ale chyba ciągle z kimś gada albo ma wyłączoną komórkę. Dasz mi ją?

Klara otworzyła usta, tyle że słowa nie chciały opuścić jej ust. Jak gdyby uwięzły na amen w ściśniętym strachem gardle.

*Dziewczynkom nie może się stać żadna krzywda.*

*Obiecaj, że nie pozwolisz, żeby moim dziewczynkom się coś stało, Klarciu.*

Obiecywała, tyle razy obiecywała, zarzekała się, że ona nigdy, że ona zawsze, że ona wszystko. Gdy przyszło co do czego, zastąpiła dziewczynkom rodziców i pilnowała ich jak oka w głowie, nieświadomie tłocząc im do głów te same paranoje i fobie, za które wciąż przeklinała brata. Aż nagle, po tylu latach, jej największy koszmar się spełnił. Zawiodła.

– Ciociu? Halo? Jesteś tam? Wszystko gra?

– Eleonora nie wróciła dziś z pracy – wydusiła wreszcie. – Wyszła... wyszła z biblioteki trzy godziny temu... i wciąż jej nie ma.

Nie musiała dodawać nic więcej. Młodsza bratanica pojęła w lot, skąd u niej ten niepokój. Jej siostra się nie spóźniała. Nie znikała bez słowa. Nie zapominała o bożym świecie. Funkcjonowała jak szwajcarski zegarek – punktualna, niezawodna i równie skomplikowana wewnętrznie. Gdyby w drodze do domu coś ją zatrzymało, na pewno dałaby ciotce znać. Zawsze, bez względu na okoliczności. A już zwłaszcza teraz.

– Może jest z Gerdem?

– Nic mi o tym nie mówiła. Nie mam jego numeru. Minęły już trzy godziny, Dżusi, rozumiesz? A ona... Dżusi? – zawołała, słysząc naraz w telefonie zduszony krzyk bratanicy. – Dżusi?! Jesteś tam?!

– Ciociu, wy... wy nic nie wiecie?...

– O czym?

– No... Musieli dziś mówić o tym w radiu, no bo... bo jest nawet krótka informacja na ich stronie, co nie? Nie słucha...

– Dżusi, MÓW!!!

Dziewczyna wciągnęła gwałtownie powietrze.

– Rano w parku – zaczęła, raz po raz siąpiąc nosem – tym... tym koło nas... znaleźli zwłoki.

Przedpokój gwałtownie zawirował. W ostatniej chwili Klara, bliska upadku, chwyciła się framugi. Zacisnęła powieki, odczekała parę sekund, oddychając głęboko przez nos, i gdy poczuła, że znów w miarę pewnie trzyma się na własnych nogach, otworzyła oczy.

Zwłoki. W parku. Rano... Chwila, rano? Jak to rano? Równie nagle co przed momentem zawroty głowy ogarnęła ją teraz fala nieopisanej ulgi. Nie. Rano Eleonora na pewno żyła. Musiała żyć, skoro pod wieczór wyszła z biblioteki. Przecież ktoś by zauważył, gdyby wtedy nie żyła!!!

– Czyje zwłoki? – zapytała Klara, pospiesznie odsunąwszy od siebie natłok niedorzecznych myśli.

– Listonosza. Jana M. Rozumiesz, ciociu? Chodzi o NASZEGO listonosza.

Choć ta informacja została zatajona przez policję, obie doskonale wiedziały, czyje nazwisko kryje się pod enigmatycznym inicjałem. I żadna z nich nie uwierzyłaby, że to zwykły zbieg okoliczności. Na pewno nie po tym wszystkim, co ostatnio działo się wokół nich.

– …ze skutkiem śmiertelnym, rozumiesz? Zupełnie jak…

– Dżusi, czy ty znasz numer Gerda? – weszła jej w słowo.

– Do ciężkiej cholery, przecież gdybym znała...! – wybuchła Dżusi i zaraz urwała. – Przepraszam – rzuciła krótko, gdy już ochłonęła. – Nie, nie znam jego numeru. Słuchaj, ja… znaczy, Karolka nie ma, zabrał samochód, ale pierwszy pociąg do Wrocławia…

– Muszę zadzwonić.

– Ale…

– Muszę zadzwonić! – powtórzyła twardo ciotka i rozłączyła się natychmiast. Kilka sekund później już czekała, aż ktoś na Lipowej podniesie słuchawkę.

Odezwały się jak zawsze tuż po pierwszym sygnale. Kiedyś panicznie się ich bała, dlatego rzadko dzwoniła do pani Matyldy. Z czasem zdążyła się jednak przyzwyczaić, że tam są, chociaż wciąż nie rozumiała, kim są ani o co im chodzi. Po prostu tam były. Głosy. Dziesiątki, setki widmowych głosów, które szeptały w przeróżnych językach, szemrały, uwięzione między powierzchnią a dnem, niby od dawien dawna martwe, a wciąż tak kurczowo uczepione świata żywych.

– MILCZEĆ!!! – huknęło w słuchawce. – Słucham?

– Dobry wieczór, pani Matyldo.

– Klara? Dziecko, czy coś się stało?

– Tak. Nasz… nasz listonosz nie żyje, a ja… – Nabrała głęboko powietrza. – Pani Matyldo, czy jest może u was moja bratanica? Eleonora?

– Eleonora? U nas? O tej porze? Nie, skądże. Pierwsze słyszę, żeby się do nas w ogóle wybierała… Zaczekaj. Jaguś? – zwróciła się do siostry. – Nie wiesz przypadkiem, czy Eleonora… – Zarówno ciąg dalszy, jak i odpowiedź pani Jadwigi utonęły w gorączkowych szeptach, które odezwały się ze zdwojoną siłą, gdy tylko najstarsza mojra odsunęła na chwilę słuchawkę od ucha. – Milczeć, powiedziałam! – huknęła na nie zaraz, a one umilkły raz jeszcze, posłuszne. – Klaro?

– Tak?

– Przykro mi.

Poczuła, jak wszystko przewraca jej się w żołądku. Znów zamknęła oczy. Dygotała. Dusiła się. Tonęła. Tonęła w nieprzebranych ciemnościach, nie wiedząc nawet, w którą stronę jest góra, a w którą dół. Mogła jedynie wyciągnąć po omacku dłoń i chwycić się pierwszej brzytwy, jaką podsunął jej przekorny los.

Brzytwa mogła przynieść ratunek.

Choć równie dobrze Klara mogła nią sobie poderżnąć gardło.

– A... a Ramzes? – wyszeptała. – Czy zastałam Ramzesa?

* * *

Najpierw poczuła ból.

Potem chłód.

I twardość podłoża.

Leżała na czymś zimnym, chyba na betonie. Nie potrafiła ruszyć choćby palcem, bo odrętwienie krępowało jej ciało lepiej, niż zrobiłyby to jakiekolwiek więzy. Światło raziło nawet przez zamknięte powieki, głowa ciążyła bólem, żołądek wykręcały mdłości. Nic dziwnego. Cios w skroń był naprawdę mocny.

Czuła, że znowu odpływa.

Czuła mrowienie.

Usłyszała kroki, gdzieś blisko, coraz bliżej. Rozchyliła powieki na tyle, na ile pozwolił jej obrzęk na kości policzkowej. Przez chwilę nie widziała nic poza blaskiem i pasmami własnych włosów, które opadły jej na oczy. Dopiero gdy stanął tuż nad nią, zasłaniając lampę pod sufitem swą barczystą sylwetką, zaczęła dostrzegać coś więcej. Szczegóły. Prawdę.

– Więc to ty – wymamrotała Eleonora. Fala za falą mrowienie rozlewało się i wzbierało, przybierając na sile. Coś nadciągało. Coś złego. Śmierć.

Nie odpowiedział, tylko wciąż wpatrywał się w nią tym swoim wzrokiem.

– Co ci się stało w twarz? – zapytała po chwili.

– To samo co tobie... gwiazdeczko.

## Rozdział 23

Z ręką na klamce Klara Stern zdążyła mimo wszystko pożałować, że kazała młodszej bratanicy zostać w Opolu i czekać na wieści. Owszem, w ciągu łącznie czterech rozmów telefonicznych zdążyły się siedem razy pokłócić i drugie tyle razy rozpłakać, a na żywo przycisk z czerwoną słuchawką nie działał już tak dobrze, i owszem, to właśnie czupurny charakter Dżusi zapoczątkował całą lawinę katastrof. Ale też, gdy przyszło co do czego, uratował im skórę i Klara czułaby się o wiele pewniej, gdyby i teraz mogła na nią liczyć.

Cóż.

Obejrzała się na Kota, który z wyżyn kaflowego pieca na przemian to syczał, to zawodził, nastroszony do niewyobrażalnych rozmiarów.

– Uwierz mi, Kocie, rozumiem cię doskonale – mruknęła pod nosem, po czym wzięła głęboki wdech i uchyliła drzwi.

– Nie musisz mnie zapraszać do środka – odezwał się Ramzes po minucie obopólnego milczenia.

– Wiem – odparła, starając się nie zaciskać zębów. – Ale jest środek nocy i wolałabym nie przyciągać uwagi wszystkich sąsiadów z klatki. – Otworzyła drzwi szerzej. – Proszę. Wejdź.

Bez pośpiechu, jak gdyby nie działo się nic niezwykłego, antykwariusz przekroczył próg mieszkania.

– Matylda sprawdziła nić – rzekł, gdy Klara zamknęła cicho drzwi i założywszy ręce na piersi, odwróciła się w jego stronę. – Wciąż mamy czas.

– Ach, więc to dlatego się nie spieszyłeś? – fuknęła. – Dzwoniłam do niej o dwudziestej pierwszej, a jest już prawie wpół do pierwszej w nocy. Jechałeś tu przez Zabrze?

– Nie. Przez szpital.

Na moment zaparło jej dech. Takiej odpowiedzi się nie spodziewała, a już na pewno nie chciała słyszeć. Nie teraz.

– Jak to? Jak to przez szpital, jaki szpital, dlaczego?

– Cóż. Nić Eleonory nie budziła zastrzeżeń. Niestety, Matylda nie mogła powiedzieć tego samego o nici Gerda.

– Co mu się stało?

– Specjalność szefa kuchni z dostawą do domu. Wyborny wstrząs mózgu w towarzystwie dwóch żeber pękniętych i jednego złamanego. Wszystko to podlane powierzchownymi urazami. Licznymi.

Widząc pierwsze iskry furii w oczach ciotki Klary, antykwariusz wyłożył jej zwięźle, do jakich wniosków doszli z Gerdem zeszłego ranka w parku, gdy wspólnie podziwiali malowniczy staw i trupa.

– Cóż, miałem rację. Istotnie wypadła jego kolej – zakończył niby to chłodno, jak zawsze, lecz Klara mogłaby przysiąc, że w tym chłodzie czaiło się teraz coś więcej. – Będzie żył, bez obaw, aczkolwiek do wyjściowej prezencji zbyt szybko nie wróci. Co do Eleonory… cóż, tu już żadnych gwarancji nie dam. Mów zatem.

Pospiesznie zebrała myśli.

– O siedemnastej wyszła z biblioteki, w której pracuje. Punktualnie, co do minuty. Nie planowała żadnych ponadprogramowych eskapad… a przynajmniej nic mi o tym nie mówiła, więc najpóźniej kwadrans przed osiemnastą powinna była dotrzeć do domu. Nie dotarła do tej pory.

– Ach, ta nasza poukładana, przewidywalna Eleonora…

– Nasza? – Klara Stern uniosła brew, na co antykwariusz wzruszył ramionami.

– Cóż poradzę. Zdążyłem się do niej przywiązać. Wracała autobusem?

– Rowerem.

– Którędy? Mniej więcej.

– Wyszyńskiego, Traugutta, Gajowa. Eleonora pracuje w filii na Krynickiej – wyjaśniła.

– Gdzie trzyma rower?

– W piwnicy.

– Chodźmy zatem.

– Do piwnicy?

– Owszem, droga Klaro. Trasa Eleonory wiedzie od punktu A do punktu B. Aby ją prześledzić, muszę od czegoś zacząć. Albo od piwnicy, skąd Eleonora wyruszyła dziś rano, albo od biblioteki, skąd wyruszyła o siedemnastej. Ośmielę się stwierdzić, że do piwnicy mam nieco bliżej, a chyba zależy nam, bo ja wiem… na czasie…?

Ciotka Klara sięgnęła bez słowa po klucze i ruszyła przodem. Spięła się mimowolnie i przygarbiła, jak gdyby w oczekiwaniu na atak drapieżnika, który stąpał bezgłośnie jej śladem.

– Bez obaw – usłyszała jego niski pomruk tuż za uchem, kiedy otwierała drzwi prowadzące z klatki schodowej do piwnicy. – Naprawdę nie gryzę.

– Ach, czyżby? – rzuciła drwiąco. Nawet przelotem nie spoglądając za siebie, ale brzęk kluczy i tak zdradził, jak bardzo zadrżała jej ręka.

Ramzes zaśmiał się cicho w odpowiedzi.

– No, może czasem.

Przypisany do mieszkania Sternów boks znajdował się zaledwie kilka kroków od wejścia, zaraz za pierwszym z wielu skomplikowanych załomów, które ostatecznie prowadziły na podwórko po przeciwległej stronie budynku. Ze ściany, tuż za zakrętem, sterczał włącznik światła – stary, przekręcany. Pod dłonią Klary wydał charakterystyczny dźwięk. Słaba żarówka w przemysłowej lampie rozżarzyła się z całych, dość nikłych jednak sił, ukazując im stojący w boksie rower Eleonory, a także pęk kluczy, który zwisał z zamka niedomkniętych drzwiczek.

– Zatem dotarła aż tutaj. Pies się rozochocił, skoro podszedł tak blisko. – Ramzes minął oniemiałą ciotkę i zaczął uważnie się rozglądać. Naraz zastygł. – Och… Jak miło z ich strony. Krew.

Klara w panice próbowała wypatrzyć jakieś plamy na ziemi, lecz przy tym oświetleniu była bez szans. Dopiero po chwili dotarło do niej, że Ramzes wcale nie skupia się na tym, co widoczne, tylko węszy z zadartą nieco głową.

– Jego czy…?

– Obojga. Acz głównie jego. Gerd musiał go mocno wytarmosić za kudły – dodał z nieskrywaną satysfakcją… i czymś jeszcze. Czymś, czego na wszelki wypadek wolała nie nazywać. Nie miała już jednak żadnych wątpliwości, że antykwariusz weźmie odwet za każdy, choćby najdrobniejszy siniec na ciele jego zegarmistrza. Nawet nie próbowała opierać się atawizmowi, który nagle nakazał jej zrobić kilka kroków w tył.

Jakby w reakcji na jej poruszenie Ramzes spojrzał za siebie. Uśmiechał się.

– Czujesz?

– Czy czu...? – zaczęła, zmieszana, aż dotarło do niej, co miał na myśli. – Co? Nie, oczywiście, że nie!

– Kłamczuszka – odparł półżartem i z powrotem odwrócił głowę. – Stał tam i czekał – podjął po chwili, wskazując na wnękę dwa boksy dalej. – Czekał... długo. Ciekawe. Wcale nie czekał na Eleonorę.

– Skąd wiesz? Tego raczej nie da się... wywęszyć.

– On was zna, Klaro. Wie nawet, z kim rozmawiacie i o czym. Bez wątpienia zdążył się również zorientować, że według rozkładu dnia Eleonory można by regulować zegarki.

Pokiwała głową.

– Nie musiałby na nią długo czekać.

– Nie. Na nią nie.

– Więc na... och.

– Zna was, Klaro – powtórzył spokojnie. – Wie, że Justyny już tu nie ma.

– Myślisz, że czekał tu na mnie?

Ramzes zastanawiał się nad tym przez chwilę.

– Wizyta u Gerda przebiegła inaczej, niż zakładał – zaczął. – Uciekł. Nie wiedział, czy Gerd zdąży was ostrzec. Był poturbowany. Nie miał szans łatwo cię podejść. W tym stanie nie wzbudziłby zaufania. Raczej zainteresowanie, a tego wolał uniknąć. Może istotnie zaczaił się tutaj, licząc na łut szczęścia. W końcu wasz boks – tu wskazał plakietkę z numerem mieszkania, która wisiała na metalowych drzwiczkach –

już na pierwszy rzut oka wygląda na używany. A może potrzebował zacisznego miejsca, żeby zebrać myśli... Tak. Tak czy owak, stał tu. Krwawił. Aż nagle zjawiła się nasza Eleonora.

Odrzuciwszy poły płaszcza, by ich nie ubrudzić, Ramzes przykucnął i przeciągnąwszy niespiesznie palcem wskazującym po ziemi, zaciągnął się nieuchwytną dla innych wonią.

– Znajdziesz ją? – zapytała Klara. – Te ślady tutaj wystarczą, żebyś ją znalazł?

– To zależy. – Myślał nad czymś intensywnie, aż wreszcie obejrzał się przez ramię i spojrzał prosto w twarz rudowłosej kobiety. – Po tej czy po tamtej stronie?

– Przeprawiła się?...

– Tak – odparł krótko, prostując się. – I to stosunkowo niedawno.

– Z nim?

– Zapewne.

– Ale... ale dlaczego?

– Widać to, czego on chce, spoczywa gdzieś głębiej. A nasza Eleonora postanowiła mu to wreszcie dać... albo nie miała innego wyjścia. – Otrzepał starannie dłonie. – Dobrze więc. Ruszajmy.

– Co? Nie! – Zrobiła kolejny krok do tyłu, tym razem paniczny, i aż się wzdrygnęła, poczuwszy naraz przez cienki materiał bluzki zimno piwnicznej ściany. Mimo to nie odsunęła się nawet o centymetr. – Nie. Ja... ja nie. Nie pójdę tam z tobą, nie mogę.

– Czas, Klaro. Czas nas goni. Przecież wiesz. We dwoje znajdziemy ją szybciej.

– Nie, ja nie, ja... ja nie dam rady.

– Oczywiście, że dasz. Jeśli nie ty, to kto? Kto, jeśli nie Klara Stern? – Uśmiechnął się do niej z delikatną przekorą. – Legendarna Klara Stern, taka młoda, a już nieustraszona. Byłaś na ustach całej branży. Niczego się nie bałaś. Schodziłaś tam, gdzie nie schodził już nikt poza mną. Gotowa zapukać w dno choćby i od spodu.

– Wprost przeciwnie, bałam się – odparła drżącym szeptem, przyciskając dłonie do brzucha. – Tyle że nikogo to nie obchodziło. Bałam się dna, bałam się upiorów, ale najbardziej... najbardziej bałam się Ludwika. Nie dawał mi wyboru. Bałam się go, i to śmiertelnie, bo... bo wszystko pozostałe było tam, pod powierzchnią, i nawet jeśli wynurzyło się za mną, to prędzej czy później wracało na dno. A Ludwik był tutaj. Zawsze tutaj. Stąd już nie miałam dokąd uciec. – Czuła, że już dłużej nie zniesie tego nieustępliwego wyczekiwania, z jakim ją obserwował. Paliło ją żywym ogniem. – Wiem, że trudno to zrozumieć, bo w końcu chodzi o moją bratanicę, ale ja... ja już nie mogę. Nie mogę. Już nie.

– Dlaczego?

– Nie wiesz? Nie wiesz, Ramzesie? Naprawdę nic nie zauważyłeś?

Zauważył. Poznała to po nim, chociaż nic nie odpowiedział. Wciąż zapatrzony w rudowłosą kobietę, podszedł do ściany, do której przywarła, wyciągnął rękę do wyłącznika i zgasił światło.

Dwie pary oczu rozbłysły bursztynem pośród nieprzeniknionych piwnicznych ciemności.

– Och, Klaro... – westchnął po chwili antykwariusz. Ciężko jak nigdy. – Klaro, Klaro, Klaro...

– Schodziłam za głęboko, Ramzesie. Za głęboko i za często. Kto jak kto, ale ty akurat dobrze wiesz, czym to grozi.

Jeszcze jedna przeprawa, może dwie... – wciągnęła spazmatycznie powietrze przez nos – i stanę się czymś... kimś takim jak ty. Zatracę człowieczeństwo. Już je zatracam, od lat, odkąd wróciłam z przeprawy i dostrzegłam w swoich oczach pierwszą złotą smugę. Kiedyś nie byłam... taka. Ale z każdą kolejną przeprawą czas jakby... jakby wypłukiwał ze mnie wszystko, co dobre. Jakby to był miękki piasek. W mojej duszy zostały już prawie same kamienie, twarde, ostre, i jeśli teraz po nią pójdę, jeśli pójdę ratować Eleonorę, to... – Urwała, przełykając szloch, który ciągle próbował się z niej wyrwać. Miała dość upokorzeń, naprawdę nie musiała się na dodatek rozpłakać. Wystarczyło, że odsłaniała podbrzusze. I to przed kim? Przed nim właśnie, przed Ramzesem, uosobieniem jej największych lęków. – Nie zmuszaj mnie. Proszę. Zrobiłabym dla niej wszystko, ale... Nie umiałabym tak żyć.

– Jak ja.

– Tak. Jak ty. Bo wtedy już nigdy nie miałabym dokąd uciec.

– A jak będziesz żyć z myślą, że jej nie pomogłaś, jeśli Eleonora nie wróci?

– Krótko.

Dwoje płonących złotem oczu zniknęło w ciemnościach wokół niej, kiedy Ramzes odwrócił wzrok.

– Tak naprawdę nie chodzi o to, czy ja stanę się kimś takim jak ty – podjęła Klara – tylko czy ty staniesz się kimś takim jak Ludwik. Teraz, w tej chwili. Czy tak jak on nie pozostawisz mi wyboru. A może jesteś już taki od dawna? – zapytała. Cisza. Nie widziała go ani nie słyszała, wciąż czuła jednak jego osobliwie intensywną obecność. – Proszę. Nie jestem tak... silna jak głoszą legendy. Umiem zachowywać pozory, nic więcej. Wiem, że się ugnę. Wciąż mam sumienie. Ty nie. Wystarczy, że trafisz w odpowiedni punkt, a ja się ugnę, tak jak zawsze uginałam się przed moim bratem.

Chciała jeszcze coś dodać, gdy wtem światło poraziło ją tak nagle, że aż krzyknęła, zaciskając mocno powieki.

– Nigdy nie staniesz się kimś takim jak ja, Klaro – usłyszała jeszcze. – Strzygą? Owszem. Ale nie kimś takim jak ja. Bez obaw.

Kiedy znów otworzyła oczy, była w piwnicy sama.

## Rozdział 24

Nie mów tak do mnie – wysyczała Eleonora. – Nigdy.

Podźwignęła się powoli na łokciu, najpierw do skulonego klęku, a gdy jej żołądek wespół z głową uspokoiły się nieco, wyprostowała się pomału i usiadła. Tuż za plecami miała metalowy regał, zawalony jakimiś częściami i kartonami. Po krótkim wahaniu, czy aby nie przewróci na siebie całego majdanu, oparła się o niego plecami.

Niewielkie pomieszczenie o gołych ścianach i betonowej podłodze przypominało rupieciarnię na tyłach warsztatu. Czy raczej w piwnicy, biorąc pod uwagę charakterystyczną wilgoć, jaka wisiała w chłodnym powietrzu, a także wąskie, uchylne okienka ze zbrojonymi szybami, które widniały tuż pod samym sufitem. W jednym kącie walały się stertami pudła i worki, w innym zaś sparciałe opony i zużyte rękawice robocze. Wszystko to oświetlała podłużna lampa przemysłowa. Klasyka gatunku, pomyślała Eleonora ponuro.

Pokusiłaby się o zakład, że nikt nie usłyszałby stąd jej krzyku. Idealne miejsce na *tête-à-tête* z mordercą.

Zadarła podbródek i spojrzała mu prosto w oczy.

– Nigdy – powtórzyła twardo.

– Bo co? – burknął wnuk sąsiadek. – Jemu wolno, a mnie to nie?

– Tak. Właśnie tak. Jemu wolno. I tylko jemu.

Zbity z tropu Junior uciekł wzrokiem. Stał przed nią z rękami głęboko w kieszeniach workowatych spodni. Nigdy nie powalał urodą, ale teraz wyglądał wyjątkowo paskudnie, jak gdyby dopiero co przeszorował twarzą o chodnik. Tu i tam pod skórą rozkwitały mu świeże sińce, szybko nabierając koloru. Miał też rozbity łuk brwiowy i obrzęknięty nos, a do tego chyba pęknięte lub złamane żebro, bo giął się dziwnie na jedną stronę, z łokciem przyciśniętym do boku. To dlatego z początku go nie rozpoznała, kiedy po powrocie z biblioteki zamykała rower w boksie w piwnicy, a Junior ni stąd, ni zowąd wyłonił się z ciemnego kąta. Prawdę mówiąc, wzięła go wtedy za kolejne widmo powstałe z dna i poczuła niewymowną ulgę, usłyszawszy zdawkowe, lecz znajome „sorry".

Zaskoczenie spadło na nią chwilę później, razem z prawym sierpowym.

– Sorry – burknął Junior po chwili, zebrawszy się w sobie. Nadal unikał jej spojrzenia i wyrzutów, które kryło.

– Słucham?

– No... no wiesz. – Zamachał ręką mniej więcej w stronę jej pobijanej twarzy, a potem skrzywił się i szybko wcisnął dłoń z powrotem do kieszeni. Eleonora zdążyła jednak dostrzec, że miał kłykcie zdarte miejscami aż do krwi. – Myślałem, że to ta... tamta. No wiesz. Ta taka brzęcząca. Więc sorry.

Starając się nie zwracać uwagi na ćmiącą skroń, pozbierała myśli.

– Ciotka Klara? Wziąłeś mnie za moją ciotkę?

– No. No bo tam było w pizdu ciemno, a ty nigdy... no wiesz. Nie nosiłaś tych takich... – Kiwnął na nią podbródkiem.

– Jakich?

– No... no że niby kolorowych, nie?

Długo próbowała zrozumieć, o co mu w ogóle chodzi. Aż wreszcie zaskoczyła. Naprawdę były z ciotką bardzo do siebie podobne – ten sam wzrost, wiotka sylwetka, chód, nawet rysy twarzy – do tego stopnia, że z daleka można je było odróżnić wyłącznie po specyficznym upodobaniu do kolorów... Z daleka albo w kiepsko oświetlonej piwnicy.

– Ty mówisz poważnie? Napadłeś mnie, bo kupiłam sobie kolorowy płaszcz i przez to wziąłeś mnie za moją ciotkę?!

– No bo mnie zaskoczyłaś, kurwa!!! – wybuchnął, wyrywając obie ręce z kieszeni. Zaskoczona Eleonora aż drgnęła i w obronnym odruchu podciągnęła kolana do piersi. – Kurwa. Ej, nie, sorry! Sorry! – na widok strachu w oczach dziewczyny Junior nieco przyhamował. – Sorry, okej? Okej? No bo kurwa... No zaskoczyłaś mnie! Ja bym was nie tknął, no. Nie was. Nie was.

Mimo zawrotów głowy przytaknęła energicznie, żeby mu przypadkiem nie umknęło, jak bardzo mu wierzy.

– Nie nas. Dobrze. Dobrze – powtarzała uspokajającym tonem, aczkolwiek sama nie wiedziała, czy próbuje uspokoić spiętego Juniora, czy raczej siebie samą. – Nie nas. Rozumiem.

– No. No. Wy jesteście w porządku. No. Swoje.

– Tak! – W końcu zrozumiała, o co mu chodzi. – Tak. Swoje. Jakby nie patrzeć, sąsiadki, prawda? Wiadomo.

– No. Po prostu było ciemno. W pizdu ciemno.

– Tak, to prawda. Było. W pizdu. Też cię z początku nie poznałam, każdy by się wystraszył. – Choć każdy normalny człowiek na twoim miejscu rzuciłby się raczej do ucieczki niż do ataku, dodała w myślach i przełknęła ślinę. – Tak. Nas byś nie skrzywdził, bo my jesteśmy swoje. Znasz nas. Twoja babcia nas zna, dobrze nas zna, lubi nas. Mnie i moją siostrę, i naszą ciotkę. Jesteśmy swoje – powtórzyła niczym słowa zaklęcia, które ochroni ją przed złem tego świata. Tego tak… ale czy tamtego również? – Swoje. Swoje – powtórzyła raz jeszcze. – Nie to co… tamten – dodała ciszej, przyglądając się bacznie wnukowi sąsiadek. Czy pójdzie w zaparte? Powie, że to nieprawda? Że to wcale nie on, że on by nigdy nikogo nie skrzywdził, no bo z nią to był tylko wypadek, a zresztą raz to się nawet nie liczy… – On był obcy. Tamten… młody antykwariusz. Facet z Oculusa. Rozmawiałyśmy o… Rany boskie. Byłeś tam wtedy – przypomniała sobie nagle. – Przechodziłeś, tyle razy przechodziłeś tuż obok, z psem albo i bez psa… Wtedy też. Słyszałeś, jak rozmawiałyśmy o nim na klatce schodowej. Potrąciłeś Dżusi, zgubiła wtedy ulotkę tego antykwariatu…

– No bo po chuj gadał?! – wydarł się Junior, znów tracąc nad sobą panowanie. – No?! Po chuj wy w ogóle z nimi gadacie, co?! Wszystko grało. Grało, nie? A potem przyjechała ta mała i wpuściła tego łysego. Co ty, kurwa, myślisz, że ja go nie znam? Że ja nie wiem, kto to jest ten łysy?! Że ja nie wiem, czego on szuka?!

– Szuka? Łysy? Jaki… Ach! Chodzi ci o Ramzesa?

– Jasne, kurwa, że o Ramzesa!!! Ja wszystko wiem! Po coście go, kurwa, wpuszczały?!

Miała ochotę odpowiedzieć, że sama wciąż zadaje sobie dokładnie to samo pytanie. Gdyby tamtego dnia Dżusi nie wpuściła Ramzesa do mieszkania, gdyby nie dała się zwieść podstępnemu urokowi strzygonia albo po prostu nie była tak bezdennie naiwna i głupia, dziś wszystko byłoby po staremu. Byłoby... Nie, nie teraz, zganiła się w duchu, teraz nie pora na pretensje. Stało się i się nie odstanie. Lepiej myśl, dziewczyno, myśl! Skupiła się, chociaż krzyk chłopaka wciąż nieprzyjemnie dzwonił jej w lewym uchu. Junior znał Ramzesa. Znał go dobrze, na tyle dobrze, żeby trzymać się na dystans, ale chyba nie osobiście. Więc skąd o nim wiedział? Wątpliwe, żeby też był z branży albo żeby coś antykwariuszowi zlecał, nie, na pewno nie, już prędzej jego... No przecież – zaświtało jej naraz w głowie. Pytanie nie powinno brzmieć, skąd Junior wiedział o Ramzesie, lecz raczej od kogo.

– Pradziadek ci o nim opowiadał? Pan Józef? – zapytała, choć była w zasadzie pewna, co od niego usłyszy. – Opowiadał ci o Ramzesie?

– No. O nim też – odburknął Junior. Przejechał pokancerowaną dłonią po krótko ostrzyżonych włosach i pociągnął nosem. – I w ogóle mówił, nie? Pokazywał mi takie tam różne... klamoty, papiery, nie? I mówił, czego tam szuka, co znalazł, ile to warte i takie tam. Szczyl wtedy byłem, o, taki łepek, więc gówno z tego rozumiałem. Ale mówił. No. Dużo mi mówił. A ten wasz... brat?

– Ojciec. Znaczy, brat ciotki, ale mój to ojciec. Mój i Dżusi.

– No, no. – Pokiwał głową. – No to on też tam przychodził. Dziadek Józek go lubił, nie? Zapraszał i siedzieli u niego, w tym całym bajzlu. Głównie to gadali, grzebali w jakichś tam papierach. Godzinami. Siedziałem razem z nimi, bawiłem się resorakami w kącie czy co tam. Szczyl byłem. Nie zwracali uwagi, że słucham, o czym tam gadają. No a potem to... no wiesz. Poszli. Tam. A babka Józkowa schowała gdzieś wtedy ten ich kajet, nie? Ale jak ją pytałem, to nie pamiętała gdzie, no, w ogóle nic nie pamiętała, bo zaraz potem dostała tej swojej szajby.

– Wiedziałeś o notatniku?

– No to przecież ci mówię, że wszystko wiem. Nie? O kajecie. O forsie. O złocie też wiem, tym, co to po nie wtedy poszli. To mój dziadek je znalazł. Grzebał, grzebał i się dogrzebał, gdzie niby tego szukać. Poszedł z tym do waszego ojca. Zrobili taki dil, że dziadek daje cynk, a ten wasz ojciec sprawdzonego psychola. I że idą po to razem, nie? No i poszli. Chuja to im dało. – Pociągnął nosem raz i drugi, aż wreszcie, zniecierpliwiony, wydłubał palcem spory skrzep i rzucił z obrzydzeniem na ziemię. – Sam bym po to poszedł, ale najpierw byłem gówniarz, to nie poszedłem, no bo jak. Nie umiałem w te klocki. To chociaż pilnowałem, żeby tego nikt nie zajebał. I upilnowałem, nie? Latałem tu jak durny od o, takiego szczyla, warowałem u babek, dzień w dzień chodziłem wysrywać te ich durne jamniory, ale upilnowałem. A potem ta mała przyjechała i wszystko spierdoliła. Wszystkie spierdoliłyście. Żeście naściągały tych palantów w chuj, kurwa, no po chuj wam tu oni? Zwęszyłyście okazję, co?!

– O kim ty mówisz?

– No najpierw ten łysy, Ramzes, kurwa jego mać, zaczął tu krążyć, jak jakiś, kurwa, sęp. Potem wyskoczył tamten miękki gość z antykwariatu, co to ta mała go zbajerowała. A teraz jeszcze ten twój kochaś pierdolony... – Syknął i przycisnął łokieć mocniej do żeber. – Ech, kurwa. Tyle lat był spokój, to się wszystko naraz wzięło i zjebało...

Światło nad jego głową zakołysało się gwałtownie. A przecież nie mogło. Przecież lampa była przykręcona do sufitu na płasko. Eleonora mrugnęła, nagle znów zamroczona, lecz tym razem czymś innym niż ból.

– Mój... mój... kochaś?...

– No ten... zegarmistrz czy kto tam. Bysio taki, a żeby go chuj, nie przestawał wierzgać. Myślałem, że go nie... Ej! Ej, co ty, kurwa?! – wrzasnął Junior. Rzucił się, złapał Eleonorę i w ostatniej chwili szarpnął, aż zaparło mu dech. – Co ty, durna?! Chcesz się zabić czy co?!

Nie pojmowała, o co mu chodzi, czemu on tak krzyczy? Powoli, jak we śnie, spojrzała za siebie. Tam, gdzie przed sekundą siedziała, leżał wał korbowy. Musiał spaść z regału, kiedy szarpnęło nią gwałtownie na wieść, że... że...

Że Gerd był następny. Nie ona. Nie Dżusi. Nie ciotka Klara. Tylko on.

Gerd.

Mrowienie – złowieszcze echo odległego dna, zawsze przyczajone, zawsze gotowe, by się odezwać – rozlało się po całym jej ciele. A potem wystąpiło z brzegów i Eleonora przestała czuć. Wszystko. Cokolwiek. Nie umiałaby nawet powiedzieć, czy oddycha, czy jej serce wciąż bije, czy może zamarło. Nie była świadoma już niczego poza lodowatym, mrowiącym zimnem, które w ułamku sekundy skuło powierzchnię jej duszy, by zaraz sięgnąć jeszcze głębiej.

Głębiej.

Aż na samo dno.

Podniosła pusty wzrok na Juniora.

– Pomyliłeś mnie z ciotką.

– Co?

– Pomyliłeś mnie z ciotką – wychrypiała głośniej przez wyschnięte gardło. – Czego od niej chciałeś?

– No... no bo listonosz jej nagadał, nie? Ten gruby taki. Paplaty.

– Listonosz? Papla... co? Pan Mądrzywołek?

– No. Właśnie ten. Wystarczy, że babka lata po klatce i kłapie paszczą, on nie musiał! Ej, lubiłem gościa, nie? Serio. On też był swój. Ale musiałem, rozumiesz? Musiałem! To przez niego ta wasza ciotka podpierdoliła mi kajet. Zaraz się pewnie skuma z tym tam… Ramzesem, bo on się tu ciągle kręci, i podpierdolą już wszystko. Ależ ja bym go palnął w ten łysy łeb…

– Lepiej nie – wyrwało się Eleonorze, chociaż w tej chwili o niczym tak nie marzyła jak o tym, żeby zobaczyć, jak Junior próbuje swoich sił z Ramzesem.

– No. Dziadek też tak mówił – chłopak przyznał z nieskrywaną niechęcią. – Że z łysym lepiej nie zadzierać. No to nie zadzieram, nie? Ja głupi nie jestem. Wyżej dupy nie skoczę. Ale z tamtymi sobie poradziłem. Jakoś. – Pociągnął znów nosem i otarł zapuchnięte, łzawiące oko. – Tylko że jak już wszystko było prawie dobrze, jak już wszystko wyprostowałem i w ogóle, to mnie ta wasza ciotka musiała zrobić w koncertowego chuja. Poszła do babki Józkowej i podpierdoliła ten cały kajet, nie? Kajet mojego dziadka.

– Nie, to nie tak…

– Że niby co nie? Nie podpierdoliła?

– Nie, ten notatnik wcale nie należał do twojego pradziadka – wyjaśniła powoli. – Tylko do Ludwika Sterna, mojego ojca. Wszystkie zapiski w notatniku są sporządzone jego ręką. Widziałam je.

– No… no jasne, bo to on notował, nie?

– Nie. Zrozum, twój dziadek był wspólnikiem moich rodziców, ale tylko na początku, dopóki nie zrezygnował. Przez kilka następnych lat przeprawiali się razem z ciotką i przez cały ten czas ojciec prowadził notatnik. Osobiście, własnoręcznie. A potem… – Wzruszyła ramionami. – Sam wiesz.

Twój pradziadek trafił na trop złota, zaproponował im układ i znów przeprawili się razem. Pani Hartmanowa wzięła notatnik wyłącznie na przechowanie, na czas przeprawy. Tyle że... – Urwała. Ciotka Klara twierdziła stanowczo, że Ludwik Stern nigdy nie zabierał notatnika ze sobą, ilekroć wybierali się na przeprawę, ale może... może coś przeczuwał? Może miał powody, żeby nie ufać Peregrinusowi? Czy to właśnie dlatego polecił wiekowej sąsiadce, żeby w razie czego przekazała notatnik jego młodszej siostrze, czy może robił tak za każdym razem? – Tyle że psychopomp, którego znalazł ojciec, zawiódł ich i ta przeprawa nigdy nie dobiegła końca.

Eleonora umilkła i patrzyła beznamiętnie, jak Junior bije się z myślami. Przetrawienie tego, co usłyszał, zajęło mu dobrych parę minut.

– No... no może – burknął wreszcie. Żeby ukryć zamęt w głowie, szurał podeszwą o betonową podłogę w tę i z powrotem. – W sumie...

– Zapytaj ją, jeśli mi nie wierzysz. Panią Ha... babkę Józkową, tak? Tak o niej mówisz? Zapytaj ją. Zapytaj, co powiedział jej Ludwik, o co ją wtedy poprosił, kiedy jej dawał ten notatnik. Zapytaj o Klarę.

– A, żeby to... – Splunąwszy szczodrze, Junior zaczął krążyć po pomieszczeniu. – No i chuj. No i chuj. Chuj z tym wszystkim... I na nic, kurwa, na nic... Myślałem, że to ona. Nie ty. Kurwa. Kurwa, to miała być ona, nie ty. Nie ty! Na co mi ty?!

Eleonora nie wytrzymała.

– Trzeba było o tym myśleć, zanim mnie napadłeś!

– ZASKOCZYŁAŚ MNIE!!!

– Tak, wiem, pamiętam, było ciemno! – odparowała opryskliwie. Mimo martwoty, która nią zawładnęła i teraz pchała ku niewyobrażalnemu, z coraz większą trudnością opierała się irytacji, jaką budził w niej wnuk sąsiadek. Chyba kolejny raz wyłaziła z niej ciotka Klara. – Czego od niej chciałeś? Notatnika? Ty chyba nie znasz mojej ciotki, co? Za nic by ci go nie oddała. Nie boi się Ramzesa i co, miałaby się wystraszyć ciebie? Zresztą tam nie ma ani słowa o złocie – dodała po chwili.

Zaskoczony Junior wybałuszył na nią zdrowsze oko.

– Co?… – wybełkotał.

– Tam nie ma ani słowa o złocie – powtórzyła. – W notatniku. No sam pomyśl. Kto wpadł na trop złota? Twój pradziadek. Sam tak powiedziałeś. Twój pradziadek, twoje złoto, zgadza się? A do kogo należał notatnik? Tam nie ma ani słowa o złocie. Ani. Jednego. Słowa.

– No i chuj. Chuj. – Parsknął krótkim, gorzkim śmiechem. – Przepadło, no. Po dziadku zostały same graty i szurnięta babka, ale żadnych notatek, rozumiesz? Nawet nie wiem, gdzie ani...

– Wrocław, Podwale – przerwała mu Eleonora. – Budynek obecnej komendy wojewódzkiej policji. Noc z szesnastego na siedemnastego stycznia tysiąc dziewięćset czterdziestego piątego roku.

– Co?

– Tam… znaczy, wtedy znajdziesz swojego pradziadka. Śmiało, idź. Zapytaj. Może z tobą będzie chciał rozmawiać. Może powie, dokąd dalej prowadzi trop, i znajdziesz to swoje złoto.

– I jak ja to, kurwa, niby zrobię, co? Bez twojej ciotki? No co się tak gapisz, przecież mówiłem ci, że ni chuja nie umiem w te klocki!

– Och… Więc to po to się na nią zasadziłeś w piwnicy – domyśliła się wreszcie. – Gdyby chodziło ci o notatnik, pewnie najpierw spróbowałbyś włamania. Zwłaszcza po... – Dalsze słowa nie chciały jej przejść przez gardło, więc tylko skinęła krótko głową na jego sińce i inne widoczne obrażenia. – Zwłaszcza po tym. Ale tobie potrzebna była też ona. Moja ciotka. Klara Stern, jedyny znany ci psychopomp. Miała cię przeprowadzić. Bo ty naprawdę, ale to naprawdę chcesz pójść tam, gdzie wtedy poszli oni. Tylko po co? Po dziadka? Jemu nic już nie wróci życia, więc...

Junior zaśmiał się skrzekliwie.

– Kurwa, laska, ty nie jesteś za bystra, co? Mówiłem ci przecież. Słyszałem, o czym gadali. Siedem ton złota to chyba niezły powód, żeby ruszyć dupę, nie?

– Nie – odparła bez zastanowienia. – Dla mnie nie.

– Chuja tam wiesz. – Machnął ręką. – Zresztą, nie twoja sprawa, bo to złoto jest moje. Słyszysz? – warknął nagle jak pies broniący miski. – Mój dziadek je odnalazł, więc teraz jest moje. Dziadek zrobił swoje. Jak należy. To wasz ojciec spierdolił robotę. To przez niego wszyscy poszli do piachu, więc gówno się wam należy. Kumasz?

– Kumam. Jasne. Nie mamy ojca, nie mamy matki, nie mamy złota. Gówno nam się należy.

– No! No właśnie! To mamy jasność. – Nie za bardzo wiedząc, co zrobić z rękami, wcisnął je znów do kieszeni i spojrzał na Eleonorę spode obitego łba. – Muszę tam iść, słyszysz? Muszę. I to teraz. Ten sęp ciągle krąży.

– Lepiej się pospiesz – szepnęła, ledwo powstrzymując straszliwy uśmiech, który już wypełzał jej na usta.

– Co? Czemu?

– Nie wiesz? To był też jego zegarmistrz.

Przez następne sekundy napawała się emocjami, które jedna po drugiej rozkwitały na twarzy Juniora. Zmieszanie.

Zaskoczenie. Niedowierzanie. Strach... Wstrzymała oddech w oczekiwaniu. Ach, oto jest, jest i ona. Zgroza najczystsza z czystych. Junior nie kłamał. Naprawdę wiedział, kim jest Ramzes.

A potem Eleonora rozchyliła usta i słowa jak gdyby same z nich spłynęły:

– Ja też umiem.

– Co?

– Ja też umiem w te klocki. Jestem psychopompem, jak moja ciotka. Co więcej, dokładnie wiem, dokąd oni wtedy poszli i którędy. Twój pradziadek i moi rodzice. Znam drogę. Już raz tam nawet byłam. – Uśmiechnęła się blado. – Możesz mi wierzyć, wcale ci się tam nie spodoba.

– A... a ze mną pójdziesz?

Gdyby tylko wiedział, jak bardzo czekała na to pytanie. Jak bardzo liczyła, że usłyszy je z ust Juniora. Człowieka, który miał na rękach krew Gerda.

– Pójdę.

# Rozdział 25

Nie zawracał sobie głowy tropieniem ciał. Na to jeszcze będzie czas.

Tak.

Czas był zawsze.

Podążając tropem Eleonory, sekunda za sekundą Ramzes śmiało zstępował w otchłań. Obcy był mu ból i strach, które nękały Klarę Stern. Stąd przecież pochodził. Z otchłani, która niosła śmierć. Czas, lepki, słodki czas, tętnił mu w żyłach żywiej niż krew. Rozsadzał płuca. Rezonował w kościach. Przeszywał miłym dreszczem, milszym nawet niż ulotna chwila cielesnej rozkoszy.

Głębiej.

Jeszcze głębiej.

Och, Eleonoro, gdzieś ty się znów zapuściła?

Wtem – obecność dziewczyny nagłym lśnieniem rozpaliła jego zmysły niemal do białości. Strzygoń rozpostarł skrzydła puszczyka i z upiornym śmiechem wzbił się w powietrze.

Przed nim, w oddali, wznosił się potężny słup ognia. Wyrastał spomiędzy gęstych zabudowań i sięgał wysoko, aż do samego nieboskłonu. Żarłoczne płomienie pochłaniały ciężkie, skłębione chmury. Spadały deszczem na miasto. Podpalały świat.

Mknął nad Wrocławiem pośród gradu mongolskich strzał i radzieckich kul, spoglądał na dachy dostojnych kamienic i kryte strzechą chałupiny, na bruk i błoto, na zgiełk tłocznych ulic i pustkę bezkresnych bagien, na życie i rzeź w ich najczystszej postaci. Tak blisko dna niezliczone warstwy czasu kotłowały się wzburzone niczym morskie fale podczas sztormu, mieszały i przenikały nawzajem. Ery i stulecia, lata i dni, godziny i minuty, sekundy i sekund ułamki. *Götterdämmerung*. Chaos. Cudowny, upojny chaos.

Mknął pośród śniegu i ognia, daleko, ku Starej Odrze, skąd coraz głośniej przyzywała go krew dziewczyny, aż gęsta od bólu i grozy. Sekundy, godziny, lata później opadł na ziemię między nią a nim, porzucając pióra puszczyka na rzecz swej prawdziwej postaci.

Na ten widok chłopak wrzasnął.

Cóż. Ramzes w pełnej krasie rzeczywiście robił wrażenie. Sina, guzowata skóra o szerokich porach lśniła jakby od śluzu. Długie palce o zbyt wielu stawach zakończone były pazurami niby ze szkła. Łysą głowę wieńczyły spiczaste uszy, wystrzępione tu i tam na brzegach. Haczykowaty nos podobny był dziobowi drapieżnego ptaka, a wargi tak wąskie, że zdawały się znikać, ledwie je rozchylił. Głębokie, czarne oczodoły wyglądały jak gdyby wypalone żagwią. Na ich dnie – szerokie źrenice żarzyły się złotem.

Usłyszawszy przerażony skowyt, strzygoń odwrócił się pomału i uśmiechnął – z leniwym rozmysłem, szeroko, tak by uwadze chłopaka nie uszedł ani jeden z podwójnego rzędu ostrych, poczerniałych zębów – po czym odchylił głowę i z lubością zaciągnął się jego zapachem.

Strach.

Pot.

Mocz.

I krew. Krew, ach, krew, ileż krwi…

Krew chłopaka.

Antykwariusza.

Listonosza.

Gerda.

Eleonory.

Dusząc w sobie instynkt, który kazał mu natychmiast osaczyć ogłupiałą, bezbronną ofiarę, strzygoń zwrócił spojrzenie w kierunku dziewczyny. Stała po kolana w wodach Starej Odry, kawałek od brzegu. Głowę miała nisko zwieszoną, aż włosy niemal całkiem zasłaniały jej twarz. W zaciśniętej dłoni trzymała chronometr – staromodną, niepozorną pasówkę. Wskazówki drgały zgodnie z biciem jej serca.

Zapominając na chwilę o wyjącym chłopaku i palącej żądzy zemsty, strzygoń postąpił krok ku rzece.

– Nie rób tego, Eleonoro. – Tak blisko dna jego głos był dudniącym pomrukiem, podźwiękiem otchłani.

Dziewczyna milczała jak zaklęta. I tylko jej palce rozwarły się odrobinę.

– Eleonoro, on nie jest tego wart.

Spomiędzy czarnych pukli spojrzały na niego niebieskie oczy, tak jasne, jakby wyprane z barw.

– Tego ciężaru już nie udźwigniesz. Zostaniesz z nim tu na wieczność.

Widziała go, takim, jakim był naprawdę. Patrzyła wprost na niego.

Pasówka w jej otwierającej się z wolna dłoni balansowała już tylko na dwóch smukłych palcach.

– Czy ty zdajesz sobie sprawę, czym jest wieczność, Eleonoro? – zapytał cicho Ramzes. – To naprawdę bardzo, bardzo długo…

Puściła.

Wskazówka spadającego chronometru drgnęła, by odmierzyć ostatnią sekundę.

Daleko stąd, na powierzchni czasu, strzygoń był szybszy od jakiegokolwiek śmiertelnika. Tu, w swoim leżu – był czasem.

Z nagłym rozbłyskiem złotych oczu skoczył, lecz nie ku Eleonorze, ale w przeciwnym kierunku. Sina dłoń o szklistych szponach zacisnęła się na karku uciekającego na oślep chłopaka. Brutalnie, bez litości. Junior wrzasnął. Szarpał się, usiłując oswobodzić, krzyczał, błagał, wył. Wszystko na próżno. Ramzes już ciągnął go za sobą, przez wieki, ery, eony. Na samo dno. A gdy tam dotarł, wbił swą ofiarę w najgłębszy muł, w czas i śmierć, śmierć i czas, i trzymał, mocno i długo, tak długo, aż z duszy mordercy został już tylko skowyt.

I oto wynurzył się z powrotem, chwytając chronometr i Eleonorę, zanim zniknęły bezpowrotnie w odmętach rzeki.

Wskazówka dotarła do celu.

– Co… co ty zrobiłeś?… – wychrypiała dziewczyna, osuwając się pomału w nieświadomość.

– Coś strasznego – szepnął prosto do jej ucha Ramzes. – Dokładnie to, co chciałaś zrobić ty, Eleonoro.

# Epilog

I cóż tak milczysz, Ramzesie?

– Myślę, Matyldo. Myślę.

Chociaż przełom września i października nie rozpieszczał pogodą, postanowili wybrać się we dwoje na spacer do parku. Wczesnym przedpołudniem meandrujące pośród drzew alejki świeciły pustkami, mogli więc snuć się nimi i rozkoszować zapachem mokrej ziemi, który unosił się w powietrzu. Deszcz bębnił miarowo o wielki parasol rozpostarty nad ich głowami.

– Nie zapytasz mnie o czym? – podjął Ramzes po chwili.

Rzuciła mu lekko drwiące spojrzenie.

– Chyba nie oczekujesz, że zatrzepoczę rzęsami, złożę usteczka w ciup i zapytam w odpowiedzi, czy o mnie?

– Niech będzie bez rzęs. Na początek.

Szli niespiesznie, w niezobowiązującym milczeniu przez następny kwadrans, okrążając rozległy staw w samym sercu parku.

– Zdradź mi coś, Ramzesie, skoro już tak sobie… gawędzimy – zagaiła ponownie pani Matylda, wsparta na jego ramieniu. – Co tak naprawdę sprawiło, że tamtego dnia przekroczyłeś próg mieszania Sternów? Prozaiczna niefrasobliwość Justyny czy może twój magnetyczny urok?

– Magnetyczny urok? – powtórzył, po czym się roześmiał. – Doprawdy, Matyldo, nie sądziłem, że wierzysz w podobne bajania.

– O strzygoniach, mojrach i tym podobnych?

– Nie inaczej, Matyldo. Nie inaczej.

Dotarli do tarasu widokowego Landsberga i zatrzymali się na chwilę, by dać nieco odpocząć nogom starszej pani, a przy okazji nasycić oczy paletą barw, jakie złota polska jesień tchnęła w gęstwinę parkowego listowia. Krople deszczu łaskotały taflę stawu, szemrały w koronach drzew, wdzierały się podstępem za wysoko postawione kołnierze. Gdzieś dalej, na łagodnie opadającym brzegu, odezwała się kaczka.

– Nie odpowiedziałeś.

– Matyldo, nie sądzisz, że gdybym istotnie posiadał takowy urok, to użyłbym go od razu na Klarze Stern, oszczędzając sobie i zachodu, i czasu, wszystkim zaś sporej dozy przeżyć?

– Sądzę, że wiele rzeczy mogłoby się nie wydarzyć, gdybyś postanowił zawczasu wkroczyć. Tak jak cię zresztą prosiłam – dodała z przekąsem.

Antykwariusz spojrzał na nią z zaskoczeniem.

– Masz do mnie żal?

– Gdybym miała, powiedziałabym ci o tym wprost, zamiast bawić się w podchody jak nastolatka. Nie, Ramzesie, nie mam żalu. Zdążyłam się już przyzwyczaić, że jesteś nad wyraz nieprzewidywalnym stworzeniem i chadzasz własnymi ścieżkami. – Westchnęła. – Co niestety nie zmienia faktu, że gdybyś wtedy po prostu poszedł po Klarę, tak jak cię prosiłam, Eleonora nie wiedziałaby, co robić, i nie zdołałaby wciągnąć tego chłopca w pułapkę. Kładąc na szali również własne życie.

Czekała cierpliwie, aż antykwariusz rozważy jej słowa, choć nie spodziewała się usłyszeć odpowiedzi. Przynajmniej nie wprost. Za dobrze go znała, by mieć jakiekolwiek złudzenia w tej kwestii.

Wciąż pamiętała tamten pierwszy sen, przez który przemknął, zaledwie na mgnienie oka przed tym, jak się przebudziła. Ledwo uchwytny, niczym zjawa, a jednocześnie tak intensywnie obecny, że długo nie mogła się otrząsnąć. Ile miała wtedy lat? Dziewiętnaście? Dwadzieścia? Nie więcej. Odtąd wypatrywała go w każdym kolejnym śnie, aż pewnego dnia stanął przed nią na jawie. I już tam został. A może zawsze tam był, tylko wcześniej go nie dostrzegała? Tak czy owak, upływały lata, dekady, ćwierćwiecza, ona się starzała, a on trwał, niewzruszony i niezmienny. Wiecznie u jej boku – wtedy, teraz, tu i tam, czy to jawa, czy to sen. Ślepy na zmarszczki, wiedział, kim naprawdę jest Matylda. Jego Matylda.

Ech, westchnęła w głębi ducha. Jaga uśmiałaby się serdecznie, słysząc te jej, pożal się Boże, przemyślenia, po czym zaczęłaby pleść coś o miłości silniejszej niż czas i niedobór kolagenu. Lecz Jaga zawsze lubiła szafować wielkimi słowami. Matylda wolała te mniejsze. Wystarczyło jej, że Ramzes był. Ona też była. Byli zatem oboje.

Tak, znała Ramzesa. Lepiej niż ktokolwiek inny. Poznała nawet najmroczniejsze zakamarki jego duszy i nauczyła się ich nie oceniać. Dlatego, choć jak zwykle nie dawał po sobie nic poznać, czuła, że coś go dręczy. Czekała więc. W końcu na tym zwykle polegały ich wzajemne rozmowy – na czekaniu. Na szczęście mieli czas.

– Nie oddała mi go – rzekł wreszcie Ramzes.

– Czego?

– Chronometru. Tego, który wręczył jej chłopak, żeby mogli się przeprawić. Postanowiła go zatrzymać.

– Ale po co?

– Nie wiem. Prawdę powiedziawszy, nie umiem rozgryźć tej dziewczyny. Sama przyznasz, że byłaby to… cóż, wątpliwa pamiątka, więc...

Puściła jego ramię i oparłszy się o kamienną balustradę, przyjrzała się bacznie antykwariuszowi.

– Chyba nie sądzisz, że zamierza się dalej przeprawiać? Po tym wszystkim?

– Cóż. Z jakiegoś powodu Eleonora cały czas nosi przy sobie fiolkę z belladonną. Może naprawdę jest inna niż Klara? Silniejsza. Odważniejsza. Z pozoru wydaje się bardzo, bardzo podobna… więc może nas tylko zwiodła? Może zwiodła mnie?

– W takim razie miejmy nadzieję, że mimo wszystko nauczy się żyć z tym ciężarem, który na nią spadł. Może nawet ułoży jej się z Gerdem i nie zdziwaczeje jak Klara. Albo, by nie szukać daleko, ja.

Ramzes zmarszczył brwi.

– Obawiam się, że to nie będzie takie proste – odparł cicho.

– Jak to?

– Nie zrozum mnie źle, Matyldo. Przywiązałem się do niej i życzę jej jak najlepiej. Ale spójrzmy prawdzie w oczy. Gerd nie potrafi wybaczyć własnemu ojcu, że porzucił kogoś na pewną śmierć na dnie. Jak więc miałby wybaczyć dziewczynie, która z pełną świadomością postanowiła zrobić to samo?

– Ale nie zrobiła – starsza kobieta odparowała ostro. – Koniec końców to ty zabiłeś tego chłopaka, nie ona.

– Uprzedziłem ją, owszem... a przynajmniej tak mi się z początku zdawało. Teraz… teraz nie jestem już tego taki pewien.

– Chyba nie powiedziałeś Gerdowi o tym, co zaszło?

– Nie.

– A powiesz?

– Obawiam się, że nie będę musiał, Matyldo. Gerd nie jest ani głupi, ani ślepy, a coś takiego zostawia ślad. Naprawdę głęboki ślad. – Uśmiechnął się do niej blado. – Musiałabyś zobaczyć jej oczy, Matyldo. Nie muszę o niczym mówić Gerdowi. Sam zrozumie, gdy tylko się z nią spotka. Na twoim miejscu nie liczyłbym na happy end.

– Więc to cię tak gryzie – rzekła kobieta ze smutkiem. – Chciałeś dać nauczkę upartej Klarze Stern, tymczasem rykoszetem oberwie Gerd. Och, Ramzesie…

Chwycił jej dłoń w wełnianej rękawiczce i na moment wtulił w nią usta.

– Wciąż nie odpowiedziałeś na moje pytanie.

– Chodźmy na herbatę, Matyldo. Dobrze nam zrobi.

Ruszyli spacerem dalej, do parkowej restauracji. Stała nieopodal, w tym samym miejscu, gdzie przed wojną znajdowała się najsłynniejsza w Breslau restauracja Haasego. Wspominali ją z rozrzewnieniem, ilekroć tu zachodzili, starając się jednakże nie popadać przy tym w malkontenctwo bądź też, jak ujmowała to bez ogródek Matylda, smęcenie zwietrzałych pierników.

– Skąd ten… – jej dłoń, wraz z płaską łyżeczką cukru, znieruchomiała na moment nad filiżanką earl greya – …jakże mu było? Och, nie prychaj mi tu z pogardą. Nie wystawiam mu pomnika ze spiżu, pytam jedynie o imię. – Odczekała chwilę, a gdy stało się oczywistym, że na to pytanie nie uzyska odpowiedzi, przeszła do rzeczy. – Skąd ten młody człowiek wziął chronometr?

– Zapewne znalazł w rzeczach pradziadka. Stary Hartman co prawda sam nie był psychopompem, za to gromadził wręcz kompulsywnie.

– Znałeś go? Hartmana?

– Wyłącznie z widzenia. Zdarzało mi się wpaść na niego w muzeum, gdy jeszcze tam pracował. Potem już nie.

Mieszając łyżeczką herbatę, pani Matylda spojrzała przez okno na park i staw. Jakże łatwo mogłaby dać się teraz zwieść ułudzie, że nic się nie zmieniło, że świat za szybą wciąż jest tym samym światem jej młodości, że ani żadna okrutna wojna, ani smutna powojenna rzeczywistość nigdy nie miały tu miejsca. Ta myśl, choć przelotna, natychmiast pociągnęła za sobą następną.

– Wiesz, gdzie ono jest?

Ramzes, który właśnie upijał łyk gorącej herbaty, odpowiedział jedynie pytającym spojrzeniem.

– Złoto Breslau. – Uśmiechnęła się, widząc nagłe rozbawienie w zielonych oczach antykwariusza. – Oczywiście, że wiesz. Nie kusi cię?

– Złoto? – Odstawił filiżankę na spodek. – Nie. Jestem odporny na jego czar.

– A przygoda?

– Ach, przygoda. Przygoda to co innego. Cóż, może pewnego dnia dostanę od kogoś i to zlecenie. Może nawet uznam, że warto je przyjąć. Do tego czasu jednakże zamierzam z rozbawieniem śledzić tę amatorszczyznę, którą odstawiają samozwańczy poszukiwacze skarbów Trzeciej Rzeszy.

Miała do niego jeszcze jedno pytanie. Musiała je w końcu zadać, choć nijak nie komponowało się ani z deszczowym przedpołudniem, ani z herbatą, ani z szarlotką na ciepło, którą postawiła przed nią kelnerka.

– Czy chcę wiedzieć, co zrobiłeś z ciałem tego młodego człowieka?

Pokręcił głową.

– Tak też sądziłam. A co z jego rodziną? Z matką, ojcem? Co z jego babcią, tą gadatliwą sąsiadką Klary i dziewcząt? Nie będzie go szukać?

– Już nie.

– Jakimż to cudem?

– Ty masz swoje sposoby, a ja swoje – odrzekł krótko.

– Ach, no tak. Magnetyczny urok.

– Nie inaczej.

Była już w połowie szarlotki, kiedy antykwariusz znów otworzył usta.

– Pozwoliłem jej się wypłakać. A potem zapomnieć.

– Biedna kobieta.

– *Culpam poena premit comes**, Matyldo.

– Och, błagam, nie próbuj mnie brać na łacińskie sentencje. Nie mam już sześćdziesięciu lat.

– Musiałem. Eleonora nie pozostawiła mi innego wyboru.

– Wiem. Nie pochwalam... ale wiem. Na tym, niestety, czasem polega życie.

– Na topieniu ludzi w czasie?

– Nie, Ramzesie. Na dźwiganiu brzemienia nie do udźwignięcia.

Wypili herbatę, a potem drugą, raz jeszcze okrążyli staw i wreszcie udali się w kierunku alei Lipowej. Deszcz padał coraz mocniej, lecz oni się nie spieszyli, ciesząc wspólną chwilą.

---

* *Culpam poena premit comes* (łac.) – Winie depcze po piętach kara.

– A cóż to za ogniste stworzenie? – zdziwił się Ramzes, gdy dotarli prawie pod dom sióstr Bolesnych i ujrzeli wysokie, rudowłose dziewczę, które właśnie zamknęło za sobą furtkę, po czym ruszyło energicznym krokiem w przeciwną stronę. Długi, gruby warkocz obijał się jej rytmicznie o plecy.

– Ach, nie wspominałam ci? To nasza nowa lokatorka. Wprowadziła się do nas niedawno. Na imię ma Salomea.

– Och.

– Och, tak. Nad wyraz... pocieszna istota. Grzeczna, cicha, bezwonna. – Matylda Bolesna zmrużyła powieki, odprowadzając dziewczynę wzrokiem. – Będą z nią straszne kłopoty.

– Cóż, Matyldo. Straszne kłopoty to nasza specjalność.

Starsza kobieta zaśmiała się, a potem pokręciła głową.

– Czy my kiedyś odpoczniemy, Ramzesie? – zapytała cicho, spoglądając na antykwariusza.

– Oczywiście, Matyldo. – Ucałował ją tuż nad czołem, tak jak najbardziej lubiła. – Po śmierci.

– Ach. Czyli już wkrótce. Jak miło.

**KONIEC**

Redaktor inicjujący: Agnieszka Trzeszkowska
Redakcja: Piotr Chojnacki
Korekta: Julia Topolska, Anna Jagiełło
Ilustracje na okładkę i projekt okładki: Tomasz Majewski
Fotografia autorki: Malwina Musialska

Skład i łamanie: Plus 2 Witold Kuśmierczyk

Druk i oprawa: Interdruk, Warszawa
Książkę wydrukowano na papierze Creamy
dostarczonym przez

ZiNG

Grupa Wydawnicza Foksal Sp. z o.o.
02-672 Warszawa, ul. Domaniewska 48
tel./faks (22) 826 08 82, 828 98 08
biuro@gwfoksal.pl
www.gwfoksal.pl

ISBN 978-83-280-4515-6